ERIC SENABRE

A SEGUNDA MORTE DE LORDE SCRIVEN

TRADUÇÃO
LUCIANO VIEIRA MACHADO

MELHORAMENTOS

DADOS INTERNACIONAIS DE CATALOGAÇÃO NA PUBLICAÇÃO (CIP)
(CÂMARA BRASILEIRA DO LIVRO, SP, BRASIL)

Senabre, Eric
  A segunda morte de Lorde Scriven / Eric Senabre;
tradução Luciano Vieira Machado. — São Paulo:
Editora Melhoramentos, 2021.

  Título original: Le dernier songe de Lord Scriven.
  ISBN 978-85-06-08645-2

  1. Contos — Literatura juvenil I. Título.

20-32555   CDD-028.5

Índices para catálogo sistemático:
1. Contos: Literatura juvenil 028.5

Iolanda Rodrigues Biode — Bibliotecária — CRB-8/10014

TÍTULO ORIGINAL:
LE DERNIER SONGE DE LORD SCRIVEN

© DIDIER JEUNESSE, PARIS, 2016

TRADUÇÃO: LUCIANO VIEIRA MACHADO
ILUSTRAÇÃO DE CAPA: SAMUEL CASAL
PROJETO GRÁFICO E DIAGRAMAÇÃO: MONIQUE SENA

DIREITOS DE PUBLICAÇÃO:
© 2021 EDITORA MELHORAMENTOS LTDA.
TODOS OS DIREITOS RESERVADOS.

1.ª EDIÇÃO, JANEIRO DE 2021
ISBN: 978-85-06-08645-2

ATENDIMENTO AO CONSUMIDOR:
CAIXA POSTAL 729 – CEP 01031-970
SÃO PAULO – SP – BRASIL
TEL.: (11) 3874-0880
WWW.EDITORAMELHORAMENTOS.COM.BR
SAC@MELHORAMENTOS.COM.BR

IMPRESSO NO BRASIL
IMPRESSO NA BMF GRÁFICA

A OPHELIA,
TAMBÉM ELA NASCIDA DOS SONHOS.

...COM MEUS CUMPRIMENTOS DE *GENTLEMAN*
AOS OCUPANTES DA MALA DO ESTRANHO.

PORTOBELLO ROAD, N. 30 /// 9

O MUNDO DO SONHO /// 28

"CADA VEZ MAIS BIZARRO", DIZIA ALICE /// 44

UM MORTO EM PLENA FORMA /// 55

A MANSÃO SCRIVEN /// 72

CROA, CROA /// 90

O CHAMADO DO PASSADO /// 120

CASSANDRA /// 142

ATHERTON /// 155

DOCE MÚSICA /// 168

A CAPELLA /// 184

SOBRE UMA MÚSICA DE REALEJO /// 203

A ÓPERA DO PARQUE /// 223

A ÚLTIMA ESTAÇÃO /// 236

MORDRED /// 258

A TRANSMIGRAÇÃO DAS ALMAS /// 275

PODE ME CHAMAR DO QUE QUISER: IDEALISTA, SONHADOR, APAIXONADO... cabeça-dura, talvez. E até de chato de galocha, se preferir. Pertenço a essa raça de indivíduos que só vivem para o seu trabalho. Na verdade, somos muito poucos nessa classe, porque a maioria dos ofícios é muitíssimo aborrecida, como você deve ter notado. E sei do que estou falando porque, em matéria de empregos, exerci um montão deles: moço de recados, ajudante de mudanças, contador e depois representante de vendas de uma companhia de seguros... Àquela altura, com vinte e quatro anos, já me parecia conhecer a danação. Mas eu sabia muito bem qual era a minha vocação: nada menos que jornalista. Eu era observador, ousado, obstinado e, vocês hão de me perdoar essa minha pretensão, o melhor investigador da redondeza. Só me faltava uma oportunidade para fazer com que o restante do mundo percebesse isso.

* * *

Felizmente, essa oportunidade terminou por se apresentar um dia; bastou um pouco de sorte e muita audácia.

A companhia que me empregava estava recebendo um cliente de muito prestígio, o Sr. Basil Knowles, proprietário de um dos jornais mais importantes de Londres. Pediram-me que lhe levasse chá e bolo enquanto ele ficava na salinha esperando o chefão vir explicar, com um sorriso de cascavel, de que maneira planejava depená-lo. (Por consideração ao cliente, nunca falávamos em depenar, naturalmente, mas em "contrato de seguro".) Apresentei-me ao Sr. Knowles, munido de um bolo-esponja de limão e de um chá bem quente. E, sem me deter em preâmbulos, eu disse a ele:

– Senhor Knowles, não confie nas aparências. O senhor tem diante de si um grande repórter, uma pena de aço temperada em ácido, um par de olhos que enxerga na noite mais escura. E, ao mesmo tempo, um pobre diabo que não aguenta mais trabalhar aqui. Faça uma boa ação, dê-me uma oportunidade em seu jornal. E, mais importante, não coma o bolo, conselho de amigo.

O Sr. Knowles sorriu, afastou distraidamente o bolo, bebeu o chá de uma só golada, sem dizer palavra. Duas horas depois, fui despedido. E quatro horas depois recebi uma ligação do chefe de redação do *London Star*, propondo-me fazer um teste.

Durante dois anos vivi um sonho, galgando um a um os degraus do sucesso. Depois de ter afiado meu lápis numa crônica de *faits divers*, passei a abordar assuntos cada vez mais sérios. E mais delicados. As pessoas adoravam todas as histórias que eu trazia a público. Causei a demissão de alguns chefões, perturbei lordes, incomodei gângsteres. (Deparei-me com indivíduos que eram os três ao mesmo tempo.) Eu era a estrela do jornal, e muitos se punham a tremer quando eu dizia meu nome.

* * *

O problema é que me vi diante do que eu chamaria de "situação limite". Eu iria investigar as ações de um industrial chamado Kreuger, cujas inúmeras empresas me pareciam ser fachada para atividades pouco recomendáveis. E em poucas semanas me vi de volta à estaca zero. Isto é: zero trabalho, zero apartamento, zero dinheiro. Ninguém queria saber de mim na imprensa: a palavra de ordem era que Christopher Carandini – é o meu nome – nunca mais deveria se aproximar de uma máquina de escrever. Nem de qualquer outra coisa, aliás, que me permitisse ganhar a vida. Eu tinha a impressão de que minha foto estava em todos os departamentos de recursos humanos das firmas de Londres, fossem salsicharias, curtumes ou empresas de desratização.

A princípio, aferrei-me ao que me restava de ego e de dignidade. Em minha cabeça, eu continuava sendo o grande Christopher Carandini. Toph, para os íntimos, o melhor repórter de toda a capital. No dia em que me vi sem lugar para dormir, já tendo esgotado a paciência e a boa vontade dos amigos, meti meu orgulho no fundo da mochila.

Passei apenas uma noite num banco, protegido por um cobertor velho, mas posso jurar que não tive a menor vontade de repetir a dose. Eu, com certeza, haveria de passar outras noites como aquela; mas a sorte me sorriu. No banco que eu escolhera como domicílio havia um exemplar do *Times*. Em outros tempos, eu via os jornais como um ganha-pão; depois de meu fracasso, porém, eles não passavam de uma forma de rechear meu casaco para me proteger do frio. Na primeira página falava-se de um homicídio sangrento no bairro comercial; era a terceira mulher assassinada em poucos meses, em plena rua. Alguns não hesitavam em ver naquilo uma volta de Jack, o Estripador, mas o *Times*, naturalmente, mostrava mais cautela. E, confesso, sem a menor vergonha: na época, nada poderia me interessar menos. Continuando a folhear o jornal, contudo, dei com um anúncio que logo me chamou a atenção. Eu não o guardei – no fundo, não sou lá muito sentimental –, mas ainda o tenho na memória. Nele se lia:

```
GENTLEMAN PROCURA SECRETÁRIO
PARTICULAR PARA VIGIAR SEU SONO.
APRESENTAR-SE EM PORTOBELLO ROAD,
N.30 E PEDIR UM BULE DE CHÁ.
```

Passei a noite inteira refletindo sobre essas duas frases. Quem poderia precisar de alguém que lhe vigiasse o sono? E o que fazia um bule de chá naquela história? A pessoa que redigiu o anúncio com certeza era louca de pedra, mas, de todo modo, morava num bairro nobre. Não era de estranhar: estávamos em 1906, e, naquele ano, um vento de demência soprava em todo o país. Por isso, esperei pacientemente que o dia raiasse, excitado demais para dormir, perdido em loucas conjecturas. A gente nunca muda. Não foi o frio, nem os passantes anônimos, nem a esperança de arranjar um novo emprego no dia seguinte que me tiraram o sono, mas a boa e velha descarga de adrenalina que sempre sinto antes de uma investigação séria.

* * *

É agora que minha história começa de verdade.

* * *

Na Portobello Road, n. 30, havia uma loja de antiguidades em que reinava uma desordem muito organizada. É um talento bem britânico conseguir dar uma aparência de bazar a um arranjo de objetos. Finge-se amontoá-los, mas na verdade o que se faz é dispô-los de uma maneira pensada, polindo o que deve brilhar e deixando o restante sob uma tranquilizante camada de poeira. Era um lugar muito bonito, bem grande, que tinha o cheiro bom de cera e madeira. Lá, havia montes de coisas inúteis que eu gostaria muito de poder comprar: uma bola de críquete (mas eu não pratico esse esporte), uma cesta de piquenique de vime (ainda que eu deteste piqueniques), um frasco de uísque (mas isso é outra história). Infelizmente, me lembrei de que estava sem um tostão e resolvi me concentrar em meu objetivo principal. Será que ali havia um bule de chá? Não havia nenhum à vista. Além do mais, eu não estava vendo ninguém que fosse atendente da loja, totalmente vazia à minha chegada. Resolvi bater o punho no balcão. Poucos segundos depois, ouvi alguém subindo degraus a passos lépidos, e vi que, à minha esquerda, por trás de uma enorme sela de cavalo, havia uma escada que levava a um subsolo. Logo uma bela mulher de cabelos loiros, arrumados num coque, apareceu diante de mim; devia ter uns trinta anos e usava um colar de pérolas sobre um vestido de estampas geométricas. Ela se acomodou atrás do balcão, ajeitando o cabelo com a mão, e me disse numa voz cantante:

– Bom dia, senhor! Está procurando alguma coisa em especial?

– Sim, respondi. Um bule de chá.

– Oh! Muito bem. Você tem em mente um determinado tipo de bule? Nós temos alguns.

– Bem... Não, não estou procurando nada de especial. Mas achei que...

– O que seria, então?

Eu poderia ter mencionado o anúncio, claro, mas havia naquela situação alguma coisa tão agradavelmente absurda que resolvi não me precipitar.

– Nada. Mostre-me o que você tem.

– Certo. Devo ter um de porcelana da China. Nada muito caro, pode ficar tranquilo.

Com um dedo nos lábios, ela vasculhou as prateleiras com um olhar e terminou por parar num candidato de amplo bojo branco, coberto por ideogramas azuis que, pelo que eu sabia, tanto podiam ser palavras de sabedoria quanto um insulto do tipo "Vá se danar!". Ela pegou o bule e me mostrou como se acabasse de desenterrar a tíbia de um dinossauro.

– O que acha deste?
– É realmente magnífico.
– Também acho.
– Bom.

Com um grande sorriso, ela o pôs sobre o balcão e cruzou as mãos às costas. Retribuí-lhe o sorriso e ficamos por algum tempo plantados um diante do outro como imbecis.

– Bom... são cinco *shillings,* senhor! – disse ela rindo nervosamente.

– Mas, sim, claro... – respondi apalpando os bolsos como se não soubesse que neles só havia um passe de ônibus velho e papel de embalagem de chocolate.

Ela esperou pacientemente o fim de meu teatrinho, e eu soltei um riso tão forçado que me deu vergonha.

– Receio ter saído sem minha carteira!
– Sério – disse ela entre os dentes brancos.

Insisto no fato de que ela não disse: "Sério?", nem "Sério!", mas exatamente "Sério". Com um ponto no fim. Seu tom de voz nem subiu nem baixou. Foi um "Sério" polido, mas firme, lapidar, crispado, que significava "Você não vai me fazer de boba, meu bem".

– Escute aqui, é uma coisa besta – disse eu. – Na verdade, não quero comprar um bule de chá.
– Oh! É mesmo?
– Não, enfim... eu vim aqui só para lhe pedir um bule de chá.

Ela franziu as sobrancelhas, lábios cerrados, como se eu tivesse acabado de escarrar numa comitiva real. De repente, ela bateu a mão na testa e exclamou:
– Ah! Você veio por causa do anúncio, não foi?
– Isso mesmo! – respondi, sentindo-me aliviado como se o médico me tivesse dito que eu estava perfeitamente bem de saúde.
– É que a coisa se complica para mim se você não diz por que veio! – ela insistiu.
– Bem... Sim, claro, mas o anúncio estava escrito de um jeito esquisito, não?

Ela não escondeu a própria irritação.
– Pelo contrário, me parece que o anúncio foi muito claro. Instruções bem simples.
– Visto desse modo, sim, sem dúvida – admiti, já sem ânimo para discussões. – Mas ele não diz muito sobre a pessoa que o redigiu. Imagino que não foi você, não é? O anúncio fala de um *gentleman*...
– Realmente. É que o senhor Banerjee não gosta de publicidade inútil, ele aprecia a discrição.

Banerjee. Bem. Eu já tinha um nome.
– Hum... onde está esse senhor Banerjee?
– No escritório dele no andar de cima. A gente sobe por ali.

Ela me mostrou uma parede de onde pendia um mapa agrícola da França.
– Por ali – repeti. – É preciso passar pela França? Vai demorar um pouco, não?

– Você é engraçado, não.

Ela acabava de terminar uma frase com um ponto. Depois de quilômetros de artigos, pode acreditar, eu visualizo os sinais de pontuação também na fala das pessoas. E ali havia, indubitável e indiscutivelmente, um ponto. Eu teria preferido qualquer outra coisa a um ponto. Mesmo reticências. Tudo, menos aquele ponto solitário que invertia o sentido da frase. "Você é engraçado, não." significava "Mas você é uma negação!". (Dessa vez, com um ponto de exclamação.)

Atrás do mapa havia uma escada que, ainda que em bom estado, não deixava de ser estreita e íngreme como a nuca de um *horseguard*.

– Não vou acompanhar o senhor – ela me disse. – Mas no alto da escada você vai se orientar. Tenha paciência. Neste exato momento, o senhor Banerjee está ocupado. Desejo-lhe boa sorte, senhor.

– Toph – disse eu com meu sorriso mais sedutor.

– Toph?

– É meu apelido. O diminutivo de Christopher. Todos os meus amigos me chamam de Toph.

– Bom saber. Boa sorte de novo, então, *senhor*.

Ela deu meia-volta, deixando-me só diante da escada e de meu ego humilhado.

Subi os degraus dois a dois. No alto, o patamar banhava-se na fraca luz de uma única janela de vidraça azul. Sob esta, um banco guarnecido de almofadas se oferecia aos visitantes. Em frente ao banco, numa mesinha de centro, se viam os jornais do dia – ou antes, depois de um exame mais atento, os jornais do dia anterior. Meus passos eram amortecidos por um carpete carmesim muito espesso, por isso imaginei não ter denunciado minha presença. Olhei ao redor e terminei por enxergar uma porta tão bem dissimulada na parede que eu mal lhe percebia os contornos. Bati, mas não tive resposta. Então, girei a maçaneta e entrei. Dois pares de olhos fixaram-se em mim antes mesmo de eu ter cruzado a soleira. Sentado em uma cadeira de metal, cujo encosto estava voltado para mim, um homenzinho de roupa escura, calvo como uma dúzia de ovos, voltara-se em minha direção e me encarava com uma expressão de pânico. Antes de minha entrada, ele devia estar conversando com o homem sentado atrás do belo birô de mogno que os separava. Este último, não havia a menor dúvida, era o senhor Banerjee, com quem eu tinha vindo me encontrar. Ele trajava um terno justo, de corte perfeito, com delicadas listras bege e um bolsinho branco sobreposto ao bolso da frente. O colarinho da camisa estava aberto, e ele estava sem gravata. Seria possível observar-lhe separadamente as maçãs do rosto, o nariz, os lábios ou o queixo, e considerá-los finos ou definidos demais, ou que sei mais eu; juntos, porém, todos esses elementos compunham uma harmonia visual impecável. Com certeza é nisso que reside o carisma. O canto externo de seus grandes olhos negros – tão negros, aliás, que não se podia distinguir a íris da pupila – curvava-se levemente para baixo, dando um ar de doçura a um olhar que, sem isso, poderia parecer excessivamente inquisidor. Seu nome já dava uma pista, mas esse primeiro contato me confirmou: o senhor Banerjee era de origem indiana. Ele tinha pele morena e cabelos lisos – partidos ao meio – e ombros mais delicados que os do inglês médio. (Estamos falando, naturalmente, do inglês médio *bem nutrido;* tipo, aliás, cada vez mais raro, à medida que nos afastamos do centro de Londres.)

 Um espesso estofamento cobria a porta cuja maçaneta eu segurava; era por isso que nenhum ruído da discussão chegara até mim. De que aqueles dois homens estavam tratando? O crânio de ovo, dava para perceber, assumia a

postura de um cliente. Mas que tipo de serviço o senhor Banerjee poderia oferecer? Seria ele um advogado, um tabelião? Eu não via nada na sala que desse uma pista sobre sua atividade. O calvo baixinho enxugou a testa e se pôs a falar precipitadamente:
– Senhor Banerjee? Eu... quem é esse homem? Faço questão da maior discrição!
– Estou bem ciente disso – respondeu Banerjee com uma voz grave, doce e um tanto velada. – Mas tenho certeza de que esse *gentleman* está aqui por uma excelente razão. A que devo a honra de sua visita, senhor... senhor?
– Oh... Carandini. Christopher Carandini.
O cabeça de ovo fez uma careta de descontentamento ao ouvir a sonoridade italiana de meu nome. Eu já tinha visto aquele beicinho de desdém em inúmeros rostos antes e nem ligava mais.
– Senhor Carandini – continuou Banerjee no mesmo tom –, permita-me insistir? Sua presença...
Ele falava um inglês elegante onde mal se percebia uma pontinha de sotaque estrangeiro. Onde quer que tivesse nascido, o homem com certeza fizera seus estudos na Inglaterra. Lançando um olhar em torno da sala – a gente não consegue mudar –, respondi à sua solicitação:
– Sinto muitíssimo tê-los perturbado. Eu vim pelo... anúncio.
O homenzinho calvo pulou da cadeira.
– Como? Senhor Banerjee, sua "secretária" poderia ter dito a este senhor que esperasse! Isso é inaceitável!
Fiz uma rápida mesura:
– Na verdade, ela pediu. Eu é que tomei a liberdade de abrir a porta, porque não ouvi nenhum ruído. Sinto muitíssimo. Vou simplesmente deixá-los e esperar na antessala. Desculpem-me.

Eu estava prestes a dar meia-volta, mas o chefe me deteve:

– Senhor Carandini... Você veio para o cargo de assistente, e preciso de um assistente para atender ao pedido do senhor... *Smith*, aqui presente. Peço-lhe, pois, que não se vá. Aliás, é melhor assim: você entrará diretamente na questão. O tal Smith – duvido que fosse seu nome verdadeiro! – estava agitadíssimo. Exaltado e pálido, e exclamou:

– Mas como é que você pode ter confiança nele? Você nem ao menos o conhece! Senhor Banerjee, estou decepcionadíssimo e vou ter de dispensar os seus serviços. E saiba que eu não recomendaria seus...

Com toda a calma, Banerjee bateu a mão aberta no birô. O barulho, inesperado, sobressaltou Smith. Ele olhou para Banerjee com um misto de estupefação e medo, a boca entreaberta numa expressão absolutamente grotesca. Esperei o que viria em seguida, divertindo-me com a cena.

– Senhor Smith – disse Banerjee –, se você veio me procurar é porque não ignora meus métodos.

Ele se exprimia com doçura, mas a autoridade de seu olhar impedia que lhe cortassem a palavra. Então ele continuou:

– Portanto, você sabe que eles são, no mínimo, *atípicos*. Assim sendo, peço que respeite as regras; o senhor Carandini escutará sua história até o fim e me assistirá, em seguida, na resolução de seu problema.

Smith voltou à calma; mas mesmo assim perguntou:

– O que aconteceu com seu antigo assistente?

– Ele não sabia contar até vinte e seis – respondeu Banerjee com um sorriso que teria feito a Mona Lisa passar por histérica. – Agora, senhor Carandini, pode fazer o favor de sentar? Há uma cadeira perto da porta.

Fiz o que ele mandou e deslizei mansamente para o

curioso ambiente daquele escritório. Ali não faltavam objetos: estantes com livros em inglês, alguns bibelôs, duas ou três fotografias... Mesmo assim, ainda me era difícil adivinhar como Banerjee ocupava seus dias. Será que o segredo estaria atrás daquela outra porta, à minha direita?

– Senhor Smith, poderia fazer a gentileza de explicar, agora em detalhes, o que o traz aqui?

Smith contraiu o rosto num ricto mau, temperou a garganta e começou:

– Pois bem... Como já disse, o estabelecimento que dirijo é um dos mais sólidos e seguros de Londres. Personalidades importantes vêm confiar seus bens a nossos bons cuidados. Nosso sistema de cofres foi concebido segundo as tecnologias mais avançadas. É verdade que nada é inviolável, mas... nenhum meio convencional poderia comprometer a integridade de nossos cofres e caixas.

– E dinamite? – perguntei.

Smith não teria ficado mais chocado se eu tivesse insultado três gerações de sua família.

– Senhor, seria preciso tal quantidade de explosivo que metade do bairro seria pulverizada... e os ladrões junto! E, no presente caso, de todo modo, as coisas se passaram de outra maneira. Há um mês, um *gentleman* chamado Stuart Micklewhite, negociante de bebidas, compareceu a nossa agência com um cofrinho, debaixo do maior sigilo. Este continha um diamante. E não era um diamante qualquer, senhores, estou falando do *Paxá azul*.

Smith por pouco não explodia de orgulho. Ele juntou as mãos como se fosse esfregá-las e esperou que Banerjee ou eu soltasse um grito de estupefação. Nós não lhe demos esse prazer, mas essa pausa me permitiu saber um pouco mais do que já sabia sobre esse Micklewhite que Smith acabava de citar. Dândi, solteiro, herdeiro de uma empresa familiar que ele soube expandir de forma considerável, homem dado a mulheres, jogador inveterado... Seus desregramentos, assim como seus gastos espetaculares, agitavam toda Londres. Lembrei-me de que ele comprara esse famoso diamante um ano antes num leilão, provocando inveja e admiração no mundo dos negócios.

Smith, crispado e provavelmente decepcionado com nossa atitude neutra, procurou reagir como pôde:

– Certamente vocês ouviram falar do *Paxá azul*, não? Uma maravilha vinda diretamente do Império Otomano. Diz-se que Solimão, o Magnífico...

Banerjee levantou a mão:

– Por favor, senhor Smith, não nos percamos em detalhes. Então, prossiga.

– Bem, como vocês devem ter notado, o senhor Micklewhite desejava nos honrar confiando-nos o *Paxá azul*. É que na Tate & Mc...

Ele parou de repente, dando-se conta de que estava prestes a revelar – se é que já não o fizera – seu nome verdadeiro. Anotei tudo isso num canto da minha mente. De resto, eu começava a entender melhor onde eu me encontrava: esse senhor Banerjee devia ser uma espécie de detetive particular. Nisso, nossas profissões talvez não se diferenciassem tanto. Em compensação, eu continuava sem compreender o sentido do pequeno anúncio: o que era aquela história de sono?

Smith resmungou um troço incompreensível e, cada vez mais agitado, continuou seu relato.

– Embora nunca puséssemos em dúvida a respeitabilidade de nossos clientes, enviamos imediatamente um de nossos *experts* para verificar a autenticidade do *Paxá azul*. Com sucesso. Três mil quilates, imaginam o que é isso? Ele vale mais de um milhão de libras.

Limitei-me a balançar a cabeça; por seu lado, Banerjee nem se permitiu um ligeiro tremor de narina. Tornando a fechar a cara, Smith acrescentou:

– Cumprida essa pequena formalidade, o senhor Micklewhite repôs o diamante no cofrinho e nos deu outra chave. Sem maior detença, colocamos o *Paxá azul* no nosso melhor cofre. O senhor Micklewhite então voltou para casa depois de assinar os formulários de praxe.

Smith estava com um ar tão abatido que senti uma ponta de piedade dele.

– Três semanas depois – gemeu ele – recebemos uma carta anônima informando-nos que o *Paxá azul* fora roubado. Fiquem sabendo que recebemos cartas de ameaças o tempo todo. Mas aquela era muito mais que uma ameaça: era a confissão de um crime já cometido!

– O senhor guardou essa carta, sr. Smith?

– Claro. Eu até trouxe-a comigo. Olhe aqui.

Smith tirou do paletó um papel dobrado em quatro. De onde eu estava, não conseguia ler nada, mas de todo modo percebi que a carta fora escrita à máquina. Smith declamou em voz alta:

```
O PAXÁ AZUL PERTENCE AO IMPÉRIO
OTOMANO DESDE A SUA DESCOBERTA. NADA
JUSTIFICA SEU ROUBO PELOS BÁRBAROS
RUSSOS E DEPOIS PELOS INGLESES. HOJE
DEVOLVEMOS AO IMPÉRIO O QUE PERTENCE
AO IMPÉRIO: O PAXÁ AZUL VOLTOU PARA
A SUA TERRA.
                                    BARBAROSSA
```

Banerjee se balançou um pouco na cadeira, braços ao longo do corpo, como se tentasse achar um misterioso ponto de equilíbrio. Em seguida, falou:
— Muito interessante. E imagino que você imediatamente verificou se a carta dizia a verdade.
— Vou chegar lá — confirmou Smith. — Quando recebemos esse documento, examinamos nosso cofre. E, sem maiores delongas, constatamos que ele não mostrava nenhum sinal de arrombamento.
— Você poderia me descrever o cofre?
— Na verdade, em vez de cofre, eu deveria falar de caixa forte. No interior da qual encontram-se cinco armários metálicos com nove compartimentos. Um pouco como um guarda-volumes de estação. Mas a diferença é que cada um desses compartimentos daria um bocado de trabalho ao ladrão mais pertinaz. Quanto à porta da caixa-forte, ela dispõe de uma blindagem de cerca de um metro de espessura. A liga metálica é rigorosamente impossível de perfurar! E a precisão do mecanismo da fechadura é tal que, para descobrir a combinação, seriam precisos dias, ou até semanas de tentativas ininterruptas!
Com ar de malícia, Banerjee falou:
— Imagino que a confiabilidade dos empregados é absoluta, não?
Um intenso fluxo de sangue nas orelhas de Smith lhe deu um ar perfeitamente ridículo. Com a mão no coração, o banqueiro revirou os olhos e declarou:
— Senhor Banerjee, eu mesmo recruto cada um dos meus empregados com uma meticulosidade que reputo irrepreensível. É impensável que o ladrão pudesse ser...
— Quer dizer então que houve mesmo o roubo? — interrompeu-o Banerjee.
Smith abaixou a cabeça, contrito.

– Sim, aconteceu o roubo. Que desgraça! Quando abrimos a caixa forte, o compartimento do *Paxá azul* continuava trancado e também não apresentava nenhum sinal de arrombamento. O cofrinho estava lá. Mas vazio.

Banerjee tornou a balançar o corpo na cadeira. Em vez de se mostrar contrariado, parecia divertir-se com o problema, coisa que, observei, muito incomodava Smith.

– Temos então um ladrão que se apossou do objeto sem arrombamento aparente e, em seguida, teve o cuidado de fechar tudo novamente. É isso mesmo?

– Sim, é isso, sim – admitiu Smith com a impaciência polida que por si só exprime a própria essência do espírito britânico.

– Depois de ter tornado a fechar tudo, o ladrão enviou uma carta. Sem o quê, pode-se imaginar, você só se daria conta do roubo muito depois.

– Com efeito. Na verdade, não antes de o senhor Micklewhite vir buscar a sua joia. Como poderíamos imaginar uma coisa dessas?

O senhor Banerjee se voltou para olhar pela janela. E nisso ficou por tanto tempo que se poderia pensar ter ele esquecido minha presença e a de Smith.

– Senhor Banerjee? – não podendo mais conter a impaciência, o banqueiro disse por fim: – Algum problema?

Banerjee ignorou essa pergunta e continuou sua observação por mais alguns segundos. O que ele poderia estar perscrutando? De todo modo, ele não procurou explicar-se quando voltou à nossa companhia:

– Ainda preciso fazer-lhe algumas perguntas, senhor Smith. O senhor trouxe o cofrinho vazio?

– Sim – confirmou Smith. Por via das dúvidas. Mas, sem querer duvidar do senhor, acho que ele não lhe revelará grande coisa. Ele não apresenta nenhum sinal de violação. Nós o examinamos com uma lupa: a fechadura estava intacta: não havia nenhuma ranhura.

– O cofrinho também estava fechado quando vocês fizeram a inspeção?

– Sim. Eu sei que isso pode parecer incrível, mas nós o encontramos exatamente como o tínhamos deixado. Salvo que, naturalmente, o *Paxá azul* não estava mais lá.

Olhos semicerrados, Banerjee afirmou:

– Não duvido de suas palavras. Mas antes de ver o cofrinho... O senhor Micklewhite já soube?

A essas palavras, Smith pareceu sufocar.

– Sim, não tivemos escolha senão avisá-lo. É a política de nosso estabelecimento. Você teria um copo d'água?

– Não, sinto muitíssimo. Diga-me, senhor Smith... Quais seriam as consequências para seu estabelecimento se o diamante não fosse recuperado?

Abatido, Smith soltou um suspiro de partir o coração.

– Não haveria nenhuma consequência financeira direta: o *Paxá azul* foi segurado por mais de um milhão de libras junto a uma firma respeitável. Mas nossa imagem ficaria totalmente abalada. Roubados em nosso próprio estabelecimento por um bandoleiro qualquer... hum, turco, ao que parece!

– Turco?

– Barbarossa. Era um corsário otomano do século XVI. Você não sabia?

– Não. Da mesma forma que você não sabe quem é Ilango Adigal. Cada um de nós tem sua cultura.

– Claro, claro. Mas... você faz uma ideia, não? O impacto para mim...

– Naturalmente. O prejuízo moral é enorme, entendo muito bem.

– Foi por isso que, pela comunicação boca a boca, vim

procurar o senhor. Note que, num primeiro momento, não queremos que a polícia tome ciência disso. Não tenho muita confiança em sua discrição.

Banerjee ignorou a informação.

– Senhor Smith, posso examinar o cofrinho agora?

– Sim, aqui está.

Smith enfiou a mão num saquinho de couro e dele tirou um elegante cofrinho de tampa plana e madeira escura, com cerca de dez polegadas de comprimento e cinco de altura. Trancava-o uma fechadura de aparência sólida, embora de fatura bem comum, situada em seu terço superior. Sob esta, decorações de marfim representavam uma cena bucólica na qual brincavam passarinhos e um cachorro grande. Banerjee girou o cofre e, depois de tê-lo examinado, abriu-o com a chave que Smith acabara de lhe passar. No interior havia apenas uma almofada de seda azul, destituída de sua joia.

De repente vi Banerjee retesar o corpo e levar a mão à nuca, como se tivesse sido picado por uma vespa. Ele fechou os olhos, subitamente vidrados, enquanto a parte superior do corpo agitava-se com pequenos espasmos. Smith, de olhos arregalados, não parecia muito tranquilo:

– Senhor Ba... Banerjee? O senhor está bem?

O outro esperou um pouco mais e respondeu, ainda sem abrir os olhos:

– Perfeitamente bem. E agora, senhor Smith, vou lhe pedir para sair e esperar na sala ao lado.

– Como? E por que motivo?

– Porque, senhor Smith, está na minha hora de dormir.

A PEÇA CONTÍGUA AO ESCRITÓRIO DE BANERJEE TINHA UMA ÁREA UM POUCO maior e um ambiente mais exótico: tapeçarias, cortinas e objetos de origem indiana, cheiro de incenso... Enquanto observava cada detalhe, vi Banerjee sentar-se à beira de uma cama estreita e sem lençol, que ele apalpava para testar a maciez. Cumprindo as suas ordens, eu o segui, sob protesto do pobre Smith – que, àquela altura, eu não tinha dúvida, achava que o estavam fazendo de bobo. Bom, tive de me render à evidência: Banerjee não estava brincando e pretendia *mesmo* dormir. Que tipo de indivíduo podia agir daquela maneira?

– Sente-se no banquinho ao lado da cama, senhor Carandini – me ordenou Banerjee.

Para deixar meus princípios tomarem a dianteira, obedeci, curioso demais com o que viria em seguida.

– Senhor Banerjee... – principiei. – Quem é você, exatamente?

Ele apertou os olhos:

– Quem eu sou... Essa é uma questão importante?

– Bem, acho que sim!

— Suponho que se você me pergunta é porque *você* sabe quem você é. Quem você é *de verdade*. É isso mesmo, senhor Carandini?

Essa resposta me deixou totalmente desconcertado. Era isso o que ele estava procurando? Uma besta de carga para suas elucubrações filosóficas? Protestei:

— Senhor Banerjee, desculpe-me, mas... eu vim aqui atendendo ao seu anúncio; e depois do que acabo de presenciar, me parece que o senhor é uma espécie de... detetive particular? Continuo sem entender o que o senhor espera de mim, mas reconheça que isso exige algumas explicações, não?

— Ah, sim... Posso lhe dizer quem sou... externamente, de certa forma. Minha função, meu lugar na sociedade... Isso não lhe revelará quem sou realmente. Mas você saberá o que eu faço aqui e por quê.

— Confesso-lhe, *sir*, que isso seria um bom começo.

Banerjee tirou um relógio do bolso do casaco, depois o guardou.

— Nosso tempo está contado. Por isso vou lhe dizer o que você precisa saber *por enquanto*. Você está bem acomodado?

— Sim... o bastante para escutá-lo, acho.

— E você tem um relógio?

— Sim, um relógio de algibeira. Mas não tão bonito quanto o seu.

— Se ele marca as horas, é o que importa, senhor Carandini... Como você adivinhou, eu realmente exerço a profissão de detetive particular. Contudo, meus métodos certamente lhe parecerão incomuns.

Não me era difícil acreditar.

— Sabe — prosseguiu ele — não sou um espírito dedutivo. Não sei interpretar o real. Para compreendê-lo, preciso de um intermediário. Um intermediário que organize a realidade de forma simbólica, cujos mecanismos eu percebo melhor.

Balancei a cabeça.

– Senhor Banerjee, me perdoe, não me considero um idiota, mas não estou entendendo patavina do que está me dizendo. Você falou em símbolos, não é? Que relação tem isso com o trabalho de um detetive?

O sorriso que Banerjee me dirigiu, totalmente aberto, me fez sentir um bem-estar inexprimível.

– Estou vendo que você é um homem pragmático, senhor Carandini. Não há nada de errado nisso. Por isso, de minha parte, vou me mostrar pragmático também. Para descobrir a solução de um enigma, eu preciso *sonhá-la*.

– O quê? – perguntei, sem conseguir conter o riso. – Sonhá-la? O que é que o senhor está me dizendo?

Um maluco! Talvez fosse simplesmente isso: atendi a um anúncio de um alucinado que procurava um pobre idiota para dar corpo a seu delírio. Mas agora eu já tinha ido longe demais para dar meia-volta. Despedi-me mentalmente de um emprego estável e escutei a seguinte explicação:

– Venho de uma família de brâmanes. E dela herdei alguns saberes antigos que, embora não tenham nada de especialmente complexos, escapam à compreensão dos ocidentais. Não veja nisso nenhuma gabolice de minha parte: nossos povos não encaram o real da mesma maneira, só isso.

Ele se certificou de que eu estava atento e continuou:

– Vou tentar ser o mais claro possível, senhor Carandini. Consideremos o caso que nos interessa hoje. Tomei ciência do ponto de vista do senhor Smith; tenho também meu ponto de vista. E, sem dúvida, o ponto de vista do senhor Smith é fruto também da mistura dos pontos de vista de seus colaboradores. No final, a realidade não nos é dada por uma única voz, mas por um verdadeiro coro de vozes. É como se todo mundo nos gritasse *sua verdade* ao mesmo tempo. E isso pode ter um efeito ensurdecedor. Está me entendendo?

– Acho que sim. Pelo menos estou tentando.

– A técnica que uso me permite, sonhando, transformar todas essas vozes em apenas uma. Assim, a verdade se apresenta a mim de forma mais clara.

Estiquei as pernas.

– Vamos ver se entendi bem. O senhor vai dormir, sonhar, e o nome do ladrão do *Paxá azul* vai lhe ser revelado por essa magia? É isso mesmo?

Banerjee me dirigiu um sorriso ao mesmo tempo amistoso e condescendente.

– Não, senhor Carandini, eu não sou um mágico. Os adivinhos não existem, e meu sonho não me permite saber de coisas que não sei. Em compensação, ele me permite organizar o que já sei e trazer à luz elementos deixados de lado por meu consciente. Nosso espírito tende a se demorar sobre aquilo que mais nos chama a atenção; mas acontece que a solução está nas pequenas coisas. Nos detalhes. Nas sombras. Meus sonhos recuperam a importância dessas "pequenas coisas".

Eu bati palmas.

– Vamos admitir que sim. Você sonha, você compreende. Mas como saber que a hora chegou? Afinal de contas, se estou entendendo bem o que está dizendo, você precisa coletar certo número de indícios, como todo mundo. Mesmo que sua importância não se torne manifesta imediatamente, é preciso que tome conhecimento deles?

– Claro. Você deve ter notado em mim uma mudança de atitude, há alguns minutos, quando estávamos em companhia do senhor Smith, não?

Pensei um pouco.
– Espere um instante... Sim, pensei que o senhor tinha sido picado por uma vespa!
Ele aquiesceu.
– É isso. Alguma coisa em mim sabe que a solução está lá, e me avisa.
– Desculpe-me, mas... como?
– Por que você quer uma explicação? É assim, e pronto. Sempre foi assim, e não há motivo para que mude. Imagino que, às vezes, você sente que vai ficar doente, não? Você sente uma comichão na garganta...
– Sim, mas...
– Seu corpo lhe manda um sinal. Aqui é igual.
Passei as mãos no rosto, depois falei:
– É absolutamente fascinante. Fascinante! Agora, permita-me perguntar para que precisa de um assistente. Se você só tem de dormir, ora... Será que serei útil? Eu ou qualquer outro...
Ele fechou as pálpebras que, mais escuras que o restante de sua pele, pareciam quase maquiladas.
– O fato é que não basta dormir. Sou um ser humano como você. Durmo à noite, de preferência, um sono absolutamente comum. O sono que nos interessa neste momento é de outro tipo. É, diria você... um transe? Um transe que exige, para lhe ter acesso, que se pronunciem certas palavras. E convém igualmente que meu sonho dure menos de vinte e seis minutos. Nem um a mais.
– Senão...
– Senão, pode ficar difícil, ou até impossível, que eu acorde.
Pensei em tudo o que acabara de ouvir. Banerjee não parecia ser um desses charlatães que lhe extorquem uns trocados depois de recitar baboseiras inspiradas na palma

de sua mão. Hipócritas, mentirosos contumazes – conheci muitos; mas eu seria capaz de apostar tudo o que eu tinha na sinceridade de Banerjee. Mas isso não dava nenhuma garantia de sua saúde mental.

– Você tem um ouvido musical, Carandini?

Essa nova pergunta me pegou ainda mais desprevenido do que as perguntas anteriores.

– Eu... sim, acho que sim. Por quê?

– Eu lhe disse que, para ter acesso ao meu transe, precisava ouvir certas palavras.

– É verdade, você acabou de dizer isso. E então?

– Não basta falar... também é preciso cantar. Mas pode ficar tranquilo, vou ajudá-lo. Repita comigo: *Raghupati raghava rajaram.*

Ele recitara essas sílabas num tom ao mesmo tempo lancinante e melodioso. Abri a boca, mas mal pronunciei a primeira palavra, me interrompi:

– Escute, senhor Banerjee... aprecio a brincadeira, mas...

– Não se trata de brincadeira, senhor Carandini, mas não vou lhe querer mal por ver as coisas dessa maneira. Percebo também que você é um curioso e sei que vai conseguir superar o incômodo que essa situação lhe causa. Por favor, repita comigo.

Respirei bem fundo, como se fosse pular de um trampolim. Depois, reprimindo mentalmente as ondas de vergonha que assaltavam, salmodiei:

Raghupati raghava rajaram.

– Muito bem! Precisa pôr um pouco mais de alma, mas é um começo. Agora: *Patita paavana sitaram.*

– Pati... *Patita paavana sitaram.*

– Perfeito! É verdade então que você tem certo dom musical. Muito bem. *Sundara vigraha meghashyam.* Agora repita o que eu disse.

Esse pequeno exercício durou alguns minutos. Será que Smith, na sala vizinha, nos ouvia? E, se fosse o caso, teria tentado fugir? Eu compreenderia. Ao fim do exercício, eu tinha transcrito foneticamente uma dezena de versos no meu caderno de anotações. E, curiosamente, a melodia do todo se imprimiu sem a menor dificuldade em minha memória. Banerjee se mostrava satisfeito.

– Tudo isso é muito bonito, comentei. E depois? Vou cantar isso e você vai dormir?

– Exato.

– Em seguida, vou vigiar para que você não durma mais de vinte e seis minutos...

– ...quando eu lhe disser, você vai cantar de novo, partindo do último verso até o primeiro.

– O quê? Espere, é muita informação ao mesmo tempo. Cantar a partir do fim, isso com certeza eu consigo. Mas só quando você me disser o que cantar e como cantar. Você não estaria dormindo?

Ele fez um gesto apaziguador.

– Claro. Mas eu posso me comunicar com você. Imagine apenas que eu vejo alguma coisa que você não vê e a descrevo. Meu sonho é um passeio em outro lugar, mas tenho a consciência deste aqui.

Remexi um pouco nas minhas lembranças e, de repente, me deu um estalo:

– Parece-me que li alguma coisa sobre isso. Tem um livro... publicado há uns cinquenta anos, acho... Deixe-me lembrar do título: *Os sonhos e... e...*

– ...*como dirigi-los*, de Léon d'Hervey de Saint-Denys, sim. Conheço bem essa obra respeitável. Na realidade, o que esse francês fez foi apenas encontrar, graças à lógica e ao saber próprios dos ocidentais, aquilo que os meus nunca esqueceram. Quer dizer que você o leu?

– Oh! Passagens citadas num artigo. Não me lembro de nada com precisão. Eu ainda não tinha nascido quando foi publicado, claro, mas o livro teve grande repercussão.

– O senhor Saint-Denys dizia principalmente o seguinte: "Nem a atenção nem a vontade ficam necessariamente suspensas durante o sono". Na verdade, essa é a chave de minha técnica.

Teria eu ficado mais seguro ao saber que as elucubrações de Banerjee encontravam eco em trabalhos mais racionais, ou pelo menos mais conformes à ideia que um europeu podia fazer da ciência? Talvez... Mas isso não aplacou de todo meu ceticismo.

Banerjee temperou a garganta e disse:

– Agora podemos dar prosseguimento? É que o senhor Smith deve estar ficando impaciente.

Concordei com um gesto de cabeça. Banerjee me pediu então que acendesse uma lâmpada a óleo que estava sobre uma mesinha e fechasse as cortinas. Quando o aposento mergulhou na penumbra, sentei-me novamente no banquinho. De sua parte, Banerjee estava estendido na cama, de olhos fechados.

– Você deve segurar minha mão direita, senhor Carandini.

Só faltava essa.

– Como? – perguntei, sem mais ânimo para resistir.

Com o cotovelo ainda apoiado no colchão, ele levantou o braço. Quando meus dedos entraram em contato com os dele, sua pele parecia muitíssimo quente, como se estivesse com febre. Sua mão apertou a minha levemente.

– Assim está perfeito. O mundo dos sonhos às vezes procura reter seus visitantes. Por isso, é preciso um pequeno empurrão do real para trazê-los à superfície. Como um escafandrista que é puxado para cima, entende?

– Acho que sim.
– Nesse caso, acho que você não precisa saber mais nada. Chegou a hora.

Cometi o erro de imaginar a cena de um ponto de vista exterior: eu, à cabeceira daquele indiano fantástico, segurando-lhe a mão e preparando-me para entoar um canto numa língua que eu não entendia. Essa visão me incomodou por um instante, mas terminei por me livrar dela. Dizem que o ridículo não mata; pelo menos, quando se tem o cuidado de não divulgá-lo. Afinal de contas, o que eu tinha a perder?

Engoli em seco, respirei fundo e comecei:

Raghupati raghava rajaram
Patita paavana sitaram
Sundara vigraha meghashyam
Ganga tulasi salagram

Eu cantava devagar, destacando bem as palavras, como Banerjee me tinha recomendado. Já no quarto verso senti uma crispação no seu antebraço e, imediatamente depois, uma descontração. Era possível perceber que seus olhos se agitavam por trás das pálpebras. Comecei a cantar a segunda estância:

Bhadra girishwara sitaram
Bhakata janapriya sitaram
Janaki ramana sitaram
Jaya jaya raghava sitaram

Não acontecia mais nada.
Tanto quanto eu podia notar, Banerjee dormia. Como qualquer um. Eu lhe tinha cantado uma canção de ninar,

e agora só lhe restava ressonar; eu podia me gabar de um trabalho bem feito – com certeza eu teria feito sucesso num berçário –, mas não era exatamente isso que eu estava esperando. Aguardei mais um pouco, impaciente, mas também meio envergonhado de ter acreditado, apesar de tudo, naquilo que só poderia ser, em retrospecto, uma farsa ridícula.

– Bem... – murmurei comigo mesmo – vou deixá-lo descansar, senhor Banerjee. Desejo-lhe bons sonhos e boa sorte com o seu cliente. Adeus!

Mas quando eu ia soltar-lhe a mão, seus dedos de repente me apertaram com mais força. Uma voz ergueu-se do leito, mas diferente da que eu conhecia de Banerjee, parecia que vinha do fundo de uma caverna. Mas era ele mesmo que estava falando, ainda que seus lábios mal se mexessem.

– Você continua perto de mim? – perguntou Banerjee pronunciando as palavras mais claramente. Seu tom de voz não era uniforme: a voz subia para os agudos, baixava para os graves, e eu a sentia ora próxima, ora distante. Sem pensar, apertei um pouco mais a sua mão e balbuciei:

– S...sim. E você? Bom, estou vendo que está aqui, mas... desculpe-me perguntar-lhe: você está dormindo?

– Sim – respondeu Banerjee num tom que me fazia lembrar um refrão musical.

– E você, está tendo um sonho bom?

– Tudo está escuro.

Definitivamente, eu já não sabia mais o que pensar. Uma parte de mim tendia ainda a se deixar convencer: a outra se opunha ferozmente àquela mascarada. Esperei um minuto, depois mais dois. Ou, pelo menos, assim eu calculava o tempo transcorrido, porque eu tinha simplesmente esquecido meu dever número um: cuidar para que tudo aquilo não durasse mais de vinte e seis minutos. Tirei

meu relógio do bolso e o pus sobre minha coxa. No total, não teriam se passado mais de cinco minutos. O ponteiro dos segundos deu mais duas voltas no mostrador, durante as quais Banerjee se manteve inerte como uma acha de lenha. Depois, ele me falou mais uma vez:
– O chão está muito mole. Tenho dificuldade de andar.
– Mole como?
– Já caí várias vezes no escuro. O chão é mole, macio, mas estou afundando nele inexoravelmente. Sinto que logo ele vai me tragar.
– Não será areia movediça? Você está correndo o risco de sufocar! Tenho de acordá-lo!

Não sei por que disse aquilo. Afinal, aquilo era apenas um sonho, e a gente não morre num sonho. Ao menos pelo que se sabe até o momento. Pensei melhor e perguntei:
– Você continua bem?
– Sim, eu escorrego, caio.
– Você cai?
– Estou atravessando o solo. O soalho rachou.
– Que soalho? Você não dizia que o chão era mole? Não estou entendendo mais nada.
– Ele era mole e liso. Eu me enfiei nele. E dei com um soalho. Passei através dele também.
– Se você diz... E como é esse lugar onde está agora? A menos que você continue caindo, claro. Eu não queria de modo algum atrapalhar a sua queda.

Banerjee não respondeu de pronto. Consultei o relógio: ainda tínhamos tempo.
– Agora há luz – anunciou Banerjee.
– É bom saber. É dia?
– Não. Estou trancado numa espécie de cárcere. Mas a luz me vem por uma abertura bem pequena. Acho que devo ir em sua direção.

– Pois então faça isso – respondi num tom de cansaço. Logo, a única companhia que me restou foi o tique-taque do meu relógio. Agora a mão de Banerjee estava menos quente; em todo caso, não mais que a minha. Será que eu devia procurar saber o que *estava acontecendo*? Optei pela paciência, e se passou mais um minuto. Finalmente Banerjee tornou a falar:

– Não consigo me aproximar da luz.
– Por quê?
– Alguma coisa me impede.
– Que tipo de coisa?
– Um lobo.

Reprimindo minha propensão natural ao sarcasmo, tratei de formular minha pergunta seguinte em termos mais neutros.

– Um lobo... é o que você me diz. Ele está agindo de forma ameaçadora?
– Ele me impede de aproximar-me da luz.
– Ele mostra as presas?
– Não pode. Ele tem uma coisa na boca. Mas ouço o seu grunhido e, quando dou um passo à frente, ele avança em minha direção. E também quando falo com você.
– Quando você me... Nesse seu sonho, você está falando comigo? E eu, onde estou?
– Sua voz ressoa em minha cabeça. Mas eu, para me comunicar com você, tenho de falar.
– Você não poderia simplesmente *pensar*?
– Nesse caso, você não me ouviria.

Com certeza era inútil tentar argumentar ou descobrir um mínimo de lógica naquela história. Dei uma olhadela no meu relógio e constatei que o tempo acelerara. Eu achava que os vinte e seis minutos seriam mais que suficientes – por que mesmo? –, mas na verdade era preciso ficar atento.

– Voltemos ao seu lobo, propus. Você consegue ver o que ele tem na boca?

– Para isso eu teria de me aproximar mais. E não vou poder falar por alguns instantes. Preciso ter cuidado.

– Faça isso, então.

Esperei. Tinham se passado vinte minutos, se as minhas estimativas iniciais estivessem corretas; havia uma margem de erro, e eu começava a me preocupar.

Quando Banerjee tornou a falar, eu, mergulhado na espera e no torpor, quase tive um sobressalto.

– Eu vi o que o leão tem na boca.

– O *leão?* – perguntei, surpreendido. – Ainda há pouco você falou de um lobo!

– Mas agora é um leão.

Pensando bem, não seria aquela a primeira vez que um sonho servia de palco a tais metamorfoses. Quantas vezes eu sonhara ter em meus braços uma criatura deliciosa e, de repente, me vi sufocado pela inspetora do meu internato?

– Bem, senhor Banerjee, quer dizer que agora é um leão... E então, o que é que ele tem na boca?

– Uma chave enorme. Eu pensei que era um osso ou um galho. Mas é uma chave mesmo. E um pássaro pousou em cima dela.

– Você não pode tentar tirá-la de sua boca?

– Acho que não, ele parece muito decidido a manter a chave na boca. Ela também mudou. Agora parece mais comprida.

– Ah... e isso... é bom?

– Eu não sei.

De novo, silêncio. A mão que eu apertava agora estava friíssima; a temperatura de Banerjee baixara sem parar desde o começo da sessão. O tempo passava, por isso eu lhe perguntei:

– Devo acordá-lo, senhor Banerjee?
– Sim, isso seria desejável. De agora em diante não vai acontecer mais nada. Minha situação não vai evoluir mais.
Comecei então a cantar o canto do despertar. Mas depois de três versos percebi que tinha começado pelo começo, ao contrário do que ele tinha me pedido. Banerjee estava frio feito um bloco de gelo – na verdade, cada vez mais frio –, e entrei em pânico. Fechei os olhos e tentei me concentrar. Não podia ser tão difícil recitar os versos do fim para o começo.

Ganga tulasi salagram...

Não, eu não estava fazendo direito: tratava-se do último verso da primeira estrofe. Vinte e quatro minutos... já? Como era possível? Tomado pela emoção, meu cérebro tinha travado. De repente me vi com um cadáver gelado ao meu lado, respondendo às perguntas da polícia: "Sinto muito, ele não acordou porque não cantei a partir do fim".
Por fim, reuni o que me restava de racional e entoei:

Jaya jaya raghava sitaram
Janaki ramana sitaram
Bhakata janapriya sitaram
Bhadra girishwara sitaram

Era aquilo mesmo. Quando pronunciei essas palavras, uma vaga tepidez espalhou-se pela mão de Banerjee. Continuei, um pouco mais confiante, com a segunda estrofe. Agora cada palavra trazia Banerjee para mais perto do limiar do estado de vigília. E, mal terminei o canto, eu o vi arquear o corpo e em seguida abrir os olhos. Com o olhar fixo, ele parecia ignorar totalmente minha presença,

ainda que sua mão continuasse na minha. Mas logo ele voltou a cabeça para mim, e seu semblante se abriu.
– Quanto tempo? – ele me perguntou imediatamente.
Dei uma olhada no relógio.
– Um pouco mais de vinte e cinco minutos.
– Bem, muito obrigado – ele disse. – Você foi exemplar.
Banerjee saltou sobre os dois pés como se tivesse sido ejetado da cama por uma mola, ajustou o colete e, já diante do espelho, passou a mão nos cabelos para ajeitá-los.
– Isso não nos ajudou muito, não é? – disse eu sem sair do banquinho.
– Do que você está falando?
– Do que estou falando? Ora, do que acaba de acontecer! Seu sonho...
– Meu sonho foi límpido – replicou ele em tom neutro.
Franzi as sobrancelhas.
– Límpido? Ele não tinha pé nem cabeça! Escute, eu...
Ele não me deixou terminar.
– Quer fazer o favor de me acompanhar? É hora de comunicar ao senhor Smith a solução de seu mistério.
Que mais eu poderia fazer a não ser me calar e segui-lo?

"Cada vez mais bizarro", dizia Alice

POUQUÍSSIMAS VEZES EU VIRA ALGUÉM COM UM AR TÃO DESOLADO COMO O DO SENHOR SMITH. Era um homem que, no dia a dia, e apesar de um físico que nada tinha de imponente, devia usar sua posição hierárquica para exercer certa autoridade. Naquele recinto acanhado, privado de suas referências, ele se via na dependência da boa vontade de um indivíduo que, trinta minutos antes, tinha pedido licença para ir dormir.

– Você fez algum progresso? – perguntou, aborrecido.

– Sim, claro – respondeu-lhe Banerjee com toda segurança, sentando-se em seu birô.

– O que quer dizer com isso? Você já tem uma pista?

– O senhor me procurou para que eu o ajude a descobrir o que aconteceu com seu diamante. Se eu aceitei, é porque me julgava à altura da tarefa. É natural que lhe dê, agora, o que veio procurar. Senhor Smith... pode me passar o cofrinho novamente?

– Como? Oh! Sim, claro. Aí está. Com a chave.

Banerjee pôs o cofrinho à sua frente e o abriu.

– Quando o senhor Micklewhite foi ao seu encontro,

imagino que o cofrinho se encontrava exatamente nessa posição, não é? A parte de trás do cofre virada para você?
– Bem... acho que sim. Com efeito – confirmou Smith.
– O que significa que o senhor não o viu abrir o cofre.
O senhor Smith agitou-se na cadeira.
– Mas claro que sim! Ele estava diante de mim, como você está agora!
Banerjee sorriu.
– Senhor Smith, que número estou formando agora com os dedos de minha mão direita?
Smith apertou os olhos, grunhiu e respondeu:
– Não consigo ver. O cofre está na frente de sua mão.
– É justamente aí que eu queria chegar. Você não viu a mão do senhor Micklewhite abrir a fechadura.
– E daí? Afinal de contas ele a abriu!
– Ele realmente abriu uma fechadura. Mas talvez não aquela que você tem em mente.
Banerjee girou o cofre, virando a almofada para Smith.
– O que está vendo, senhor Smith?
– Desculpe-me, senhor Banerjee, mas... estou vendo o cofre que acabei de lhe dar. Que outra coisa poderia ver?
– Olhe com mais atenção.
Com certeza Smith tinha esgotado toda a sua reserva de paciência e, com o peso do cansaço, o verniz de sua polidez fingida começou a esfacelar-se.
– Senhor Banerjee, se tem alguma coisa a me dizer, por favor, faça-o imediatamente. Não estou disposto a brincar de adivinhação.
– Como quiser – concordou Banerjee. – Eu estava apenas mostrando as etapas de meu procedimento, mas naturalmente podemos ir diretamente para a conclusão.
– Que é...
– Que o diamante nunca saiu do cofre.

Tive a impressão de que Smith acabava de ser anestesiado. Todos os músculos de seu corpo relaxaram de repente. Reduzido ao estado de geleia, olhos vidrados, restava-lhe apenas um fiozinho de voz:
– Eu... não estou entendendo...
– O diamante está aí. Você não o vê, mas pode acreditar, ele não saiu do lugar.
– Você está louco – murmurou Smith. – Totalmente louco...
Essas afirmações – com as quais, àquela altura, eu não estava longe de concordar – em nada abalaram Banerjee.
– Posso lhe garantir que não. Olhe bem.
Banerjee fez um giro de três quartos e aproximou a mão da decoração de marfim. Ele pôs o indicador na parte que representava um cachorro, apertou-a e, depois de um pequeno tatear, deslizou o dedo para a parte de baixo. A decoração seguiu o movimento, deixando à mostra outra fechadura.
Aquilo me deixou de boca aberta; quanto a Smith, pouco lhe faltava para ter de abaixar-se para apanhar o queixo do chão.
A fechadura escondida encontrava-se exatamente à meia altura do cofre, e era menor – e mais moderna – que a primeira.
– Mas...
Esse "mas" Smith o repetiu nos minutos seguintes. Em tons, maneiras e duração variadas, que não excluíam, porém, certa monotonia. Quando ele voltou a um vocabulário mais rico, foi para dizer:
– Senhor Banerjee, essa fechadura...
– ...dá acesso, tenho certeza, a outra parte do cofrinho. A dobradiça está muito bem dissimulada, mas não resta dúvida.

– E se nós a abrirmos...
– Encontraremos o *Paxá azul,* sim, senhor Smith. Não há outra possibilidade. Não houve violação pela simples razão de que não houve roubo nem tentativa de roubo. Houve apenas uma tentativa de fazê-lo acreditar nisso.
– Abra! Quero desfazer todas as dúvidas!
– O problema é que não temos a chave dessa fechadura.
– Que importa? Force-a!
– Vejamos, senhor Smith...
Antes que Banerjee e eu pudéssemos reagir, Smith agarrou uma espátula que estava à sua frente no birô. Totalmente descontrolado, ele enfiou a ponta da espátula bem perto da dobradiça escondida até a lâmina atravessar a madeira do cofrinho. Ele se pôs de pé para usar a espátula como alavanca, depois sacudiu o cabo como um demônio, o rosto afogueado. Por fim, ouviu-se um estalo, e o cilindro da fechadura rolou sobre a mesa.

Diante de nós, sobre a almofada macia, o *Paxá azul* brilhava como a primeira estrela de uma noite de verão.

Smith largou a espátula e deixou-se cair na cadeira.

– Não estou entendendo – ele balbuciou. – Senhor Banerjee, como você sabia?

– Ainda há pouco o senhor me pressionou para acabar logo com a explicação. Por isso, não vou aborrecê-lo explicando o "como". O diamante está aí, é o que importa.

– Claro, sou-lhe muito grato por isso! Mas mesmo assim... Essa carta que recebemos, essas ameaças... Gostaria de saber o motivo oculto de toda essa maquinação!

– Você me procurou para recuperar o diamante, e aí está ele. Mas não estou em condições de tirar outras conclusões.

Smith não iria deixar as coisas nesse pé. Por isso decidi ajudar Banerjee:

– Desculpe-me intervir, senhor Smith, mas... acho

que não é preciso buscar a explicação muito longe. Seu cliente quis usá-lo para fraudar o seguro, só isso.

— São acusações graves! — melindrou-se Smith.

— Talvez, mas pense um pouco: o cofrinho pertence ao senhor Micklewhite. Foi ele quem o trouxe aqui e nele guardou o *Paxá azul*. Claro que ele sabia o que estava fazendo, não acha?

— Sim, mas...

— Sem a carta, você nunca imaginaria que o diamante pudesse ser roubado. Foi o pretexto para obrigá-lo a verificar se o *Paxá azul* continuava no cofrinho. Essa história de Barbarossa ou sabe-se lá que bandido turco era só para desviá-lo da verdade.

Ainda indignado, Smith objetou:

— Mas por que simplesmente não revender o diamante?

Tirei do bolso minha tabaqueira e meu cachimbo — a última coisa de que eu aceitaria abrir mão — e, enchendo o fornilho, respondi:

— Ora, vamos... Micklewhite tem uma reputação a zelar. Se ele vende o *Paxá azul* pouco depois de tê-lo comprado, vai ficar bem evidente: ele está sem um tostão. Acho que Micklewhite fez um bocado de despesas irrefletidas nos últimos tempos e que não lhe é fácil assumir isso publicamente. Portanto... o valor do seguro arranjaria seus negócios e lhe permitiria sair de uma situação financeira delicada. Em certos meios, é melhor passar por vítima do que por empresário arruinado, não é mesmo? Micklewhite teria recuperado seu cofrinho da forma mais simples... e acho que o diamante reapareceria a qualquer momento. Muito astucioso de sua parte.

Smith enfiou a cabeça no lenço — o qual, totalmente desdobrado, era quase do tamanho de uma toalha de piquenique — e ficou assim por um instante. Em seguida, depois de ter-se decidido – finalmente! – a nos poupar aquela cena, tirou da valise um maço de notas de dinheiro e o pôs diante de Banerjee.

– Senhor Banerjee, ainda não sei como minha firma vai resolver essa questão. Acho que será uma coisa... delicada. Por enquanto, porém, aí tem o que lhe devo. Naturalmente, peço ao senhor, assim como a Carandini, que guardem a mais estrita confidencialidade quanto a...

– ...Você tem nossa palavra, claro. Nada do que se passou hoje sairá deste escritório – interrompeu-o Banerjee.

– Tenho confiança no senhor, mas...

Ele não pôde evitar olhar em minha direção. Em troca, dei-lhe um sorriso forçado e levei o cachimbo à boca.

Depois de ter reiterado sua gratidão a Banerjee, Smith saiu apressadamente do escritório, ignorando-me, e o ruído de seus passos perdeu-se no vão da escada. Fiquei só com o patrão, que agora me parecia bem distraído.

– Você tem de me dizer um pouco mais! – exclamei, aproximando-me dele. – Como é que é essa história de sonho?

– Ah, sim. Você não o achou dos mais claros?

– Claro? Sim! Como o fundo de uma cafeteira. Confesso que não tenho talento para enigmas e gostaria muito que você me esclarecesse.

Banerjee abriu a janela; com certeza a fumaça do meu cachimbo o incomodava, mas ele era educado demais para me dizer. Eu o apaguei e esperei que Banerjee se decidisse a me responder – o que ele só fez depois de um longo minuto.

– Acho que, na verdade, tudo partiu de um pequeno detalhe. O senhor Smith disse que Micklewhite lhe confiara "uma outra chave".

– Sim?

– Ele não disse "uma duplicata da chave" nem "uma cópia da chave", mas *uma outra chave*. Isso parece não ter importância nenhuma, mas é uma nuance importante. Acho que ele notou que a chave que lhe fora dada não era idêntica à que Micklewhite usou. Como expliquei ainda há pouco, Micklewhite estava por trás do cofrinho e podia muito bem dissimular parte de seus gestos. Não totalmente, claro, mas ele sabia que a atenção do senhor Smith estaria concentrada no diamante, e não no cofre ou nas chaves. No contexto, não havia nenhum motivo para desconfiar, e o espírito do senhor Smith simplesmente relegou ao segundo plano essa informação fundamental. Ora, o sonho se demora em todos esses detalhes que se julgam, erroneamente, sem valor.

– Tudo bem, mas vamos falar do seu sonho! Um lobo, um leão? Uma prisão?

– Naquele sonho, eu estava *dentro* do cofrinho. Na primeira parte, mole e macio, a princípio. E, naturalmente, se eu não estava vendo nada, é porque não havia o que ver. Então, deslizei na almofada macia até o compartimento secreto. Lá havia uma luz que eu não podia alcançar: a fechadura. E, diante de mim, o animal ameaçador era o cachorro que, no cofrinho, escondia a fechadura. Ainda que o cachorro tenha se transformado num lobo, no sonho.

– Sim, mas também havia um leão, não se esqueça.

– Claro. E os dois estavam com uma chave na boca. Dois animais, um bastante comum, o outro mais raro e majestoso: duas chaves.

– Não, espere. Havia dois animais, certo, mas só uma chave em seu sonho!

– Os dois se confundem. O sonho não se limita à simples substituição de objetos, de seres ou de igualdades matemáticas. O que se deve levar em conta é essa dualidade.

Duas chaves e um único animal, dois animais e uma única chave... é a mesma coisa. Além disso, lembre-se de que a chave mudava de tamanho. Isso também era um sinal.

Pensei melhor:

– Bom, agora que está me explicando, estou meio que vendo... Uma luz vigiada por um lobo, uma fechadura escondida por um cachorro... E agora que você falou, tinha também um pássaro em seu sonho. Como na decoração do cofre.

* * *

Num ato reflexo, alisei meu bigode e recapitulei:

– Do momento em que se admite a existência desse compartimento secreto, tudo fica claro. Micklewhite levou o cofrinho ao senhor Smith, colocou-o diante dele e abriu o compartimento do meio, que contém o diamante; em seguida, depois da confirmação, ele tornou a fechar o cofre e escondeu a fechadura secreta sob a decoração em forma de cachorro. Do outro lado do birô, Smith não pôde ver este último gesto. Então Micklewhite entregou a chave da parte vazia a Smith, que não compreendeu que ela abria outro compartimento. Um truque magnífico! Digno de Harry Houdini. Mas, você, Banerjee...

– Sim, Carandini?

– Você tem uma tremenda intuição para ter compreendido tudo isso!

Sorrindo, ele fechou os olhos.

– Isso não tem nada a ver com intuição, já lhe disse. É outra coisa. A coisa funciona num outro plano. Sua interpretação final das motivações do senhor Micklewhite, ainda há pouco, foi muito mais impressionante que meu sonho. Eu não faria melhor. Eu sou limitado, não sei extrapolar.

Temperei a garganta e perguntei com certa timidez:

– Nesse caso, senhor Banerjee... Tenho a impressão de que faríamos uma bela dupla, não?

Banerjee aquiesceu com um discreto movimento de cabeça.

– Também acho, senhor Carandini.

– Quer dizer então que estou contratado?

– Claro. Se você quiser.

– E como! – exclamei, com um entusiasmo que me surpreendeu.

Estendi-lhe a mão, que ele apertou com força. Mas não deixou que essa efusão demorasse muito e levou a mão ao maço de notas entregue por Smith.

– Oh, senhor Carandini, vamos nos livrar de uma questão sempre um pouco incômoda. Mais para você do que para mim, ao que me parece: refiro-me ao seu salário. Sente-se, por favor.

Ele pegou um terço das notas, fez uma pilha e empurrou os dois terços restantes em minha direção.

– Você está brincando? – perguntei, surpreso. – Tudo isso para mim?

– Sim, levando em conta meus gastos, não posso lhe dar mais do que isso!

– Mais do que isso? Mas... a única coisa que fiz foi segurar a sua mão!

– O mundo é muito egoísta, não acha? É uma coisa bela, muito altruísta, segurar a mão de alguém.

– Talvez, mas não mereço tanto dinheiro!

– Merecer... Como medir o que cada um merece? O que eu sei é que só *preciso* de um terço do que o senhor Smith nos pagou. Portanto, o restante lhe pertence.

Eu não sabia o que dizer. Embolsei as notas e disse:

– Senhor Banerjee, o que vou lhe falar é um tanto delicado. Até o dia de hoje eu não tinha como pagar uma

moradia. Graças ao senhor, agora isso se tornou possível. Se o senhor me permitir, vou começar a procurar...
      Ele me interrompeu:
      – Não faça isso, senhor Carandini.
      – Como?
      – Espero de meu assistente uma disponibilidade total. Tenho de contar com ele o dia inteiro.
      – Consequentemente...
      – Você não tem de ir morar não sei onde. Aqui há um quarto para você. Enfim: para aquele ou aquela que aceitar essa função. Hoje, ele é seu. Siga-me, senhor Carandini.
      Banerjee me lançou um olhar cúmplice e me convidou a sair com ele do escritório.
      Assim começou minha colaboração com Arjuna Banerjee, o detetive do sonho.

UM MORTO EM PLENA FORMA

DAS PRIMEIRAS SEMANAS QUE PASSEI NA PORTOBELLO ROAD, N. 30, só guardo a lembrança de uma série de imagens. Instantes fugazes, que hoje mal consigo ordenar. Lembro-me de me instalar no quarto mobiliado posto à minha disposição, do meu espanto ao constatar que era muito mais confortável e espaçoso que o do dono da casa; lembro-me também do misto de alívio (agora eu tinha, novamente, um teto em que me abrigar) e de incerteza quanto ao meu futuro. Mas tudo isso causava tantas mudanças na minha vida que a partir daí todas as datas se embaralham na minha cabeça, e a sequência dos acontecimentos me escapa. Ainda bem que me restam as anotações, espalhadas em algumas folhas soltas, e as cadernetas que nunca esqueço de enfiar no bolso sempre que ponho o pé fora da cama.

Claro que eu teria de começar falando um pouco mais sobre o meu hospedeiro – ou antes, sobre meu patrão. Acho que antes de conhecê-lo eu nunca tinha me deparado com ninguém cujo caráter se aproximasse, um mínimo que fosse, do caráter dele. Arjuna Banerjee emanava muito mais que um simples charme exótico: eu tinha a impressão de que ele simplesmente não era deste mundo. Ele encarava a vida com uma mistura de sabedoria e falta de malícia no mínimo desconcertante. Sua compreensão dos mecanismos que regem as relações humanas me parecia sem limites; em compensação, ele depositava uma tal confiança em quem quer que fosse que, muitas vezes, eu me perguntava por que milagre um escroque ainda não o tinha despojado de todos os seus bens. Tive a oportunidade de observar isso no dia em que o acompanhei ao mercadão de London Bridge; farejando uma vítima perfeita, os verdureiros, queijeiros e açougueiros não hesitavam em trapacear nas contas. Naturalmente, percebendo desvios suspeitos, sugeri a Banerjee que fosse reclamar. Ele então me respondeu:

– Christopher, esse é o tipo de batalha que não quero travar. Isso é um problema dos comerciantes, não meu. Você entende que minha energia deve ser empregada em outra coisa?

Na maioria das vezes, eu não sabia como responder às perguntas de Banerjee. Aliás, talvez não se tratasse de perguntas. Por isso, entendi que meu patrão aceitava – até certo ponto – que a desonestidade dos outros se exercesse em prejuízo dele. Naturalmente, eu não podia me impedir de achar que essa atitude, por mais louvável que fosse, não constituía propriamente um trunfo na profissão de detetive particular. Mas, pelo que eu podia observar, até então ela não tinha representado um verdadeiro obstáculo.

Banerjee não escondia sua recusa a falar de si mesmo. Quando eu tentava fazê-lo evocar o seu passado, contar-me quando e como ele partiu da Índia, o que o levara a abraçar sua atividade atual, ele só me oferecia algumas migalhas de verdade, e muito habilmente me incitava a falar de mim mesmo. Eu me via então, inevitavelmente, a falar despropósitos sobre minha própria existência, frustrado porque o assunto escorregava entre meus dedos como um sabonete, embora eu o tivesse em mira ao longo do tempo. Passadas duas semanas, eu continuava mais ou menos na mesma.

Um dia de Arjuna Banerjee – e, consequentemente, de Christopher Carandini – se desenrolava segundo um ritual inexorável.

Para começar, eu devia acordá-lo todos os dias alguns minutos antes do nascer do Sol. Isso me obrigava a procurar o serviço de meteorologia para programar a hora em que eu tinha de acordar. A princípio, eu não entendia por que Banerjee fazia tanta questão que eu me encarregasse de acordá-lo: com todo gosto, eu aceitaria trocar meu despertar por uma hora de sono a mais. Além disso, essa atividade me transformava num mordomo, e eu não havia sido contratado para isso. Sabendo de minhas dúvidas, Banerjee me garantiu que "isso fazia parte de nosso trabalho em dupla". Tomei então a decisão de acreditar um pouco nisso. Mal Banerjee se levantava da cama, abria a janela – fizesse o tempo que fizesse – e se punha a praticar uma ginástica às vezes graciosa, às vezes espantosamente vigorosa. Mais de uma vez, ele me convidou a acompanhá-lo, mas eu preferia recusar. Essa prática, dizia ele, se chamava Kalarippayatt. Eu nunca tinha ouvido falar daquilo.

Em seguida, tomávamos o café da manhã no subsolo. Como é frequente nas residências londrinas, do subsolo era possível ver, girando um pouco o pescoço, os passeantes da Portobello Road. Polly, a esquiva jovem que encontrei no térreo, na loja de antiguidades, preparava chá e torradas. A princípio imaginei que ela fosse a proprietária de todo o imóvel, mas alguns comentários pescados aqui e ali me levaram a concluir que não. Ela própria morava em aposentos situados no nível da rua, contíguos à sua loja.

Suas relações com Banerjee me escapavam totalmente; ele se dirigia a ela como a uma amiga, ela lhe respondia com a deferência de um aluno para com o professor. É verdade que o ar sério de Banerjee inspirava respeito; mas, observando bem, a diferença de idade entre nós não devia ser muito grande. Ele me parecia ter pouco menos de quarenta anos.

Com o passar dos dias, Polly se mostrou mais amistosa comigo. Reconsiderando seu comportamento no dia de nosso primeiro encontro – a princípio sorridente, depois fria como uma noite de nevasca –, cheguei à conclusão de que ela tinha agido como um cão de guarda e que tudo o que podia ameaçar Banerjee a punha em alerta.

Durante o desjejum, Banerjee me pedia que lesse para ele as manchetes do jornal; às vezes, quando alguma coisa lhe interessava particularmente, um artigo inteiro. Não vou negar que ler os artigos dos outros me era um pouco penoso; eu sentia falta do ambiente e do frenesi das salas de redação. Mas que ingrato seria eu se fosse me queixar de meu novo patrão!

Depois dessas preliminares, a jornada de trabalho podia começar. Salvo que, muitas vezes, ela não começava nunca. Eu devia estar pronto para auxiliar Banerjee no caso de surgir algum cliente, não podendo sair, portanto, sob nenhum pretexto. Infelizmente passavam-se dias inteiros sem que ninguém viesse bater à nossa porta! Mas nem por isso se podia dizer que os negócios iam mal: em outras ocasiões, os clientes se sucediam à razão de quatro ou cinco por dia. Era preciso, pois, adaptar-se a essas fases de ócio e de atividade intensa. As "missões" de que eu participava nos primeiros tempos se desen-

volviam de maneira semelhante à da primeira. Sem pôr o pé fora de casa, Banerjee conseguiu elucidar, ao sabor de seus sonhos delirantes, os seguintes mistérios:
- um colecionador de arte que se queixava de ver desaparecerem as figuras de seus quadros;
- o dono de um circo que pensava que um mágico seu tinha sumido com um de seus tigres;
- um latinista de Cambridge vítima de um cantor que se apresentava como descendente de Calígula;
- um bancário aterrorizado pelo espelho do banheiro de sua casa, que, em vez de refletir a sua imagem, refletia a imagem de sua avó.

Deixo de citar muitos outros, menos espetaculares.

Cada vez mais eu me entusiasmava com a pertinência das interpretações de Banerjee; e o que a princípio me parecia totalmente bizarro logo se tornou minha rotina. Meu papel na resolução dos casos me parecia bem insignificante, mas Banerjee sempre garantia:

– Nada seria possível sem a sua ajuda, Christopher. Eu sou um equilibrista, e você é a corda que me serve de apoio. Sem você, eu caio.

Nosso dia de trabalho terminava em geral às cinco horas da tarde, horário a partir do qual eu estava livre para dedicar-me a atividades de minha escolha. Agora eu tinha condição de alugar um pequeno imóvel no bairro, mas o quarto que Banerjee pôs à minha disposição ainda me satisfazia plenamente. Além disso, no fundo, eu contava poder decifrar mais rapidamente os mistérios que envolviam Polly e o meu patrão.

* * *

O ramerrão de minha rotina foi quebrado numa manhã de setembro, quando eu digeria uma quantidade excessiva de torradas com geleia de damasco. Eu estava no escritório de Banerjee e tinha acabado de lhe anunciar um novo assassinato de mulher acontecido no bairro comercial; o balanço macabro agora subia a cinco vítimas. Foi então que bateram à porta, e apressei-me a abri-la. O cliente que se nos apresentou, grande, quadrado, cabelos frisados e um fino bigode encerado, não tinha nada de especialmente notável. Em compensação, às suas primeiras palavras percebi que iríamos enfrentar um caso mais complicado que o habitual.

– Senhor Banerjee, me falaram muitíssimo bem do senhor – principiou ele. – Acho que o senhor é o homem certo.

– Espero não desapontá-lo. Posso saber o que o traz aqui?

– Pois não. Eu queria saber quem me assassinou.

Tive um sobressalto; nem mesmo Banerjee pôde reprimir um arremedo de espanto.

– Você quer dizer que alguém tentou assassiná-lo?
– Não. *Eu fui* assassinado.
– Quer dizer que você está morto?
– Exatamente.

Banerjee cruzou os dedos e neles apoiou o queixo.

– Se me permite – ele observou –, você me parece em muito boa forma, levando em conta as circunstâncias que relatou, senhor... senhor?

– Scriven. Lorde Scriven.

Esse nome ainda estava fresco em minha memória: a morte de Scriven, em sua mansão na região sul de Londres, tinha sido divulgada no jornal do dia anterior. Houve alguma repercussão, dadas as relações do defunto com o governo. Mas não se fizera nenhuma menção a um assassinato. E, para completar, o homem que estava sentado diante do birô em nada se parecia com o velhote enrugado que eu vira numa foto.

Como de hábito, eu estava sentado a um canto da sala, limitando-me a observar. Banerjee preferia que eu não interviesse durante essa fase da investigação para não interferir em sua coleta de informações. Mas eu morria de vontade de abrir a boca!

Lorde Scriven balançou a cabeça e continuou:
– Eu entendo a sua surpresa e não vou censurá-lo pelo ceticismo, senhor Banerjee. Eu mesmo mal consigo entender.
– Continue – limitou-se a dizer Banerjee.
– Fui assassinado há dois dias, e não sei por quem. Mais tarde vou informá-lo das circunstâncias desse assassinato, mas saiba que, em seguida, meu espírito encarnou em outro corpo.
– Oh! Agora entendo! – exclamou Banerjee. – A pessoa que está diante de mim não é então o lorde Scriven?
– O invólucro carnal que o senhor está vendo pertence ao meu fiel mordomo, Cardiff.

Discretamente, tirei meu caderno de anotações do bolso e tomei algumas notas.
– Bem, você falou aos membros da família dessa... substituição de corpos?
– Claro que não. Eles não iriam entender. Para eles, eu continuo sendo Cardiff. Ele trabalha para mim há trinta anos, e você entende que não me é muito difícil fazer-me passar por ele. Eu sei exatamente o que ele diria ou faria em qualquer circunstância.
– O inverso também é válido?

Lorde Scriven-Cardiff se mostrou irritado.
– O que está insinuando?

– Eu nunca insinuo nada, tento ver as coisas em seu aspecto mais simples. Como você justificou a ausência do mordomo junto à família de lor... junto à sua família, se, aos olhos deles, você continua sendo Cardiff?

– Todos os empregados têm direito a uma tarde de folga. Eu aproveitei para vir procurar o senhor imediatamente. Vi seu nome no...

– Pouco importa, o essencial é que você está aqui. Antes de prosseguirmos, lorde Scriven...

– Em vista das circunstâncias, acho que podemos deixar de lado essas formalidades. Ao diabo com meu título! Já não sou lorde coisa nenhuma. Scriven basta.

Com isso se estabelecera a prova, pensei: para que um lorde venha se colocar no nível do povinho, é preciso, no mínimo, que ele morra.

– Senhor Scriven, agora poderia me contar tudo o que se passou? É que não me recordo no momento dos detalhes de sua morte. Tenho certeza de que o senhor Carandini, meu assistente aqui presente, tem deles uma lembrança mais fresca, mas prefiro ouvir sua versão.

Scriven-Cardiff fez que sim com a cabeça.

– Pois não. Por onde começar? Mais ou menos às cinco horas da tarde recolhi-me ao meu escritório para trabalhar em minha correspondência. Como odeio ser incomodado, fechei a porta à chave.

– Pode me descrever o escritório?

– Bem... é uma sala muito grande, na qual eu gostava de passar a maior parte do tempo. Ela é forrada de velhos livros, dos quais não cheguei a ler um terço, e o móvel em que eu costumo trabalhar fica bem no centro.

– Janelas?

– Não. Bem, na verdade sim, apenas uma. E não é bem uma janela, mas um pequeno postigo para ventilação. Ela não tem mais de vinte polegadas de altura, e é guarnecida de barras.

– Quer dizer que o escritório é muito escuro?

– Sim, quando as luzes estão apagadas. Mas lá há muitos candeeiros de petróleo, o que muito me convém, porque não gosto dessa... luz elétrica moderna. E a luz muito forte me cansa. Foi por isso que escolhi aquela sala.

Banerjee levou algum tempo para processar todas as informações, depois voltou às perguntas:

– Perfeito. Então você se instalou no escritório e começou a escrever. E depois?

– Uma meia hora depois, Cardiff bateu à porta para me trazer a bandeja de chá.

– Cardiff... Você quer dizer *você mesmo* no instante presente?

– É uma maneira de ver as coisas. O que você tem à sua frente é apenas o *corpo* de Cardiff. Eu sou Walter Scriven.

– Evidentemente, é assim que eu entendia. Cardiff foi embora logo em seguida?

– Sim, menos de um minuto depois. Voltei a escrever tomando meu chá. E foi então que comecei a me sentir mal. Como se meu peito estivesse sendo esmagado por um torno e me apertassem a traqueia.

O que Scriven – ou Cardiff, sabe-se lá – descrevia parecia um banal infarto. Por que diabos ele falava de um assassinato? Para dizer a verdade, essa questão apresentava outro problema: contra a minha vontade, eu reagia como se *admitisse* que tinha diante de mim o lorde Scriven. Aos poucos, a naturalidade de Banerjee ante os fenômenos inexplicáveis ia deixando sua marca em minha personalidade.

Meu patrão perguntou:

– Isso é tudo de que você se lembra?

– Sim. Eu morri logo depois. Lembro-me de ter visto meu corpo encolhido sobre o tapete e depois flutuei um pouco no ar. Em seguida, houve um grande vazio de pelo menos uma hora. Na lembrança seguinte, eu já me encontrava no corpo de Cardiff.

– O que ele estava fazendo? Ou antes: o que você estava fazendo?

– Ele engraxava meus sapatos.

– Estando você já morto?

– Não. Bem... sim, mas àquela altura todos os habitantes da mansão ignoravam que eu estava morto. Meu antigo invólucro físico repousava dentro do escritório, ainda fechado à chave.

A testa de Scriven-Cardiff brilhava como se ele tivesse escalado três vezes as arquibancadas de um estádio. Ele esfregou as têmporas e acrescentou:

– Eu estava totalmente desorientado, já não entendia mais quem eu era e o que estava fazendo ali na pele de um outro. Imagine a minha estupefação quando me olhei no espelho! Eu poderia ter morrido uma segunda vez. De terror!

– Dá para imaginar, principalmente quando não se está um pouco familiarizado com a ideia de reencarnação, afirmou calmamente Banerjee. Passado o choque, o que você fez?

– Eu me precipitei para o lugar em que eu pensava que estava. Enfim, para o lugar onde eu supunha estar meu corpo. Mas a porta continuava fechada à chave. Portanto, dei o alerta, e fui procurar um pé de cabra. Depois de muito esforço, consegui arrancar a porta das dobradiças. E então... eu me vi novamente. Imóvel. Morto. Todos os empregados se mostravam sinceramente compadecidos, e eu, pode acreditar, ainda mais. *A priori*, morrer é uma formalidade. É muito aborrecido ter de, além disso, cuidar de tudo o que se segue. Curiosamente, porém, em vez de ficar louco, toda aquela... anomalia começou a me parecer natural. O pânico me abandonou, e só me restou a vontade de encontrar o culpado. Acho que não se pode estar ao mesmo tempo morto e louco.

– Estou vendo – disse Banerjee (e o pior é que ele "via" mesmo). – Mas um detalhe continua a me intrigar, e tenho certeza de que intriga também meu assistente: por que você diz que foi assassinado? Você foi morto numa sala praticamente fechada, e os sintomas de que você fala poderiam ser naturais.

– Você tem razão, e refleti muito sobre isso.

"Isso já é um avanço", pensei.

– A verdade – continuou ele – é que eu não tinha uma prova formal. Mas... a carta que eu estava escrevendo desapareceu. Não havia o menor sinal dela sobre o birô. Convenci-me de ter sido morto por causa dessa carta e que o assassino a roubou no momento em que encontraram o meu corpo.

Fiel ao seu hábito, Banerjee aceitou a informação como se ela lhe parecesse absolutamente banal. Ele se limitou a perguntar:

– Isso significa que essa carta era importante. Você poderia me informar o seu teor? Ou pelo menos o destinatário?

Scriven-Cardiff levantou os olhos para o céu, as mãos postas, e um tantinho de ar saiu de entre seus dentes, num assobio.

– É justamente aí que está o problema. Não me lembro mais.

É claro. Chegávamos ao limite daquela comédia.

– Você não se lembra – repetiu Banerjee. – Mas sabe que ela era importante.

– É difícil explicar – principiou Scriven-Cardiff. – Desde que estou no corpo de Cardiff, há coisas de meu passado que me escapam. É como se eu tivesse empurrado o espírito de Cardiff para um canto de seu cérebro e, de vez em quando, ele lutasse para recuperar seu espaço. Lembro-me de muitos detalhes de minha vida anterior, mas tenho ausências. Buracos. Principalmente no que se refere a essa carta. Revejo-me sentado ao birô, molhando a pena na tinta... Sei muito bem que seu conteúdo era da mais alta importância. Ouço uma sineta tocar sob meu crânio toda vez que penso nisso. É como se eu lesse um livro do qual se tiraram algumas páginas. Um capítulo inteiro.

Banerjee se deixou afundar na poltrona e lançou ao seu cliente um olhar com toda a intensidade de que era capaz.

– Em suma, Scriven, o senhor veio me procurar por ter sido reduzido ao silêncio por alguém a quem sua correspondência poderia prejudicar. Ou, pelo menos, por uma pessoa a serviço desse alguém. A medicina concluiu ter sido morte natural. Seu funeral já se realizou ou está em via de realizar-se. E você quer que eu prove que sua morte foi um assassinato.

– Isso mesmo.

Era com esse tipo de resumo que Banerjee normalmente encerrava a primeira etapa. De um momento para outro, ele iria retesar o corpo, sentir o formigamento que precedia sua retirada para o mundo dos sonhos e anunciar que iria se recolher. Eu iria acompanhá-lo até a sala contígua, interpretar o canto no qual eu agora era mestre e assistir a seu relato de sonâmbulo povoado de símbolos totalmente obscuros. Eu observava atentamente Banerjee, à espreita da sutil mudança de atitude, que agora eu detectava com toda a segurança.

Mas não aconteceu nada do que eu esperava.

Eu nunca teria imaginado que fosse preciso um termo mais forte que "imóvel" para descrever alguém que não se mexe. Com efeito, Banerjee estava mais imóvel que imóvel; ao lado dele, naquele instante, até uma cabeça de cervo empalhada pareceria uma figura animadíssima. Será que seus cílios se mexiam? Eu seria capaz de jurar que não. E a situação se prolongava infinitamente, mergulhando nosso cliente e também a mim num embaraço cada vez maior.

– Há um problema – disse finalmente Banerjee, depois de nos ter infligido aqueles dois minutos de tortura psicológica.

Era a primeira vez que eu o ouvia usar a palavra "problema". Depois daquelas semanas em sua companhia, eu terminara por pensar que era impossível a Arjuna Banerjee defrontar-se com uma situação problemática. Ou pelo menos uma situação que ele *julgaria* problemática, porque tudo, a seus olhos, parecia inscrever-se numa espécie de ordem natural. A princípio, não pude me impedir de considerar a atitude dele como uma forma disfarçada de fatalismo, o que provocava em mim uma sensação muito relaxante. Pois esse anúncio me fazia lembrar a minha vida "de antes": aquela em que *havia* problemas.

– Não tenho elementos bastantes para ver com clareza – continuou ele. – Acho que será necessário nos dirigir ao local em que se deram os fatos. Mas se a medicina e a polícia já concluíram ter sido uma morte natural, não tenho autoridade legal para retomar a investigação. Você tem uma família, não? Como ela vai reagir à nossa presença? Como justificá-la?

Scriven-Cardiff abaixou a cabeça.

– Eu esperava que você tivesse uma ideia. Não falei de minhas suspeitas a ninguém, como você deve imaginar: haveriam de dizer que o pobre Cardiff perdeu o juízo!

E a quem podíamos censurar por isso? Julgando que o momento era oportuno, tomei a palavra:
– Podemos fingir que somos da polícia. Naturalmente, a família vai procurar se informar, verificar quem somos, mas... conheço bem o superintendente da Scotland Yard. E ele tem uma dívida comigo. Tenho certeza de que ele concordará em nos dar cobertura, desde que a coisa não tome muito tempo.

Scriven-Cardiff fez uma careta de dúvida e objetou:
– Uma dívida com você? Ela deve ser considerável para que ele concorde em mentir à família Scriven.

Enrubesci, depois falei:
– Pois bem! Acontece que...
– Pouco importa – cortou Banerjee. – Se o senhor Carandini acha que podemos jogar essa carta, vamos jogá--la! Quando poderemos ir à mansão?
– Amanhã – apressou-se em dizer Scriven-Cardiff. – Sou-lhe muito grato: talvez depois eu possa enfim estar morto tranquilamente.
– É o que desejo, senhor Scriven, é o que desejo.

Nos minutos seguintes, Banerjee acertou com Scriven-Cardiff os detalhes de nossa visita à mansão. Em seguida, nosso convidado se foi, não sem antes nos agradecer profusa e calorosamente, prometendo uma perfeita colaboração por parte de todos os empregados. Quando finalmente ficamos a sós, eu disse a Banerjee:
– O que você acha?
– Sobre o quê?
– Bem, esse homem... Ele é louco de pedra, não?
– Talvez. Mas acho que não necessariamente.

Estupefato, comecei a gaguejar:
– Ora, Banerjee! Não vá me dizer que acredita nessas bobagens? Seus sonhos são uma coisa, mas isso...

Ele assumiu aquele ar de piedade que fazia com que me sentisse diminuído.

– Vocês, ocidentais, têm tendência a imaginar a alma como a gema de um ovo e o corpo como a casca. É um erro. Nossos corpos contêm apenas órgãos. A alma está em outro lugar. Veja um telefone: ele encerra apenas componentes elétricos e mecânicos. Mas o que lhe dá vida, de certa maneira, é o que se transmite pelo fio. O mesmo acontece com nossos corpos e nossas almas. Exceto que os fios e os cabos, nesse caso, são invisíveis.

– Nesse ponto não concordo com você – disse eu para me resguardar. – De todo modo, em nosso negócio...

– Christopher, deixe-me terminar. Um homem que sabe estar prestes a morrer, por menos que tenha recebido o treinamento adequado, pode perfeitamente transferir seu espírito para o corpo de outra pessoa. Basta simplesmente, se ouso dizer, decidir que isso seja feito.

– E você vai me dizer que domina essas técnicas, não é?

Ele teve um sorriso tão fugaz que talvez fosse fruto apenas de minha imaginação.

– Com efeito, Christopher. Isso é uma das coisas que sei fazer. O corpo "abandonado" não morre verdadeiramente, ainda que tenha todos os atributos da morte para os não iniciados. Na realidade, privado de espírito, ele não sofre mais nenhuma mudança. Ele continua no estado em que está, inalterável. E ele não se decompõe enquanto seu espírito de origem não o tiver reintegrado.

– Oh! Formidável – ironizei. – E para que serviria reintegrá-lo?

– Se os corpos de origem tiverem sofrido danos, às vezes podem ser reparados enquanto o espírito fica em outro lugar. E então ele volta a integrar o corpo saudável. Mas se o corpo tiver sido irremediavelmente danificado, ainda contendo um espírito, então seria a morte, tal como você a entende.

Enchi as bochechas de ar e expirei ruidosamente, sem tentar dissimular meu espanto.

– Banerjee, entendo o que você me diz, mas isso é lá com você... Bem, você e mais alguns, imagino. Mas aqui estamos falando de alguém que, com certeza, não estudou artes místicas na Índia. De todo modo, é uma questão delicada iniciar uma investigação com base em um puro delírio, não acha? Esse pobre criado devia adorar seu senhor, a morte dele deve ter-lhe perturbado a cabeça, só isso.

– Quem sabe, Christopher? Mas a inquietação dele nada tem de imaginário. O que a motiva, tampouco. Partindo desse princípio, nossa investigação é perfeitamente legítima. Aliás, sugiro que você comece a se preparar para ela desde já. Pressinto que amanhã será um dia carregado.

* * *

Aquilo era um doce eufemismo, cuja dimensão eu ainda ignorava.

A MANSÃO SCRIVEN

NÃO ME ACHO UMA PESSOA OBTUSA, MAS APESAR DE TODA A MINHA ABERTURA DE ESPÍRITO eu não conseguia engolir a ideia de que o espírito de um lorde assassinado pudesse ter ido se refugiar no corpo de seu criado. Ou, mais exatamente, eu me recusava a ver naquela conversa sem pé nem cabeça o ponto de partida para uma investigação séria. Eis por que meu telefonema para o superintendente Collins da Scotland Yard não tinha a ver apenas com a "cobertura" que ele podia nos dar: eu esperava tirar algumas informações sobre lorde Scriven que pudessem justificar nossos esforços. E por acaso esse contato deu ótimos resultados. Excitadíssimo, procurei Banerjee para lhe contar o que acabava de ouvir. Eu estava também em excelente estado de humor, como acontecia toda vez que falava com Collins. Isso não escapou a Banerjee.

– Você parece estar muito alegre, Christopher.

– Oh! Isso... não é nada, é só que Collins... Enfim, eu lhe contarei em outra ocasião. Banerjee, talvez esse nosso velhote não seja totalmente louco, afinal de contas!

– E isso é um motivo de satisfação para você?

– Pois bem! Não esse fato em si, mas... Bem, é melhor deixar de subterfúgios e me escutar. Perguntei a Collins se ele podia conseguir o relatório do médico que examinou lorde Scriven depois do óbito.

– E imagino que ele lhe passou esse documento.

– Sim, sem nenhum problema. Bem, vá ouvindo: realmente há algo suspeito. Trata-se apenas de minha interpretação, mas eu a submeto ao seu julgamento. Lorde Scriven tinha um ferimento no indicador da mão direita. Um ferimento pequeno, mas bem recente. O médico acha que o ferimento se produziu pouco antes do óbito.

– E que conclusões o médico tirou disso?

– Nenhuma. Ao que parece, ele acha que lorde Scriven pode ter-se ferido com um objeto de seu birô, após um espasmo. Um cortador de papel, ou sabe-se lá...

– Mas você tem outra conclusão, Christopher...

– Estou convencido de que esse ferimento tem alguma relação com as elucubrações de Cardiff. Não me pergunte como nem por quê: é meu instinto de jornalista. Os detalhes suspeitos, eu os farejo a quilômetros de distância. Ainda não sei o que fazer com eles, mas pensei que podem lhe dar alguma ideia. Bem... quando você dormir.

– Obrigado, Christopher. Talvez aí esteja uma outra parte da realidade. Tenho também a intuição de que essa informação nos será útil.

Em seguida, tratamos de nos preparar para ir à Mansão Scriven. Deveríamos ir de trem da estação Victoria a Berwick, em Sussex, a cidade "grande" mais próxima da mansão. De lá, pretendíamos vencer as três ou quatro milhas restantes de carruagem.

Eu tinha reunido algumas anotações sobre lorde Scriven tiradas de jornais e de publicações oficiais. Ele se casou tarde com uma mulher muito mais nova, Catherine, com quem teve dois filhos: Thomas e Isobel. Segundo minhas fontes, Thomas a esta altura devia estar na adolescência, com dezesseis ou dezessete anos, e Isobel era uma jovem mulher, só um pouco mais velha que o irmão. *Lady* Scriven ficara paralítica devido a um acidente de automóvel cerca de dez anos atrás. Assim sendo, ela não era mais vista ao lado do marido quando este ia a Londres.

Muitos nobres não conseguiram compreender os desafios da era industrial e as profundas transformações que eles implicavam para nossa sociedade. Da noite para o dia – ou quase –, grandes proprietários de terras se viram arruinados. Mas o pai de lorde Scriven, raposa velha, conseguiu sair-se bem da situação partindo desta observação infelizmente inescapável: o mundo não pode mudar sem conflitos. E onde há conflitos é preciso ter instrumentos de combate. Assim, muito oportunamente, os Scriven passaram a fabricar armas. Armas tão confiáveis que a empresa Scriven Weaponry se impôs como o principal fornecedor do exército britânico. Na guerra da Crimeia, os canhões dos Scriven fizeram estragos nas linhas russas; e seis anos atrás os insurgentes chineses do Levante dos Boxers sentiram o gosto de seus fuzis. Por toda parte onde atuava o exército de Sua Majestade, havia armas de lorde Scriven.

Na qualidade de membro da Câmara dos Lordes, Scriven já estava envolvido, por princípio, nos negócios do reino. Mas suas relações privilegiadas com o War Office lhe haviam evidentemente conferido um status especial. Dizia-se que o Ministro da Guerra estava a serviço de lorde Scriven, e não o contrário; dizia-se também que o fabricante de armas exercia uma influência oculta nas decisões militares do país. Felizmente – e isso era uma coisa boa –, lorde Scriven era considerado um indivíduo ao mesmo tempo inteligente, comedido e menos belicoso do que se poderia temer.

Considerando-se o status ao mesmo tempo oficial e oficioso de lorde Scriven, parecia complicado prolongar nossa investigação. Nossa cobertura corria o risco de ser descoberta; e, além disso, nós nos exporíamos a aborrecimentos dos quais não fazíamos a menor ideia. A viagem de trem decorreu sem maiores problemas. Durante a primeira hora, reexaminei minhas anotações, deixando-me de bom grado distrair-me pela paisagem e pelas gotas de chuva que deslizavam na vidraça. De sua parte, Banerjee mergulhara na leitura do *Rei Lear*: ele dizia ser uma questão de honra conhecer e compreender os clássicos de nosso país. O barulho regular da locomotiva, que tinha o encanto das cantigas de ninar, terminou por me fazer mergulhar mansamente num desses sonos que nos pegam de surpresa, e o ângulo formado pelo banco e a vidraça se transformou no mais delicioso dos travesseiros. Uma vez chegados a Berwick, como previsto, logo conseguimos encontrar alguém para nos levar à mansão. Já fazia tempo que eu não subia num veículo puxado por cavalos, e – por Deus! – era bem agradável confiar-se de preferência a esses bons animais, e não a engrenagens e câmaras de compressão.

Sempre fui um ignorante em matéria de arquitetura, e me seria muito difícil precisar a data da Mansão Scriven. Século XVIII? XVII? Mais antiga? Eu não tinha a menor ideia. Só posso dizer que quando o edifício surgiu, ao fim de uma estrada ladeada de árvores, me pareceu de dimensões mais modestas do que eu imaginara. Não que ele fosse acanhado, longe disso: ele podia alojar uma boa dezena de famílias londrinas. Mas era preciso reconhecer que, apesar de sua fortuna, a dinastia dos Scriven não se tinha entregado a excessos.

Os portões gradeados do domínio, ornamentados com o brasão da família, nos esperavam inteiramente abertos. A caleça nos levou até a escadaria externa da mansão, e apeamos imediatamente. A comissão de recepção não se fez esperar. A silhueta de nosso cliente – Cardiff, o mordomo, ou lorde Scriven, o *próprio* defunto, vá saber... – apareceu no vestíbulo de uma porta de madeira cuja cor, espessura e, em termos mais gerais, austeridade pareciam dizer ao visitante: "Voltem para casa!". Scriven- -Cardiff deu um sorriso de cumplicidade quando nos viu subir os degraus da escada. Naturalmente, convinha agir como se nunca o tivéssemos visto.

– Os *gentlemen* poderiam me dizer seus nomes e o motivo da visita? – ele nos perguntou com um ar de extrema seriedade.

Acontece que outra criada estava alguns passos atrás dele: era necessário, pois, seguir com a encenação. Eu não estava conseguindo vê-la muito bem, mas o pouco que eu enxergava me parecia tão agradável quanto uma múmia do Museu Britânico.

– Somos os inspetores Carandini e Banerjee, da Scotland Yard – respondi.

A criada veio se colocar ao lado de Cardiff, e então, vendo-a sob a luz que vinha do exterior, apresentei mentalmente minhas desculpas às múmias.

– ...estou impressionada! – ela resmungou.

– Quanto ao motivo da visita – acrescentei –, ele é muito simples: nós gostaríamos de lhes fazer algumas perguntas a respeito da morte de lorde Scriven.

– Isso muito me espanta – replicou Cardiff. – Mas não me cabe julgar as motivações da Scotland Yard. Os senhores não gostariam de conversar com *lady* Scriven?

Cardiff simulava o espanto com tal convicção que

cheguei a pensar que talvez ele tivesse recuperado a razão e não desejasse mais fingir estar possuído pela alma de seu patrão. A sequência dos fatos me mostrou que eu me enganara.

Aquiesci e ele nos fez entrar. O hall que se nos apresentou ostentava um luxo que nada tinha a ver com o modesto aspecto exterior da mansão. Apesar de um tanto sem graça, a fachada de tijolos levava a um lajeado estilo mosaico que exibia tons quentes, uma escadaria majestosa e um lustre de cristal que eu não gostaria que caísse na minha cabeça. Não se podia escapar da galeria de retratos da família, claro, mas a esse festival de rostos cadavéricos e de perucas engomadas fazia eco um grande número de quadros de mestres antigos e modernos.

Ficamos por um bom tempo sozinhos, esperando que Cardiff ou sua colega voltasse com a dona da casa. Depois, terminei ouvindo um barulho de rodas, ora amplificado pelo lajeado do piso, ora abafado por tapetes. Logo *lady* Scriven apareceu. E que grande surpresa! Eu sabia que ela era mais jovem que seu finado marido, mas imaginava que a vida em uma mansão tendia a transformar qualquer mulher em uma megera bem antes do tempo. *Lady* Scriven escapara a essa maldição. Sentada na cadeira de rodas, tronco ereto, trajando um vestido preto com debruns rendados, ela nos recebeu com um sorriso capaz de derreter o coração mais empedernido. Sua cabeleira negra, com uma única mecha branco-marfim, descia-lhe até abaixo dos cotovelos. O azul de seus olhos me parecia cambiante, instável, puxando ora para o violeta, ora para o azul-violeta. Que pena uma mulher tão bela ver-se presa a uma cadeira!

Cardiff, que a conduzira até nós, disse:

– São estes *gentlemen*, *milady*. Os inspetores Carandini e Banerjee, da Scotland Yard.

Ela nos estendeu a mão, o que me deixou embaraçadíssimo: como diabos a gente deve se comportar com essa gente da alta sociedade? Recorri a lembranças antigas, no que fui logo imitado por Banerjee. Nenhum de nós dois foi expulso da mansão a pauladas: nosso desempenho certamente foi aceitável.

– Estou curiosa para saber o que os traz aqui – disse ela finalmente, com uma ligeira inquietação. – Parecia-me que tudo o que havia a dizer já foi dito.

– É que surgiram novos elementos ainda há pouco, *milady*.

– Novos elementos? – espantou-se ela, levando a mão ao peito. – Posso saber de que tipo?

– Por enquanto eles são confidenciais, mas exigem uma nova investigação de nossa parte.

Resignando-se, ela nos disse:

– Bem, todas as portas da mansão estão abertas para os senhores. Mas... estou muito cansada, toda a casa ainda se encontra em estado de choque. Peço-lhes a maior discrição possível.

– Naturalmente, *milady*.

– Vocês têm bagagens? – ela perguntou. – Talvez seu auxiliar possa...

Ela parou de repente, enrubesceu e falou, um tanto confusa:

– Oh! Mas você não tem auxiliar, claro. Vocês dois são inspetores, não é? Mas, sim, claro, onde eu estava com a cabeça? Eu estava pensando em outra coisa.

– É isso mesmo, nós *dois* somos inspetores – respondi, no tom mais neutro possível. – E não trouxemos bagagens, pois pretendemos partir o quanto antes. E, de todo modo, não nos ocorreria impor nossa presença dessa forma.

— Bem... Sigam-me até a sala de visitas. Aceitariam algo para beber? Um brandy, chá?

Nós a seguimos até um salão tão semelhante à imagem que eu tinha de um salão de mansão que cheguei a me perguntar se não se tratava de um cenário de teatro. Ali não faltava nada, absolutamente nada: a biblioteca com grandes volumes encadernados em couro, que certamente nos últimos duzentos anos não tiveram visitantes senão moscas e traças; veneráveis cadeiras dispostas em volta de uma mesa baixa de mármore; tapeçarias; banquetas convidativas; alguns vasos e bibelôs chineses; um gramofone; quadros de caça; e, naturalmente, um piano de cauda e uma harpa. Todo o tédio do mundo concentrado num mesmo e único lugar.

Sentamo-nos em volta da mesa baixa; eu optara pelo brandy, Banerjee pelo chá. E, pela primeira vez desde a nossa chegada, foi meu patrão quem tomou a iniciativa da conversa.

— Há algumas perguntas muito simples que eu gostaria de lhe fazer, *lady* Scriven. Para começar, gostaria de ter uma relação completa das pessoas que se encontravam aqui no dia do falecimento de seu marido.

— Tudo isso não estaria no relatório da polícia? — ela respondeu, com uma ponta de impaciência.

— Considere que nós retomamos tudo desde o começo. Uma folha em branco.

— B... bem. Estávamos eu, Cardiff, com quem vocês cruzaram, e a senhora Dundee, a governanta. Vocês já a viram também, imagino. Na cozinha estavam Vera, Chuck e Dave. Minha pobre camareira, Emily, tinha saído para fazer compras no momento do acidente.

— E onde ela se encontra agora? — perguntei.

— Oh! No andar superior. Manejar minha cadeira de

rodas exige muita força. Para essa tarefa, prefiro Cardiff. Emily é bem baixinha.

– Perfeito. Quem mais? – continuou Banerjee.

– Meus filhos Thomas e Isobel também estavam aqui. E também nosso pupilo, Alistair.

– O pupilo de vocês?

– Sim. Nós tiramos Alistair do orfanato há uns dois anos. Agora ele tem treze anos e deve partir para um internato daqui a algumas semanas. Cardiff? Você pode pedir a Tom, Isobel e Alistair que venham aqui? Tenho certeza de que esses senhores da Yard gostariam de falar com eles.

Enquanto esperávamos a chegada das crianças, senti de repente uma pontada na mão direita, tão forte e aguda quanto inesperada. Agarrei-a com a outra mão e descobri quatro arranhões. Aos meus pés, um gato angorá de pelo cinza esbranquiçado contemplava sua obra com aquele ar de satisfação sádica, própria de sua espécie, que dificilmente o mais cruel e degenerado dos seres humanos conseguiria mostrar.

– Oh! Sinto muitíssimo – disse *lady* Scriven com um suspiro. – Você está sentado na poltrona preferida de Cromwell. Esse gato é tão imprevisível com as visitas!

"Cromwell...", repeti mentalmente.

– Praticamente só meu marido se aproximava desse animal – *lady* Scriven nos confidenciou. – Ele é de uma agressividade notória com todo mundo. Oh! Você está sangrando, inspetor! Vou pedir a Cardiff que lhe...

– Não é nada, não é nada – respondi aplicando um lenço sobre os ferimentos. – Eu também já tive gatos e sei como é.

Enquanto a *lady* se desmanchava em desculpas, Cardiff voltou acompanhado dos três jovens. Thomas já exibia sólidos ombros largos, mas o leve frescor de seu rosto não enganava: ele ainda não passava de um adolescente. Isobel era uma versão mais jovem – e também mais triste – de sua mãe. Mas, refleti, é próprio de todas as mocinhas bem-nascidas ter um ar melancólico. Quanto a Alistair, era um rapazinho moreno, sorridente, maçãs do rosto pronunciadas e ar travesso. Não sendo alto, tinha uma silhueta um tanto roliça que deixava adivinhar o tipo de adulto que talvez fosse se tornar. Era uma criança que eu supunha polida, simpática e de convivência agradável. Braços para trás, ereto como um I, como se estivesse sendo recebido na sala do diretor.

– Estes senhores são da Scotland Yard – anunciou-lhes a mãe. – Peço que respondam às suas perguntas.

– Por que eles vieram aqui? – perguntou Thomas em tom de desafio. – Não podem deixar meu pai tranquilo agora que está morto?

Cardiff deu um sorriso que, sabendo o que nós sabíamos, revelava toda a sua dimensão: era um sorriso de orgulho paterno. Ele estava definitivamente louco. A menos que o louco fosse eu.

Lady Scriven enrubesceu, mas Banerjee cortou o embaraço pela raiz:

– Sua pergunta é absolutamente legítima, lorde Thomas. Não pretendemos incomodá-los por muito tempo. O que eu gostaria era de ouvir de viva voz o que cada um de vocês fazia quando lorde Scriven sofreu o acidente. Talvez... talvez nosso jovem lorde queira começar?

– Alistair, você quer responder às perguntas do inspetor? – insistiu, em vão, *lady* Scriven.

O jovem corou e levou as mãos às costas. Bastaria levantar um pouco a voz para que ele fosse se enfiar num canto, sozinho.

– Alistair? Você se lembra do que estava fazendo na hora em que o acidente aconteceu?

O menino respondeu de forma inaudível. Seria preciso estar com a orelha grudada em sua boca para ouvir uma palavra. Delicadamente, Banerjee pediu-lhe que falasse mais alto.

– Eu estava tomando banho – ele repetiu. – Um pouco antes, depois de ter brincado muito na estufa no fundo da casa, eu estava sujo até a ponta das unhas.

– Quer dizer que você gosta de plantas, Alistair?

– S... sim – respondeu Alistair, como se acabasse de confessar um crime hediondo. – Enfim... gosto de flores, principalmente.

Assumindo um ar de segurança, ele acrescentou:

– Posso levá-lo para ver as flores, se o senhor quiser.

– Talvez mais tarde. Agora...

Ouvimos o toque da campainha, um som que já nos era familiar. Ouvi a senhora Dundee dirigir-se à porta a passos apressados – ela ainda fazia isso facilmente para uma mulher que parecia tão idosa – e abri-la. Um minuto depois, um homem de uns quarenta anos, com as têmporas tendendo para o grisalho e olhar severo, reuniu-se a nós na sala de visitas. O que mais me impressionou foi sua estatura: ele era mais alto que eu pelo menos uma cabeça, e eu não era do tipo baixinho. Não obstante, ele se movia com certa desenvoltura, e não sem elegância.

Tivemos de nos apresentar mais uma vez. Depois, foi a vez dele:

– Sinto interrompê-los. Sou Gerald Brown e eu era secretário e braço direito de lorde Scriven.

– Gerald, você é antes de tudo um amigo da família! – apressou-se em dizer *lady* Scriven. – Você anda sumido, meu caro! Faz bem um mês que não aparece por aqui. Tudo isso para se fazer de rogado!

Ele lhe deu um sorriso cheio de gratidão.

– Você me dá importância demais, *lady* Scriven. Mas o fato é que eu estava cheio de trabalho. Vejo que tem visita: claro que posso voltar em outra ocasião, caso vocês desejem ficar à vontade.

– Nem pensar, Gerald! – exclamou *lady* Scriven, melindrada. – Você não veio aqui à toa. Fique para o jantar e passe a noite conosco.

Ela se voltou para nós:

– Isso vale também para os senhores. A esta hora, vocês correm o risco de ficar sem trem para Berwick. Sei que não pretendiam ficar, mas não seria razoável ir embora.

– Veremos, mas lhe agradeço esse gesto de hospitalidade – respondeu Banerjee (que provavelmente não tinha a menor ideia de como se exprime um inspetor da Scotland Yard). – Senhor Brown, estávamos recapitulando o que cada um fazia no momento do falecimento de lorde Scriven.

– E continuo sem entender o porquê disso – disse Thomas, irritado. – Vocês estão escondendo alguma coisa.

– Com efeito, lorde Thomas. Mas você deve imaginar que a Scotland Yard deve ter seus segredos. No interesse de todos.

Não era uma resposta muito convincente, mas deu alguma satisfação ao jovem lorde.

– Vamos admitir que sim – resmungou o jovem. – E como temos de nos submeter a esse interrogatório, saibam que eu estava em meu quarto quando meu pai morreu. Lendo. Um pouco antes do... acidente, ouvi Cromwell arranhando a porta. Desci para dizer a Vera que lhe desse comida e logo voltei para terminar de ler o livro.

– Qual era o livro?

Eu não via o menor sentido nessa pergunta, mas percebendo que Thomas ficou vermelho, pensei que pelo menos ela me tinha propiciado esse pequeno prazer.

– *As Mil e Uma Noites* – terminou por confessar o jovem lorde.

– Oh! – exclamou sua mãe, indignada. – Mas pelo menos não a tradução mais que vulgar desse senhor Burton?

– De sir Richard Burton – corrigiu Thomas.

– Hoje em dia se concede título de nobreza a qualquer um! Thomas, voltaremos a falar sobre isso, se você quiser.

O jovem aquiesceu e fuzilou Banerjee com o olhar.

– *Lady* Isobel? – continuou ele.

– Oh! Eu? Eu estava aqui, tocando piano.

– Você se lembra do trecho que estava tocando?

– Que importância tem isso, senhor... senhor...

– Banerjee. *Tudo* é importante, *lady* Isobel.

Depois de refletir, ela disse:

– Era um estudo para piano de Liszt.

Banerjee sorriu.

– Será que você nos daria a honra de tocá-lo um pouco para nós mais tarde? Eu apreciaria. Gosto muito de música.

– Bem... veremos – retrucou a jovem, evidentemente constrangida.

A mãe olhou a filha com ternura.

– Você fez progressos incríveis, Isobel, não seja tão modesta! Você toca como uma verdadeira concertista. E dizer que exercita há apenas... dois aninhos...

– Mãe, por favor – suplicou *lady* Isobel. – Não é que eu nunca tenha tocado música antes.

A jovem se voltou para Banerjee e achou que seria bom esclarecer:

– Eu era harpista. Mas me cansei um pouco desse instrumento.

Banerjee assumiu seu ar mais amável, voltando-se para *lady* Scriven:

– Vamos encerrar então com a senhora.

Ela fez um gesto de cansaço, e seus olhos se anuviaram.

– Eu estava no parque, pertinho da alameda pela qual vocês vieram. Gosto muito de tomar um ar na frente da casa, sabe? No meu estado, não tenho mais condições de me evadir desta propriedade; então, aproveito o que ela tem para oferecer.

Seus olhos se voltaram para o janelão que dava para o parque. Voltara a chover, e as árvores se curvavam docemente ao sopro do vento.

– O tempo estava tão bonito no dia em que o meu marido partiu... O único dia de sol que tivemos em dois meses. Eu estava muito feliz ao levantar, por saber que ia poder sair, respirar um ar mais puro...

Banerjee assumiu um ar compassivo.

– Obrigado, *lady* Scriven. As lembranças nem sempre são companheiras agradáveis... mas de todo modo é preciso conviver com elas.

Imediatamente depois, ele teve uma daquelas ausências das quais detinha o segredo. Todos ficamos esperando, intrigados, que ele resolvesse voltar ao mundo dos vivos. O que ele fez, para grande alívio nosso, depois de um giro do ponteiro dos segundos:

– Foi o senhor Cardiff, aqui presente, o primeiro a abrir a porta do escritório de lorde Scriven?

– Sim, inspetor – confirmou Cardiff.

– Quem mais estava presente?

– Acho que toda a família estava aqui – respondeu Thomas. – Exceto minha mãe, claro. Isobel e Alistair também estavam.

– Quem foi o primeiro a entrar no escritório?

– Lorde Thomas me ajudou a forçar as dobradiças, mas eu é que entrei primeiro – respondeu Cardiff.

– Seguido de nós três – completou Isobel. – Lembro-me bem, porque esse diabo do Cromwell por pouco não me derrubou quando fugiu do escritório.

Banerjee balançou a cabeça, levantou-se e se pôs a andar a passos largos pela sala, em silêncio.

– Se... seu colega é muito excêntrico, não? – sussurrou-me *lady* Scriven.

– Sim, é o mínimo que se pode dizer dele – admiti.

Gerald Brown, a visita surpresa, aproveitou a ocasião para pedir a Cardiff que fosse buscar alguma coisa para ele. Cardiff atendeu-o e voltou pouco depois com um saco de papel pardo. Com ar de cumplicidade, ele disse:

– Em primeiro lugar, eu vim saber notícias de vocês, claro, mas também lhes trazer uns presentinhos. Lorde Thomas, aqui está...

Ele passou ao jovem lorde um livro cujo título não consegui ler na hora.

– *Peter Camenzind,* de Herman Hesse – leu Thomas.

– É um jovem autor alemão de quem me falaram bem – explicou Brown. – Você lê alemão, não é, lorde Thomas?

– Sim, perfeitamente – confirmou o jovem. – Obrigado, eu o lerei com atenção.

Brown sorriu e continuou a tirar presentes do saco. Dessa vez ele puxou uma garrafa facetada.

– Dizem que esse brandy é simplesmente divino, *lady* Scriven. Eu sei que você aprecia.

– Oh! Gerald, que triste imagem você tem de mim! – disse a *lady*, mal contendo o riso. – Mas já que o mal está feito, me apresso a ver se você tem razão!

Satisfeito com o resultado, Brown continuou:

– Isobel, eu sei que você adora caixinhas de música... e esta aqui toca justamente Liszt! Ela foi produzida por um grande artesão relojoeiro.

Isobel tomou nas mãos a pequena caixinha de madeira e metal, e suas faces se inflaram a tal ponto que seus olhos desapareceram num instante.

– Obrigada, senhor Brown! – disse ela entusiasmada.

Brown então hesitou e lançou um olhar a Alistair.

– Alistair, estou realmente embaraçado. Eu o tinha posto na lista...

– Oh! Não tem importância, senhor Brown – o menino o interrompeu. – Agora não preciso de nada. E eu também fico feliz quando o senhor vem nos visitar.

Brown recebeu a lisonja com o devido decoro.

De sua parte, Banerjee parecia ter terminado a vistoria da sala. Ele tornou a sentar-se entre nós e disse, sem preâmbulo:

– Naturalmente, terei de falar com o restante de seu pessoal. A senhora Dundee e também as pessoas que trabalham na cozinha.

Em resposta, ouviu-se um barulho assustador de papel rasgado. Cromwell se atirara contra o saco de papel de Brown, agora vazio, e tratava de despedaçá-lo. Menino bem-educado que era, Alistair levantou-se, tomou o animal nos braços, e o afugentou.

– Cardiff vai conduzi-los – disse *lady* Scriven.

– Os senhores inspetores querem me acompanhar? – perguntou o criado.

Nós nos levantamos, deixando a família Scriven e seu convidado na sala de visitas. Quando ficamos a sós com Cardiff, este nos perguntou:

– Então? O que acha disso? Quem me matou?

A coisa recomeçara.

– Ainda não posso dizer nada – disse Banerjee. – Ainda não sonhei.

– Sonhar? Ah! Sim, claro, eu tinha esquecido.

Eu intervim.

– Diga-me uma coisa, você pensou em alguma eventualidade que possa aborrecê-lo?

– Qual? – perguntou Scriven-Cardiff.

– Que o assassino tenha sido *você*. Se é que houve assassinato. Você foi o primeiro a entrar no escritório. Você deu o alarme. Isso poderia ser a mensagem que seu... espírito tenta nos comunicar. Encarnando em seu assassino, chama a atenção sobre ele.

Exibindo um olhar sombrio, Cardiff negou com a cabeça.

– Claro que pensei nisso. Não excluo ninguém. Mas não vejo nenhum motivo para eu... enfim, para Cardiff me matar. É um serviçal dedicado, que sempre me tratou bem e nunca me faltou.

– Isso é o ponto de vista do patrão, não do empregado – comentei, não sem um toque de malícia.

– Vá lá saber... – disse com um suspiro Scriven-Cardiff.

CROA-CROA

* *Croa-croa*: Onomatopeia em francês para o canto do corvo (em português, *crás*). Para os franceses, esse canto é sinal de mau agouro. Para os tibetanos, de excelente agouro. (N.T.)

TODO MUNDO TINHA UM ÁLIBI, O QUE ERA, EM TODOS OS SENTIDOS DO TERMO, muito enfadonho. Naturalmente, não se afastava a ideia de que toda aquela boa gente estivesse mentindo. Por enquanto, porém, era preciso contentar-se com suas declarações. Ainda assim eu estava intrigado com Emily, a camareira de *lady* Scriven; uma bela ruiva, de ar inteligente, que não ia na conversa de ninguém. Ela estava a serviço da casa havia apenas três meses, e, naturalmente, isso me dava vontade de colocá--la no topo da minha lista de suspeitos. Ainda mais que sua maneira de se exprimir era a de uma pessoa razoavelmente educada, embora procurasse disfarçar isso usando uma linguagem popular. Teria ela matado Scriven? Se fosse esse o caso, por quê? Eu não tinha certeza de nada, mas fiquei de sobreaviso.

Como era de se esperar, Banerjee pediu para ver o escritório onde lorde Scriven morrera. Cardiff nos levou ao segundo andar da mansão; no caminho, cruzamos com *lady* Isobel, acompanhada de Gerald Brown.

– O que fazem aqui neste andar? – ela indagou com ar de suspeita.

– Vamos ver o escritório de seu falecido pai – respondi.
– Oh! Claro. É... normal, imagino. Pois bem, podem ir, mas não mexam em nada.
– A desordem não existe, *lady* Isobel – interveio Banerjee.

Ela teve um sobressalto.
– O que disse?

Estremeci e intervim:
– Meu colega tem... ideias muito categóricas sobre as coisas. Não ligue para elas, *lady* Isobel.

Desconfiada, ela encerrou a conversa:
– Vá lá que seja. Em todo caso, sejam rápidos. Cardiff, vou com o senhor Brown à sala azul. Tem um quadro que ele quer ver novamente.
– Está bem, *milady*. Até logo.

Quando eles já estavam longe de nossas vistas, Cardiff inclinou-se para nós e disse:
– Como é duro chamar a própria filha de *"milady"*! Ah! Se eles pudessem compreender, todos... talvez ficassem contentes de saber que continuo um pouco entre eles.
– Sim, sim – respondi com uma ponta de cansaço.
– É evidente – acrescentou Banerjee.

* * *

O escritório de lorde Scriven daria um quarto perfeito para um vampiro. Em certo sentido, lá não se corria o risco de distrair-se do trabalho, dada sua total ausência de fantasia. Nas paredes nuas via-se um pequeno retrato de mulher (a avó do falecido, pelo que me parecia) e uma pavorosa natureza-morta. Muitos dossiês ocupavam prateleiras de carvalho, mas alguns estavam trancados em móveis de metal. Grande número de segredos de Estado e industriais deviam encontrar-se ali, a alguns passos de nós. A única e modesta janela dava passagem a um pouco de luz, mas lá fora o Sol já declinava; logo a sala ficaria escura como o interior de um forno. Cardiff se pôs então a acender as lâmpadas a óleo e as colocou sobre a imensa secretária onde lorde Scriven redigia contratos e correspondências.

– É verdade que esse escritório é escuro – admitiu Cardiff. – Mas sua austeridade permitia concentrar-me melhor.

– Lorde Scriven era o único a ter a chave? Bem, quer dizer... você era o único que tinha a chave?

– Isso mesmo – confirmou Cardiff. – Ninguém mais tinha.

– Sim, mas qual *você*? Você *você* ou você lorde Scriven?

Cardiff sorriu como tivesse pena de mim.

– Eu sei que tudo isso é complicado. Eu, lorde Scriven, é que tinha a chave num bolso do casaco. Nem mesmo Cardiff... Enfim, o Cardiff original tinha uma cópia. A chave foi encontrada sobre meu cadáver.

– Certo, certo. Por enquanto não tenho mais perguntas. Ah, sim! Você não se lembra de ter ferido a mão no dia de sua morte?

– Você se refere a Cardiff ou a...

– Diabos! Perdoe-me, é que essa história toda está me deixando louco! Estou falando de lorde Scriven. Lorde Scriven, você pode continuar a dizer que é você se preferir assim, feriu a mão naquele dia?

Scriven-Cardiff apertou os olhos.

– Não que eu me lembre.

– Muito bem – eu disse com um suspiro. – Então não há mais razão para tratar disso.

Debrucei-me sobre a secretária e comecei a procurar o objeto que poderia ter ferido lorde Scriven, mas não vi nada que pudesse cortar ou perfurar. Nem mesmo as arestas dos móveis, que eram pouco agudas. Banerjee se pôs a andar à roda da sala. Três vezes. Em seguida, aproximou-se da janela e enfiou a cabeça entre duas barras, até que ela ficou presa. Ele ficou um instante naquela posição um pouco estúpida, desprendeu a cabeça a custo e retomou sua inspeção. Então veio até onde eu estava, perto da secretária, e se pôs de quatro sobre o tapete espesso.

– O que você está procurando? – perguntei.
– Nada.
– Banerjee, você não ficou de quatro por gosto, não é?
– Também não. Estou tentando ver de outro ângulo. Desisti.

Tentei descobrir alguma coisa que pudesse me dar uma ideia do que lorde Scriven estava escrevendo na hora em que morreu. Mas agora não restava nenhum documento no escritório. O papel de carta com seu timbre estava totalmente em branco, e a tal carta me parecia irremediavelmente perdida. Cardiff pouco me ajudou nessa busca, tornando a usar, como pretexto, sua "amnésia seletiva". Banerjee examinou rapidamente um porta-penas numa reentrância do tampo da secretária. A pena estava com uma mancha de tinta seca, de cor igual à que se encontrava no tinteiro. Na mesma ranhura encontrava-se uma pena que parecia ter sido usada, mas não estava mais encaixada no porta-penas.

– Lorde Scriven era... Ou melhor, você era uma pessoa organizada? – ele perguntou a Cardiff.
– Eu era a organização personificada! – vangloriou-se Cardiff.
– Esta pena ficou por algum tempo no tapete – continuou Banerjee. – Alguns fios e pelos estão grudados nela.
– Hum, pode bem ser – disse Cardiff aproximando-

-se. – Mas isso deve ter acontecido depois de minha morte, porque eu tinha muito cuidado com meus negócios. Ela deve ter caído quando eu morri.

– Sim, provavelmente. Você sempre colocava suas penas de reserva nessa reentrância?

– De jeito nenhum. Elas ficavam nesta gaveta – disse Scriven-Cardiff, abrindo um compartimento da secretária onde se via papel mata-borrão virgem, dois porta-penas novos e uma caixa de papelão contendo dezenas de penas metálicas, todas idênticas.

– Quanta meticulosidade! – limitou-se a comentar Banerjee.

Depois de mais cinco minutos de exploração aparentemente improfícua, meu patrão mostrou alguns sinais de impaciência – coisa rara nele. Fomos para o corredor, e Cardiff apressou-se em dizer-nos alguma coisa. Não lhe foi possível, porém, porque demos de frente com *lady* Isobel e o gigantesco Gerald Brown, que trazia um chapéu de palha na mão. A jovem *lady* tornou a nos brindar com seu ar de desconfiança ostensiva e pediu que Cardiff ajudasse Brown a fazer não sei bem o quê. Muito a contragosto, ele se afastou de nós.

Quando nos deixaram a sós novamente, Banerjee apressou-se em me dizer:

– O jovem Alistair falou de uma estufa. Eu gostaria de visitá-la.

– Por quê?

– Não sei. Não tenho seu talento analítico. Mas eu gostaria de ter uma visão global deste lugar.

– Está bem. Se você faz questão disso, acho que não será difícil encontrá-la.

A estufa ficava no fim de um caminho estreito que começava nos fundos da mansão. A certa altura do caminho,

Banerjee parou e voltou-se para observar a fachada. Ela nada tinha de espetacular, mas meu patrão a examinou por um bom tempo. Em seguida, perguntou:

– A janelinha à direita, com barras... É a da sala onde lorde Scriven morreu, não é?

– Espere um pouco, sempre tenho dificuldade de me orientar no espaço... Sim, você tem razão, deve ser ela mesmo. Por que pergunta?

– Você notou essa faixa saliente que circunda toda a fachada?

– Sim, e daí? Ela passa sob a janela, mas, do que se pode ver daqui, não deve ser muito larga. E, mesmo supondo que alguém pudesse agarrar-se a ela com os dedos, ele não poderia entrar pela janela.

– Tem razão.

– É só isso?

– Por enquanto, sim. Vamos em frente.

A estufa revelou-se um edifício magnífico. Ela era quase tão grande quanto a própria mansão e constituía-se numa pequena floresta. Pelo que sabíamos, a botânica era o único passatempo de lorde Scriven. Em suas horas vagas, ele cuidava sozinho daquela massa de vegetais; o que seria dela agora?

Eu nada sabia – e continuo sem saber – de plantas. Com Banerjee se dava o contrário: ele não se cansava de exaltar a beleza das flores e a variedade de espécies. Eu entendia perfeitamente que uma criança da idade de Alistair visse naquele lugar um refúgio fantástico.

De repente, um barulho me causou um sobressalto. Apesar da luz declinante, pude perceber que a estufa não era ocupada apenas por plantas; lá havia também um viveiro exótico. Quem tinha se manifestado fora uma rã de pele amarela que coaxava de alegria vendo-nos andar por ali.

– Quem vai lhe dar comida agora? – perguntei.

Banerjee se aproximou do vidro; o detetive e o batráquio se observaram por um instante, depois a rã foi se refugiar atrás de uma pedra.

Eu receei que a estufa abrigasse também outros ocupantes menos simpáticos: aranhas, serpentes... Se esse fosse o caso, agora eles estavam bem escondidos. Ou em liberdade à nossa volta, o que não me animava nem um pouco. E quando suores frios começavam a me cobrir a testa, aconteceu o que eu já não esperava: Banerjee levou a mão à nuca, esfregou-a, e suas pálpebras foram ficando mais pesadas.

– Patrão... Já está vindo? Você quer sonhar? Tem certeza de que este é o momento?

– Sim, chegou a hora.

– Pelo amor de Deus, não vamos fazer isso aqui.

– Não dá para esperar, você sabe disso.

– Sei, sim, mas eu lhe peço para esperar até estarmos em Londres! Nós podemos voltar à mansão: a gente diz que você está doente, e eles arranjam um quarto. Tenho certeza de que alguns cômodos estão desocupados há cinquenta anos. Bom, com certeza eles podem nos ouvir... Eu não tenho nenhuma vontade de ficar neste lugar.

Banerjee me lançou um olhar severo, que me deu a impressão de que eu tinha doze anos e estava fazendo birra. Em seguida, balançou a cabeça e disse:

– Bem. Então vamos logo.

Fomos depressa em direção à mansão. Foi a senhora Dundee, e não Cardiff, que nos recebeu.

– Os senhores da polícia encontraram o que procuravam? – disse ela rispidamente.

– Talvez – respondeu Banerjee. – Mas não estou me sentindo muito bem.

Eu nunca tinha visto ninguém mentir de forma tão canhestra. Achei melhor intervir:
— Você poderia nos arrumar um quarto tranquilo? De preferência com uma cama para que meu colega possa se deitar?
— Uma cama... — repetiu a senhora Dundee.
— Sim, se isso não for causar problema a *lady* Scriven — acrescentei.
— Acho que não. Mas ela vai achar estranho. Assim como eu, aliás.

Ela nos conduziu ao primeiro andar e dirigiu-se à porta de um quarto no fim do corredor. O interior estava bem cuidado, mas percebia-se que ninguém dormia ali regularmente. Vá lá saber para que servia aquilo: um cômodo também tem sua linguagem. Os objetos têm seu jeito próprio de mostrar que não foram deslocados nem manipulados durante muito tempo e que de certo modo estão dormindo. A senhora Dundee cortou minhas reflexões pela raiz indicando-me uma cama com lençóis recém-trocados.

— Espero que os senhores gostem da cama. Que devo dizer à senhora? Que o inspetor está tirando uma soneca?
— Oh! Não precisa preocupar-se tanto — repliquei eu, com expressão de cansaço. — De todo modo, nós não ficaremos aqui por mais de vinte e seis minutos.
— Quanta exatidão! Bem, senhores, vou deixá-los.

A velha ranzinza foi embora aos resmungos. Banerjee deitou-se na cama do modo mais natural, e eu aproximei uma cadeira. Quando ficamos bem acomodados, consultei meu relógio e comecei o canto, rezando para que ninguém nos ouvisse.

Chegara a hora: eu sentia que Banerjee tinha começado a sonhar. Sua mão estava gelada, e eu via seus globos

oculares agitarem-se sob as pálpebras. Então, ele começou a falar:
– Que coisa estranha, eu estou numa gôndola.
– Uma gôndola? – perguntei, espantado. – Como...
– Com efeito, parece que estou em Veneza. Sim, é isso mesmo: eu estou numa gôndola, navegando pelos canais de Veneza. Está chovendo, mas ao mesmo tempo faz sol. A chuva cai à minha volta sem me tocar. O gondoleiro é muito alto e usa uma lança para nos fazer avançar. Parece uma lança indígena. Eu não saberia dizer de que tribo ela é.
– Vamos supor, vamos supor...
– Continuamos a navegar. Sempre a mesma chuva, sempre o mesmo sol. O chapéu do gondoleiro mudou! Agora parece um capacete colonial. Ele é enorme, mas parece não incomodar o gondoleiro. Agora estamos parando. Sob um balcão. Há uma jovem à janela. Ao que parece, ela se alegra ao ver o gondoleiro. A jovem lhe faz grandes acenos. Ela fecha todas as janelas atrás de si. De repente, se mostra muito inquieta. E o gondoleiro se põe a cantar. Que voz estranha!

Banerjee se calou. Quando voltou a falar, foi para dizer:
– Sim, uma voz muito estranha.
– Como assim?
– A voz do gondoleiro não é humana. Sua sonoridade é quase mecânica. Aliás...
– Sim?
– O gondoleiro não está mais comigo na gôndola. Ele está com a jovem no balcão. Há outra coisa em seu lugar. Eu me aproximo para ver. É uma estatueta.
– O que ela representa?
– Acho que é o que chamam de *Discóbolo*. A escultura grega que representa um atleta em pleno ato de lançar um disco.

– Sim, eu sei o que é o *Discóbolo*.
– Esse é diferente. Está com um casaco comprido, tem cabelos longos. E gira.
– Como?
– A estátua gira em torno de um eixo central. Não posso fazê-la parar. E eis que volto a navegar, agora sem gondoleiro. Mas o canal que peguei me leva ao seio da natureza. É um ambiente de perfeita calma, estou rodeado de árvores, de plantas silvestres. Nada disso se assemelha a uma paisagem europeia. De resto, é muito longe. Num lugar onde nunca estive. O canal vai se estreitando, e eis que minha gôndola se transformou num simples barco. Ah! Ela agora está presa entre cipós. Não consigo mais avançar. Vou ter de seguir a pé.
– Faça isso então...
Banerjee ficou em silêncio por um bom tempo. Eu temia esses silêncios, que nos aproximavam do vigésimo sexto minuto fatídico. Eu olhava inquieto o mostrador de meu relógio, vendo que o ponteiro dos segundos completava sua quarta volta em vão.
– O gondoleiro voltou. E continua com o capacete enorme. Ele olha alguma coisa com expressão de medo.
– Você consegue ver de que se trata?
– É uma luta de animais.
– Que animais?
– Uma espécie de camaleão do tamanho de um cachorro e uma pantera negra. O camaleão está com a lança do gondoleiro na boca. Ele tenta ferir a pantera com ela. Mas o rumo do combate mudou um pouco. A pantera recuperou a lança. O camaleão vai embora, como se não estivesse mais interessado na luta. A pantera também dá meia-volta. Hesito em segui-la. Por fim, me decido.
– Tenha cuidado...

– Voltamos a Veneza. Bem, não tenho bem certeza, o entorno muda o tempo todo. Não há mais canais. Mas estou novamente sob a janela da jovem mulher.

– E a pantera?

– De um salto, ela foi parar no balcão. Ela entrou. E agora está caindo sobre mim uma chuva de confetes.

– Ah, é? Bom, tratando-se de Veneza, não é de estranhar.

– O estranho é que o rosto de lorde Scriven está estampado em cada uma das rodelinhas de papel.

– Você consegue vê-lo?

– Eu sei disso. Os confetes se amontoam aos meus pés. Ou, melhor, eles cobrem alguma coisa.

– Você faz ideia do que é?

– Sim, um corpo. Um cadáver. Acho que é um cadáver. Mas mal se distingue sua forma sob as rodelinhas de papel. Sim, é mesmo um corpo humano, porque estou vendo uma mão. A lança está plantada na palma.

"Que visão macabra!", pensei.

– Oh! Eu...

– Sim?

Banerjee não respondeu logo, e seu rosto se contraiu. Depois disse:

– Há algo errado. Há uma coisa estranha.

Sua mão retesou-se na minha, e eu o ouvi respirar aos arrancos, como se sufocasse. O tempo ainda não se esgotara, mas meu instinto estava na maior confusão: eu sabia que *devia* acordar Banerjee naquele momento. Por isso, entoei o canto, esperando, preocupado, sentir o calor afluir novamente à sua mão. Felizmente, tudo funcionou bem: eu o vi abrir os olhos e ingressar pouco a pouco no mundo da vigília. Eu o sentia preocupado, mas ele não parecia disposto a falar sobre o incidente.

– E então? – perguntei.

– Foi muito instrutivo.
– Quer dizer que você sabe o que se passou?
– Só em parte. Eu...
– Sim?
– Tenho uma *dúvida*.

A palavra "dúvida" não fazia parte do vocabulário habitual de Banerjee. Estremeci.

– Você tem uma dúvida... Posso saber qual é?
– Eu sei como lorde Scriven morreu. Eu sei que aqui há pessoas que não dizem a verdade: mas ignoro se isso é o suficiente para acusá-las.
– Mais uma vez, não entendo patavina do seu sonho. Mas ele parece ter sido bem interessante, não vou mentir para você. Bem, pode falar.

Banerjee estava prestes a falar quando bateram à porta do quarto. Franzi as sobrancelhas e fui abrir, frustrado por ter de adiar as revelações. Lorde Thomas apareceu no umbral. O jovem exibia uma expressão grave, e eu adivinhava, pelos quase imperceptíveis movimentos de seu corpo, que ele estava um tanto nervoso.

– A senhora Dundee me disse que vocês estavam aqui – ele falou secamente. – Posso entrar?
– A casa é sua, lorde Thomas... – respondi num tom lasso.

O jovem lorde deu dois passos à frente e viu Banerjee sentado à beira da cama. Thomas deu um suspiro e perguntou:

– Posso saber o que vocês estão fazendo em nossa casa?
– Bem, a Scotland Y...
– Não, senhor Carandini, não é isso que estou perguntando. Eu sei que vocês não são da polícia.

Engoli em seco.

– E quem você acha que somos, milorde?

– De repente eu me lembrei de ter visto o rosto do senhor Banerjee num jornal, não faz muito tempo. Um caso de tráfico de objetos de arte que o tornou famoso. Vocês são detetives particulares. De resto, inútil encenar essa comédia por mais tempo: acabo de telefonar para seu "superior" na Scotland Yard. A princípio ele corroborou a versão de vocês, mas eu o lembrei de que, apesar de minha idade, e na qualidade de herdeiro de lorde Scriven, ele corria um grande risco ao me esconder a verdade.

– Diabo de Collins – falei entredentes.

– Agora, senhores, como já lhes disse, gostaria de saber o que fazem aqui. O que estão procurando exatamente?

O pirralho tinha topete. E uma certa autoridade natural, tínhamos de reconhecer. Mas enquanto filho de lorde, ele nascera com um título de propriedade na boca e certamente fora educado desde a mais tenra idade a olhar de cima as pessoas do povo. Apesar disso, eu não chegava a achá-lo antipático; ele ainda tinha candura, e seus olhos tinham um brilho de inteligência. E afinal sua desconfiança não era nada ilegítima. Eu quis dizer alguma coisa, mas Banerjee se adiantou:

– Lorde Thomas, como você sabe quem somos, é justo eu lhe dizer o que queremos. Fomos encarregados por um terceiro – cuja identidade não podemos revelar – de investigar a morte de seu pai. Essa pessoa acha que seu pai foi assassinado. Como a polícia já concluiu ter sido morte natural, era necessário ter uma visão menos oficial.

O jovem se calou, refletiu um pouco e respondeu:

– Um assassinato... Com certeza há dezenas de pessoas que ficaram satisfeitas com a morte de meu pai. Talvez até a tenham desejado. Mas passar disso ao ato? E, principalmente: por que meio? Meu pai morreu numa sala quase hermeticamente fechada. Não havia nenhum sinal de violência. E, naquele dia, muita gente estava presente... É ridículo.

– Não é, lorde Thomas. E quando você entrou, eu estava prestes a dar ao meu parceiro a minha versão dos fatos.

Eu sentia o jovem dividido entre a vontade de nos expulsar de casa e a de saber mais sobre o caso. Por fim, ele afirmou:

– Bem. Vou entrar no jogo de vocês por mais alguns minutos. Depois decido se devo ou não entregá-los à sanha dos advogados de minha mãe. Contudo...

– Sou todo ouvidos, lorde Thomas – falou Banerjee.

– Há uma condição. Eu quero saber quem os contratou. Foi Cardiff, não é?

Banerjee ficou absolutamente impassível. Mas sempre fui um péssimo jogador de pôquer e me foi difícil dissimular minha surpresa.

– Sua reação o traiu, senhor Carandini. Todo mundo aqui vê em mim um doce sonhador, que passa o tempo em seus livros de mitologia e nada quer saber do mundo exterior. Tirei vantagem disso. Apesar de tudo, porém, isso está bem longe da verdade e me dá uma certa... distância para observar as pessoas. Cardiff votava um culto ao meu pai, e meu pai lhe tinha uma confiança ilimitada. Não me surpreende que ele tenha procurado os senhores. Ainda mais que...

– Sim? – perguntou Banerjee.

– Uma cláusula do testamento de meu pai estipulava que, caso ele viesse a ter uma morte acidental ou "violenta", Cardiff teria direito a uma renda anual de duzentas libras.

Isso mudava tudo de figura. Cardiff tinha todo interesse em que se provasse o assassinato. Indo mais longe, porém, ele tinha também todo interesse em que o assassinato *acontecesse*.

– Lorde Thomas – principiou Banerjee –, atribuo grande valor à *verdade*. Apresentar-me aqui fingindo ser o que não sou me foi muito difícil. Mas nada é mais importante que a confiança que um homem deposita em outro homem. Por mais justificadas que sejam suas suspeitas, não confirmarei nada.

O jovem lorde deu um risinho.

– Pouco importa, o rosto de seu parceiro já me deu a confirmação que eu esperava.

Ofendido, intervim:

– Sem querer ofender, talvez você superestime um pouco suas capacidades.

– Do ponto em que me encontro, eu seria capaz de jurar que você é que superestima as suas.

Se ele não fosse um tanto mais alto que eu, eu teria dado um soco naquele jovem insolente. Ele percebeu minha irritação e, como bom diplomata, tratou de se acalmar.

– Eis a minha proposta – disse ele. – Vou ouvir suas revelações. Se vocês me convencerem, não contarei à minha mãe o que vocês me disseram. Se, ao contrário, eu desconfiar que vocês são dois escroques, avisarei não só minha mãe, mas também a polícia. Negócio fechado?

– Essa me parece uma proposta decente – respondeu Banerjee naquele tom neutro que eu conhecia muito bem e que significava "estou pouco ligando para o que diz".

– Bem, agora pode falar.

– Antes de começar... Acho que você não conhece meus métodos, não é?

– Eles têm alguma coisa de especial?

– Escute-me, por favor...

Então Banerjee explicou ao jovem nosso *modus operandi*. Eu temia que lorde Thomas se pusesse a gritar "Cuidado com o louco!" e nos mandasse prender. Mas não aconteceu nada disso; ele ouviu Banerjee com toda a atenção, como se o que Banerjee lhe contava fosse a própria evidência. Após o quê, ele disse:

– Isso me lembra algumas de minhas leituras. Eu me interesso muito pela história e pela cultura dos povos do Oriente. Por isso, nada do que você acabou de me dizer me é totalmente estranho.

Eu estava muito surpreso: quem haveria de achar que lorde Thomas, tão compenetrado e enredado nas tradições, revelasse tal abertura de espírito? Decididamente, aquele jovem me surpreendia.

– Então vou ouvi-lo... com um interesse redobrado, devo admitir.

– Permita-me então que lhe resuma o sonho que acabei de ter.

Banerjee sentou-se à beira da cama e, com sua eloquência hipnótica, repassou um a um os elementos de seu último transe. Em seguida, sem esperar a reação de lorde Thomas, dirigiu-se a mim:

– O gondoleiro e a jovem no balcão... Essa imagem me foi inspirada, acho, pela peça *Romeu e Julieta*. Eu ainda não a li, mas conheço a história. Na Itália do Renascimento, dois jovens se amam; mas suas respectivas famílias são rivais e, naturalmente, se opõem a essa união. E Romeu vem declarar seu amor a Julieta sob seu balcão.

– Eu conheço a história, Banerjee, obrigado – disse. – Mas que relação pode ter isso com o nosso caso?

– Você se lembra como estava o tempo em meu sonho?

– Sim, chovia, mas havia sol. Coisa muito rara, não?

– É principalmente contraditório. Num plano simbólico, quero dizer. E o que o gondoleiro estava usando?

– Você me disse que o gondoleiro estava com... um chapéu colonial muito grande para ele.

– A partir disso, meu caro Christopher, você devia poder deduzir a primeira parte do presente enigma.

Cocei o queixo.

– Vejamos... Estamos procurando duas pessoas apaixonadas? Nesse caso, parece-me que não há tantas possibilidades assim. *Lady* Isobel e... Gerald Brown? É isso o que você está tentando dizer?

– Minha irmã? – exclamou lorde Thomas. – Com Brown? Espero que seja uma brincadeira!

– Por enquanto, não interfira, lorde Thomas – ordenou Banerjee.

O tom era inapelável, e o jovem lorde se calou sem mesmo ensaiar um protesto.

– Bem, Banerjee... – continuei – o que o leva a supor isso?

– Para começar, a familiaridade. Talvez você não tenha notado, e eu tampouco na hora, mas o senhor Brown chamou todo mundo pelo título. *Lady* Scriven, lorde Thomas etc. Todo mundo, menos Isobel. Daí se pode deduzir que eles se conhecem melhor do que deixam entrever.

– Isso me havia escapado. Mas... é só isso? Um simples *"lady"* esquecido, e você pula para as conclusões?

– Não. Vamos voltar à chuva e ao sol. E ao capacete colonial grande demais para meu gondoleiro. Como você sabe, a primeira vantagem desses capacetes é proteger do sol a nuca e os olhos.

– Sim... mas e daí?

– Quando passamos por *lady* Isobel e Gerald Brown pela segunda vez, ainda há pouco, o senhor Brown trazia na mão um chapéu de palha. Mas ele chegou à mansão sem esse chapéu.

– Mas como podemos saber disso? Ele deve ter entregado à senhora Dundee ou a Cardiff.

– Se assim fosse, o chapéu estaria no térreo, perto da

entrada. Mas *lady* Isobel e o senhor Brown estavam no andar superior. Acho que o "quadro" que o senhor Brown iria ver era um pretexto para recuperar o chapéu que ele havia esquecido numa visita anterior, não há dúvida. E ele não queria que soubessem disso. O capacete colonial do meu sonho substituiu o chapéu de palha. Um chapéu de palha "incômodo" se transformou num capacete colonial grande demais.

Lorde Thomas fazia o maior esforço para não falar. De minha parte, repliquei:

– Bem, vamos admitir que eles tenham uma certa intimidade e que o chapéu foi esquecido num lugar comprometedor... Vejo aí a relação com o Sol, mas não com a chuva.

– Um capacete colonial, assim como um chapéu de palha, protege do sol. Como está o tempo agora?

– Em Londres, pelo menos, chove torrencialmente há mais de um mês, por quê?

– *Lady* Scriven nos disse que o senhor Brown não vem à mansão há mais de um mês. Devia, portanto, estar chovendo, e ele não precisava levar um chapéu de palha.

– Hum... continue.

– Ora, *lady* Scriven também nos disse que tomava sol e tomava um ar no dia em que lorde Scriven morreu. Ela disse que foi o único dia de sol em um mês.

Lorde Thomas ficou vermelho feito um pimentão. Então, eu perguntei:

– Você deduz daí que Gerald Brown estava aqui no dia do assassinato, não é?

– Eu não deduzo nada, eu me contento em observar os elementos que meu sonho me mostra. Sem meu sonho, eu nunca teria pensado nisso. No mais, há outro elemento importante sobre o qual ainda não falei: a música.

– Ah, sim! Mas isso até eu, me parece, compreendo.

Você disse que o gondoleiro cantava com uma voz mecânica... A caixinha de música, não é? A que ele presenteou a *lady* Isobel?
– Acho que sim.
– E o *Discóbolo* que gira sobre si mesmo? Alguma relação com nossos dois pombinhos?
– O que *lady* Isobel estaria fazendo no momento do acidente?
Pensei um pouco e respondi:
– Acho que ela estava tocando piano. Liszt.
– Você se lembra de como ela ficou embaraçada quando lhe pedi, aliás, sem segundas intenções, que nos fizesse um pequeno recital?
– Sim, imaginei que ela era tímida.
– Mas *lady* Scriven acha que sua interpretação de Liszt é digna de uma concertista. O que é surpreendente, quando se sabe o quanto Liszt é difícil de tocar. Em apenas dois anos de estudos de piano *lady* Isobel poderia realmente ter alcançado tal nível? O que acha disso, Lorde Thomas?
O jovem teve um sobressalto.
– O quê? Oh, minha irmã... está bem! Ela se sai muito bem, ela tem um ouvido excelente. Mas nunca a *vi* tocar Liszt. Assim como minha mãe, eu apenas a *ouvi*.
– Diabos – murmurei. – O *Discóbolo*... com seus cabelos longos...
– Acho que no meu sonho ele simbolizava um *disco* de Franz Liszt – continuou Banerjee. – O personagem que girava sobre si mesmo com um disco na mão corresponde à imagem, talvez falsa, que tenho de um compositor do leste europeu no século XIX. Ora, há um gramofone na sala de visitas. Acho que se procurarmos bem, vamos encontrar o estudo de Franz Liszt que *lady* Isobel fingia

tocar no dia do desaparecimento de lorde Scriven. Um estudo que na verdade ela não seria capaz de tocar.

Aplaudi e disse:

– Então, vou resumir... Enquanto *lady* Scriven estava no jardim, *lady* Isobel encontrava-se em alguma parte da mansão com Gerald Brown, depois de ter posto um disco de Franz Liszt para dar a falsa impressão de que tocava. É isso?

– É o que penso.

– Ela poderia ter escolhido uma peça mais fácil de tocar.

– Talvez ela não tenha tido tempo de escolher direito. Ou então ignorasse a dificuldade da peça escolhida. Não entendo muito de música, Christopher, mas imagino que o termo "estudo" não sugere necessariamente uma grande dificuldade de execução. *Lady* Isobel se precipitou um pouco na hora de escolher.

– E se alguém entrasse na sala?

– Imagino que *lady* Isobel sabia que não corria nenhum risco àquela hora.

Não conseguindo mais se conter, Thomas protestou:

– Mesmo que o que diz seja verdade, senhor Banerjee, que relação tem isso com a morte de meu pai?

– Não sei se tem uma relação direta, lorde Thomas. Só tenho controle dos meus sonhos em certa medida. Eu não escolho o que aparece neles. Não obstante, a continuação com certeza vai interessá-lo mais.

Lorde Thomas e eu respondemos ao mesmo tempo:

– Sou todo ouvidos!

Essa cumplicidade involuntária nos divertiu, mas Banerjee fingiu que aquilo não importava.

– Christopher, você lembra que em meu sonho o gondoleiro estava com uma lança?

– Sim, e essa lança estava na boca de um... camaleão gigante – respondi.

– Essa lança simboliza a arma do crime. E acho que, como muita gente, associo o camaleão à capacidade de mudar de cor.

– Sim, também acho, e não me é difícil imaginar que você pense assim. O gondoleiro estava com a lança... Você acha que ele estaria ligado ao crime?

– Talvez. Mas depois ela muda de mão. Na verdade, eu deveria dizer que ela muda de boca.

– O camaleão luta contra uma pantera negra. Aliás, você parece gostar muito de feras. Não é a primeira vez que você sonha com um grande felino.

– Os felinos têm um grande poder simbólico, como você sabe, Christopher. Em nosso caso, porém, não é preciso procurar tão longe. Porque o felino, depois de recuperar a lança, consegue saltar para o balcão que vimos no começo do sonho.

– Entendo, mas...

– Essa pantera é Cromwell, o gato da casa. O sonho me permitiu perceber um fato intrigante. Lorde Thomas?

– Sim?

– Você disse que Cromwell arranhou sua porta pouco antes da morte de seu pai. Ele atrapalhou a sua leitura das *Mil e Uma Noites*.

– Sim, depois disso cuidei para que ele fosse alimentado na cozinha.

– Mas *lady* Isobel nos disse que ele saiu do escritório de seu pai quando Cardiff forçou a porta. Ora, o escritório estava fechado à chave e, tanto quanto sabemos, seu pai não saiu de lá. O que levanta a questão de saber por que Cromwell estava lá dentro. Ele gosta de fazer explorações?

Lorde Thomas quase perde a fala.

– Cromwell? Você está brincando! Ele é com certeza o mais aristocrático de todos nós. Nem sei se algum dia ele pôs o focinho fora de casa. A única coisa que ele sabe fazer é nos atacar de surpresa e dormir sobre almofadas de seda.

– Foi a impressão que eu tive. Não é o tipo de gato que fugiria para o telhado, por exemplo?

– De jeito nenhum! Acho que ele preferiria morrer.

– Além da porta, só há uma entrada para a sala em que se deu o crime. É a janela. Ela tem barras, mas eu consegui enfiar a cabeça entre elas. Um gato passaria por ali sem problema.

– E ele chegaria lá voando? – ironizou lorde Thomas.

– Há uma pequena cornija que circunda o andar. Larga o bastante para permitir que um gato ande por ela. Se alguém tivesse pegado Cromwell e o colocado ali, de uma outra janela do andar, tomando o cuidado de fechá-la atrás dele...

– ...o gato sem dúvida teria procurado o meio mais rápido de voltar para dentro – completei. – Quer dizer, entrando pela janela aberta do escritório. Mas você não está sugerindo que foi Cromwell que matou o lorde Scriven, não é?

– Não há nenhuma outra possibilidade – afirmou Banerjee com a maior calma.

Lorde Thomas não se aguentava mais.

– Senhor Banerjee, se isso for uma brincadeira, ela é de muito mau gosto. Eu exijo que me explique!

– Você me acha capaz de fazer brincadeiras, lorde Thomas?

Ninguém no mundo poderia dizer que sim a essa pergunta. Então o jovem esperou a explicação.

– Quando fomos ver a estufa, vimos uma rã amarela num viveiro. A intensidade e raridade da cor me chamaram a atenção. Essa rã se tornou o camaleão de meu sonho. Inconscientemente, lembrei-me de uma coisa importante a respeito dessa rã. Ela não é uma rã qualquer. Não é, lorde Thomas?

– N... não – ele admitiu.

– Com certeza não tenho sua erudição em matéria de batráquios – falei. – Você poderia me dar uma luz?

– Meu pai tinha suas esquisitices. Muitas vezes trazia de suas viagens ao estrangeiro animais perigosos que em sua maioria chegavam mortos na Inglaterra. Alguns tinham mais sorte, como essa rã da América do Sul, cuja pele destila um veneno muito violento. Ele me explicou que...

Banerjee parou, soltou um suspiro e concluiu:

– Algumas tribos esfregavam a ponta de suas flechas nessas rãs. Isso bastava para fulminar um adversário.

– ...e sem autópsia – intervim – se poderia confundir esse envenenamento com uma crise cardíaca?

Banerjee explicou:

– Notei que a pele da rã estava arranhada num flanco. Na hora, isso não me pareceu lá tão suspeito, mas se ligarmos os pontos...

Lorde Thomas levantou as mãos.

– Espere um pouco, espere... Reconheço que tudo isso é muito sedutor. Há uma certa lógica nos fatos que você expõe, mas... admitindo-se que minha irmã e Brown se conheciam melhor do que faziam parecer e que Brown estava provavelmente lá no dia da morte de meu pai... Nós não temos nenhuma prova de que houve crime!

– Por enquanto não – reconheceu Banerjee. – Como lhe expliquei, limito-me a recolher e processar fatos. Não sou tão hábil em conjecturas como meu parceiro aqui presente. Mas eu gostaria de continuar um pouco, se me permite. Porque ainda não lhe expliquei a ligação entre Cromwell e a rã.

– Estou ouvindo...
– Acho que prenderam em Cromwell, talvez na coleira, alguma coisa embebida no veneno da rã. Ele é um angorá de pelo muito longo: uma pontinha sob o pelo não daria na vista. Com certeza era isso que a lança simbolizava em meu sonho.
– E seria também o mesmo objeto misterioso que, se bem entendi, feriu a mão de meu pai...
– Christopher me disse que foi descoberto um ferimento bem recente na mão de lorde Scriven. Parece-me provável que seu pai tenha simplesmente acariciado Cromwell e tenha se ferido, caindo na armadilha que lhe prepararam. O assassino esperava que isso acontecesse.
– Que seja. Mas qual poderia ser esse objeto pontudo? – perguntei.
– Também aqui tudo é símbolo – explicou Banerjee. – Seu pai era um cavaleiro, não é, lorde Thomas?
– Sim.
– Mas hoje em dia os cavaleiros não combatem mais com lanças. Um capitão de empresa como seu pai combate fazendo negócios, assinando contratos. Ele combate com uma *pena*.
Nem lorde Thomas nem eu dissemos uma palavra. Banerjee continuou:
– No birô encontramos uma pena separada do suporte. Nela vimos fibras e pelos.
– E daí? – objetei. – Com certeza ela estava lá de reserva.
– Acho que não. Além de não estar junto com as outras, o que seria de surpreender da parte de alguém tão cuidadoso como lorde Scriven, ela tinha uma espessura muito maior. Quando se tem hábitos no escrever, não se pode mudá-los impunemente.
– Digamos que sim – admiti. – Mas e daí?

– Essa pena não tem nenhum vestígio de tinta seca, o que nos permite concluir que lorde Scriven não estava escrevendo com ela. Ela é diferente das penas comuns e ficou caída no chão. Por isso acho que nela é que estava o veneno. Ela caiu no momento do acidente, e depois ninguém lhe prestou atenção. Imagino que Cardiff ou uma outra pessoa a pôs mecanicamente sobre o birô, na confusão geral, sem se dar conta de sua importância. E tenho certeza de que um exame laboratorial descobrirá vestígios do veneno.

– Tudo isso seria a prova formal do crime! – exclamou lorde Thomas.

– E pode acreditar em meu patrão: você terá sua prova, milorde – acrescentei. – Mas... e a chuva de confetes sobre o cadáver, Banerjee? O que ela significa em seu sonho?

– Ah, sim! Os confetes são pedacinhos de papel rasgados, não é Christopher?

– Sim, na tradição italiana – que não ignoro totalmente – eram confetes que as pessoas atiravam umas nas outras nos carnavais. Enfim, como os tempos estão difíceis, passou-se a usar uma coisa mais barata.

Banerjee balançou a cabeça.

– Essa parte do meu sonho me fez lembrar que Cromwell despedaçou o saco de papel no qual o senhor Brown pôs seus presentes. Cromwell costuma fazer isso, lorde Thomas?

– Infelizmente, sim! Muitas vezes encontramos o jornal do dia aos pedaços. Detesto esse bicho.

Bati a mão na testa.

– Meu Deus! A carta...

– Que carta? – perguntou lorde Thomas em tom de desconfiança.

– Nosso... cliente acha que seu pai ia escrever uma

carta importante. E que o assassino tinha todo interesse em fazê-la desaparecer. Mas se é verdade o que você diz sobre Cromwell, ele pode muito bem ter feito...

— ...confetes, claro... — completou lorde Thomas.

— E você se lembra de ter visto pedaços de papel espalhados no birô de seu pai quando você entrou?

O jovem lorde cobriu o rosto com as mãos e ficou assim por um bom tempo. Depois, respondeu com voz sumida:

— Sim. Mas os papéis devem ter sido jogados na lata de lixo. Era o que fazíamos quando Cromwell aprontava das suas. Já nem prestávamos atenção.

Lorde Thomas se pôs a andar de um lado para o outro, parecendo muito abalado. Depois parou diante de nós e perguntou:

— Bem, alguém usou nosso gato para assassinar meu pai. Essa pessoa queria fazer desaparecer certa carta. Brown, um dos secretários mais próximos de meu pai corteja minha irmã. E essa mesma pessoa estava aqui, em segredo, no dia do assassinato. Admitindo-se que tudo isso é verdade, e a análise da pena deverá nos ajudar, você acha que Brown tem alguma coisa a ver com o assassinato? Que ele seduziu Isobel para descobrir certas coisas?

— Não posso lhe dizer mais do que meu sonho me revelou. Eu já lhe disse: o investigador é o senhor Carandini, não eu. Sou apenas um sonhador.

— Em todo caso, vou ter uma conversinha com Brown — esbravejou o jovem.

— Mas eu o estou ouvindo, milorde — disse uma voz atrás de nós.

Em nossa agitação, não notamos que a porta tinha sido aberta. Gerald Brown deu um passo em nossa direção, empunhando um revólver.

– Brown! – exclamou lorde Thomas. – O que você está aprontando? Por que está armado?
– Não me venha com esse ar superior, milorde – retrucou Brown. – Por mais lorde que você seja, não é à prova de balas. Aconselho-o a não se agitar, e tudo vai dar certo. Bem... talvez.
– Foi você, Brown? Você matou meu pai? É isso mesmo? E Isobel, em que você a enredou?
– Eu sinceramente amo Isobel – disse Brown, parecendo angustiado. – Nós nos casaríamos se...
– Se o quê? Você tem o dobro da idade dela! Duvido que meu pai aprovasse esse casamento.
– Oh! Não, sem dúvida não, realmente. Mas iríamos fugir. Agora nada disso tem importância. Milorde, afaste-se um pouco, por favor. Esses dois enxeridos devem morrer.
Aquela era a melhor notícia do dia.
– Milorde – ele insistiu –, não hesitarei em abatê-lo também. Por favor, não me obrigue a fazer isso.
– Você acha que pode nos matar e fugir num estalar de dedos? – exclamei, desesperado. – Sinto muito, a coisa não vai ser assim.
Banerjee fez sinal para que eu me calasse. Então, andando lentamente, ele avançou em direção a Brown.
– Senhor Brown – disse ele. – Dê-me a sua arma.
– Recue ou eu atiro!
– Você não vai atirar.
– Ah, sim!
– Não – insistiu Banerjee.
Ele avançou um pouco mais, e foi Brown que recuou.
– Pare de me olhar assim! Eu o proíbo!
– Não fuja de meu olhar, senhor Brown.
– Pare! Cale a boca!

Banerjee estendeu a mão para Brown, palma voltada para cima.

– Entregue-me sua arma, senhor Brown.

– Seus olhos! Seus olhos! Quem é você, demônio? – gritou Brown, com um soluço.

– Talvez eu não passe de um sonho, senhor Brown. Que mal um sonho poderia lhe fazer?

Brown tremia feito vara verde. Banerjee estava de costas para nós. Que outra feitiçaria teria ele tirado da manga? Meu coração batia acelerado, temendo que, a qualquer momento, nosso agressor disparasse e matasse meu patrão. Mas era ele que parecia dominar a situação.

– Acalme-se, senhor Brown. Esqueça aquilo que o tortura. Relaxe. Aceite a mão estendida.

– Vocês não sabem o que ele pode fazer conosco – gaguejou Brown num meio soluço. – Eu não quero... Eu não quero...

Do que ele estaria falando?

– Senhor Brown, segure a minha mão – insistiu Banerjee. – Eu a ofereço sinceramente.

– Saia de minha cabeça! – berrou Brown.

– Eu estou aqui, diante de você, não em outro lugar.

Brown soluçou.

– Não haverá tréguas para mim. Jamais. Você não imagina a tortura que me espera, se...

– Eu posso ajudá-lo. Deixe que o ajude.

– Agora nada poderá me ajudar!

Então, para nosso grande horror, Brown apontou a arma contra o próprio coração e disparou. Ele tombou a apenas um metro de Banerjee.

Num instante, eu estava ao seu lado. Lorde Thomas, tão chocado quanto se pode imaginar, deixou-se cair numa cadeira, boca aberta numa expressão de terrível angústia.

– Fracassei – disse Banerjee com voz sumida.
– Não sei o que você lhe fez – exclamei. – Mas eu diria antes que você nos salvou!
– Ele não precisava morrer.
– Antes ele do que nós. Sinto muito se minha filosofia de vida é tão pragmática!
Recobrando o ânimo, lorde Thomas se aproximou de nós.
– Do que ele estava falando? O que aconteceu? – perguntou ele a muito custo, como se o ar lhe faltasse.
– Vamos precisar descobrir – respondeu Banerjee. – Se você nos permite.
– Eu... não se preocupem. De agora em diante eu recorro a vocês.

Ficamos os três de pé, sem nada dizer, contemplando o espetáculo sórdido daquele corpo inanimado a nossos pés.

Logo, toda a casa seria alertada e, em seguida, claro, a polícia. Aquelas paredes haveriam de tremer ante os urros, prantos e perguntas. Não obstante, enquanto uma vaga angústia me subia do ventre à garganta, não pude me impedir de dizer:

– Banerjee... Não sei bem se é o momento, mas uma coisa começou a me incomodar ainda há pouco... Isso em nada muda o sentido de seu sonho, claro, mas *Romeu e Julieta* se passa em Verona. Não em Veneza.

CHAMADO DO PASSADO

— BOM... QUE É QUE VOU PODER FAZER COM VOCÊS AGORA, NÃO É? — RESMUNGOU O SUPERINTENDENTE COLLINS. Pouco depois de sua chegada, ele nos instalara no refeitório dos domésticos, no subsolo da mansão, com ordens para que não nos mexêssemos até sua volta. Já fazia alguns anos que eu conhecia Collins; era um homem muitíssimo inteligente, confiável, sério... Mas o que permitia nossa convivência era o fato de ele não ser isento de fraquezas muito humanas. A primeira delas, a gentileza, que não chega a ser uma vantagem em sua profissão; a segunda, uma dependência doentia do jogo. Foi pela via dessas fraquezas — e de minhas indiscrições — que consegui obter dele uma ajuda regular no curso de minhas investigações anteriores. Gostaria de poder dizer que essas "colaborações forçadas" nos haviam aproximado e nos tornado amigos, mas não era o caso. Collins tinha certa simpatia por mim, talvez até respeito, mas nunca havia tido comigo uma atitude que se pudesse chamar de amistosa. No máximo, conciliadora. Eis por que eu temia um pouco a sua reação: afinal de contas, nós usurpamos as identidades de inspetores da Yard e meio que levamos um homem ao suicídio. Collins dera seu aval à primeira parte, muito a contragosto, mas podia se mostrar um pouco menos indulgente quanto à segunda.

– Podem ficar tranquilos a respeito do seguinte – acrescentou ele afagando o bigode. – Eu não disse a *lady* Scriven e à sua pequena família quem vocês são realmente. Oficialmente, vocês estão me dando um relatório, não é?

– É muito amável de sua parte – respondi.

Eu estava com muita vontade de rir, mas aquele não era o momento: Collins era um escocês robusto, com tudo a que tinha direito em matéria de sobrancelhas espessas e olhar ardente para fazer você se sentir mal. Infelizmente – para ele –, ele tinha também um tique de linguagem que consistia em encerrar quase todas as suas frases com um "não é?" arrastado e agudo. Todo mundo o imitava pelas costas, e eu era o primeiro a fazer isso. Era cada vez mais difícil ouvi-lo, fossem quais fossem as circunstâncias, sem ter vontade de cair na gargalhada.

Sentindo que alguma coisa estava pegando – mas longe de suspeitar do que se tratava –, ele apoiou as duas mãos na mesa que nos separava e aproximou o rosto do de Banerjee.

– Senhor Banerjee... Eu não o conheço, mas já ouvi falar de você, não é? E pelo que ouvi você é muito pragmático, não é? Então, diga-me: se estivesse em meu lugar, o que faria com dois energúmenos como vocês?

– Eu não estou em seu lugar e nunca poderia estar. Essa pergunta não tem sentido. Cada ser tem um lugar único no Universo.

Peito estufado, ar indignado, Collins endireitou o corpo.

– Sei muito bem que se vocês estão aqui é porque eu os autorizei, não é? – disse Collins. – E cheguei a lhes dar informações, não é? Mas eu não imaginava que íamos terminar com um morto nas mãos. Eu imaginava que Carandini iria xeretar, fazer perguntas, e então os dois iriam embora como se nada tivesse acontecido. Aliás, foi exatamente isso que Carandini me prometeu, não é? Eu beliscava minha coxa para conter o ataque de riso, totalmente fora de lugar, que ameaçava me dominar. Collins me fuzilou com o olhar.

– Eu estou muito dividido em relação a vocês. Muito dividido, não é? Estou louco de vontade de fazê-los passar uma noite na cadeia. Seria uma boa lição para os dois, não é? Mas, por outro lado...

Mais um "não é?" e eu cairia na gargalhada, eu sabia. Tentei focar no quanto nossa situação era complicada, desagradável, angustiante, perigosa.

– Tem esse jovem Thomas, não é? Ele corroborou sua versão dos fatos e me pediu expressamente que não lhes complicasse a vida. Ele não é maior de idade, mas já é alguém, não é? Alguém que vai herdar a influência do pai... e para mim a aposentadoria ainda está longe, não é?

Enfiei a cabeça entre os joelhos, o corpo sacudindo-se de espasmos. Eu queria sumir, entrar num buraco de rato, mas aquilo era mais forte que eu. Collins se calou e, depois de um tempo, pôs uma mão em meu ombro.

– Vamos, Carandini – disse ele numa voz que pretendia ser apaziguadora –, não chore. Você sofreu um choque, não é? Mas acho que você não tem nada a ver com o que aconteceu, não é? Vá tomar um ar. Certo, não é?

Eu aproveitei a situação; olhos vermelhos, rosto coberto de lágrimas, levantei-me da cadeira e corri para fora do refeitório. Lá, deixei-me dominar pela gargalhada por bons dois minutos. Como tudo aquilo era embaraçoso! Quando já me recompunha, vi lorde Thomas, que acabara de escapar das perguntas dos agentes de Collins. Passos decididos, ele vinha em minha direção.

— E então? Problemas com o superintendente Collins? — ele me perguntou.

— Oh! Não, não, nada de grave. Como... como está sua irmã, lorde Thomas?

O jovem assumiu um ar grave.

— Ela está arrasada, claro. Pelo que entendi, Brown a seduzia com a promessa de um casamento para breve. Uma coisa muito romântica. Enfim, seja como for, ela parecia estar mesmo muito apaixonada. Quanto à minha mãe, ela também está chocada. A vida não tem sido nada boa para ela depois de seu acidente.

Agora bastante calmo, perguntei:

— Sem querer ser indiscreto, como é que aconteceu exatamente? O acidente dela.

O semblante de lorde Thomas se anuviou.

— Eu ainda era muito criança, sabe? Foi um acidente de carro. Meu pai tinha comprado um dos primeiros modelos de Panhard & Levassor. Muita coisa mudou depois, agora anda-se de automóvel com muito mais segurança... Oficialmente, uma falha na pista o fez perder o controle. Na verdade...

— Sim?

— Já ouvi outra versão muitas vezes. Principalmente quando meus pais brigavam.

— Lorde Thomas, não estou lhe perguntando nada. Não se sinta obrigado a...

Ele deu de ombros.

— Sei disso. Mas vou lhe dizer assim mesmo. Acho que quem estava dirigindo era minha mãe. E acho também que foi meu pai que, bastante embriagado depois de uma noitada de bebedeira, obrigou-a a pegar o volante.

Fiquei calado, e lorde Thomas continuou:
– Imagino muito bem o que você deve estar pensando: minha mãe tinha motivo para ter raiva de meu pai. Sem dúvida. Mas se eu lhe digo isso agora é para que você não parta de uma falsa pista quando souber mais tarde. Ela nunca faria isso, pode acreditar. Ela é incapaz de fazer uma maldade, e não só por causa de sua atual deficiência física. É da natureza dela. Então, uma coisa tão... diabólica. Não, é impossível.
– Se você o diz...
Banerjee e Collins reapareceram pouco depois. Meu patrão exibia seu ar mais sereno, e Collins, curiosamente, parecia menos agitado que minutos antes. Eu me perguntava o que eles teriam conversado em minha ausência. Um dos oficiais dirigiu-se ao nosso pequeno grupo coçando a cabeça.
– Ah! Senhor superintendente, o senhor está aí! – exclamou ele. – Estávamos à sua procura.
– Um problema, não é?
– É Cardiff, o criado: ele passou mal. E agora que recuperou os sentidos... está com amnésia.
– Agora mais essa! – exclamou Collins revirando os olhos.

Cardiff estava deitado num divã numa sala contígua, com um pano molhado sobre a testa. Olhos vidrados, branco feito giz e braços pendentes no vazio. Ele bem podia estar fingindo, claro – foi isso que ele fez quando chegamos à mansão – mas meu faro me dizia que não era nada disso. Infelizmente!
– E então, meu caro? Não se lembra de nada, não é? – Collins perguntou.
– Peço que me desculpe, senhor, mas é a pura verdade – murmurou fracamente Cardiff. – Tenho a impressão de despertar de um pesadelo.

Coloquei-me atrás de Collins e fiz um gesto de cumplicidade a Cardiff. Ele notou, mas vi apenas medo controlado em seu olhar.

Collins insistiu:
— Qual é a última coisa de que você se lembra?
— Eu estava engraxando os sapatos de milorde. Depois, tive a impressão de que me davam um golpe na cabeça, e tudo escureceu. Até que ouvi um tiro! Vi-me então no corredor e perdi os sentidos novamente.
— É só isso, não é?
— Sim, senhor. E não entendo por que toda essa agitação. Alguém poderia me explicar? Por que a Scotland Yard está aqui? Onde está lorde Scriven?

Pacientemente, Collins recapitulou os acontecimentos dos três últimos dias. A cada frase, Cardiff ia ficando mais perturbado. Por fim, ele se desfez em soluços, gemendo de vez em quando "Oh, não, milorde!".

Mas que situação! Cardiff nos meteu numa tremenda enrascada fingindo ser a nova encarnação de seu antigo patrão e agora o cavalheiro tirava o corpo fora como se nada tivesse acontecido. Eu devia estar contente por ele, mas essa volta à razão (ou essa amnésia, a acreditar que não fosse fingida) apresentava um outro problema, e dos grandes: não tínhamos mais cliente.

— Por enquanto, não vou incomodá-lo mais, senhor Cardiff, não é? Espero que você logo se recupere.
— Vou me recuperar, vou me recuperar — choramingou Cardiff.

Collins lançou um olhar duro a Banerjee, depois a mim, e nos disse:
— Quanto a vocês dois, tratem de ficar por aqui, eu ainda não terminei, não é?

Lorde Thomas fez um sinal para que o seguíssemos, e

fomos a um pequeno *boudoir* contíguo à sala de visitas. Por uma porta entreaberta, podia-se ver Collins conversando com *lady* Scriven. Alistair, afundado numa poltrona grande demais para ele, dava pena de ver. Eram provações demais para uma criança tão pequena. Os demais moradores da casa deviam estar se agitando em outro lugar.

– Preciso lhe fazer algumas perguntas, senhor Banerjee – principiou lorde Thomas depois de certificar-se de que ninguém nos ouvia.

– Ah! Isso vem a calhar, eu também – disse eu. – Você pode começar, lorde Thomas.

O jovem fez um gesto que traiu seu embaraço.

– Escute aqui, esqueça o "lorde". Thomas dá e sobra.

– Pois bem... pode falar, Thomas.

– Senhor Banerjee, continuo sem compreender o que se passou com Brown. Ele estava nos ameaçando, aí você olhou para ele... de um modo que pareceu aterrorizá-lo. Ele lhe pediu para "sair de sua cabeça".

Banerjee fechou os olhos por um instante e ajeitou a gola do casaco. Depois disse, num tom casual:

– O mundo do sonho não é a única de minhas competências. Uma pessoa em estado de grande agitação mergulha por si mesma numa espécie de transe. Eu posso agir sobre esse transe. Eu não "entrei na cabeça dele". Simplesmente assumi o controle de suas emoções.

– Mas... como? – intervim. – Você é um mágico!

Banerjee se mostrou mortificado.

– Oh! Não há nada que eu deteste mais que essa palavra. Isso não tem nada a ver com magia. Trata-se apenas de... conduzir, se você prefere.

– Hipnose? – perguntou Thomas.

– Chame da maneira que contrarie menos as suas convicções. Fique claro, porém, que eu jamais desejei a sua morte. A escolha foi dele. E lamento não ter podido impedi-lo de matar-se.

Cruzei os braços, esfreguei o nariz e disse:

— Apesar das aparências, não estou convencido de que Brown foi o responsável pelo assassinato de lorde Scriven. Certamente ele teve alguma relação com o crime, claro. Mas acho que o objetivo dele era outro. Banerjee, o que acha disso?

— Você é que faz as deduções, eu já lhe disse. Eu "sonhei" o que havia para se sonhar, por enquanto. Suas conjecturas, agora, valem tanto quanto as minhas.

Thomas franziu as sobrancelhas.

— Brown estava prestes a nos matar! Ele bem poderia ter matado meu pai antes.

Neguei com um gesto de cabeça.

— Ele estava com a sua irmã naquele dia. Pode acreditar em meu instinto: ele estava querendo alguma coisa, sim, mas não cometer um crime. O assassino é outra pessoa, eu colocaria a mão no fogo por isso. De resto, lembre-se do que ele disse: "Você não sabe do que ele é capaz". Ele trabalhava para outra pessoa, não há a menor dúvida.

Lorde Thomas hesitou, depois disse:

— Mas quem, então?

— Ah! isso... É o que eu gostaria de descobrir. De quem se pode ter medo a ponto de suicidar-se? Enfim, de todo modo...

— Sim? — perguntou Thomas, impaciente.

— Não sou mais jornalista, o senhor Banerjee e eu não trabalhamos por prazer. Enfim, principalmente eu. Receio que tudo isso permaneça um mistério, visto que nosso cliente de repente se lembrou que não era louco. Não temos mais nada a fazer aqui.

— É isso mesmo — confirmou Banerjee. — Não seria conveniente. Acho que deveríamos apresentar nossas desculpas e ir embora. Sem a menor intenção, causamos muito tumulto aqui. Se o superintendente quiser nos desculpar, claro.

Thomas franziu a testa, visivelmente mergulhado em profunda reflexão interior. Em seguida, falou:

– Espere um pouco... E se eu os contratasse? Se eu me tornasse cliente de vocês? O que pensa disso, senhor Banerjee?

– Sua confiança me honra, Thomas. Mas isso não me parece nem um pouco factível.

– Mas por quê? – melindrou-se o jovem.

Tomei a palavra:

– Thomas, posso falar com franqueza?

– Não espero outra coisa de sua parte, senhor Carandini.

– Você é um rapaz inteligente, e até muito inteligente. Mas você é menor de idade, e mesmo sabendo que herda o título de seu pai, não acho que isso lhe dê autoridade suficiente para se tornar nosso cliente. O que sua mãe haveria de dizer?

O jovem deu um sorriso astuto.

– É verdade que não posso fazer isso diretamente. Mas meu pai possuía grande número de empresas, que no devido tempo me pertencerão. Para ser franco, não tenho a menor competência em termos de negócios, para não falar em interesse. Mas... isso não impede que as pessoas que agora se encontram à frente dessas empresas se preocupem muito com seu futuro e tenham muito interesse em ter boas relações comigo. Eu darei um jeito de fazer com que sejam pagos da maneira mais oficial. Minha mãe não saberá de nada. Faço disso um assunto pessoal.

– Thomas, você pode me lembrar a sua idade? – perguntou Banerjee.

– Tenho dezessete anos. Logo farei dezoito.

Banerjee balançou a cabeça em sinal de concordância.

– Você não é menos razoável nessa idade do que será no futuro. Aceito sua proposta. Nós vamos descobrir o que há por trás de toda essa história, eu lhe garanto.

O rosto de Thomas se iluminou, e, entusiasmado, ele estendeu a mão a Banerjee.

– Perfeito, senhor Banerjee! Eu vou mantê-lo informado. Sabe por onde começar?

– Sim – respondeu ele calmamente.

Ele tirou uma carteira do bolso do casaco.

– Não estou entendendo! – exclamou Thomas.

– É a carteira do senhor Brown.

– Como? O quê? – perguntei eu, surpreso. – Mas quando? Como eu não o vi pegá-la? Eu pensava que Collins tinha revistado o corpo.

– E eu, de certa forma, revistei Collins enquanto discutíamos.

– Mas você é batedor de carteiras também? Desde quando?

– Christopher, você sabe muito bem que, de vez em quando, a providência precisa de uma ajudinha nossa.

Olhei-o com atenção: não era impossível que naquele momento ele se mostrasse um pouco mais orgulhoso do que estaria disposto a admitir. Ah! Que ser humano seria capaz de livrar-se completamente do orgulho?

– Posso dar uma olhada? – perguntei.

– Pois não.

Abri a carteira; algumas notas de dinheiro, um tíquete, cartões de visita. Fui passando esses cartões distraidamente. Quando cheguei ao último, porém, pensei que meu coração fosse parar. Banerjee percebeu a minha perturbação.

– Christopher, algum problema?

Estendi-lhe o cartão de visita que me fizera parar e lhe disse com voz sumida:

– Banerjee... O passado acaba de me apanhar.

* * *

Eu queria que escapássemos o mais rápido possível da mansão. Infelizmente Collins decidira o contrário, e, apesar de toda a sua complacência, teríamos de enfrentar uma nova rodada de perguntas embaraçosas. Mas ele não tinha mais a ganhar do que nós, caso nos entregasse de bandeja a *lady* Scriven; nossa cobertura oficial funcionou bem. No final, depois de uma boa hora de tergiversações, fomos embora, Banerjee e eu, dizendo a *lady* Scriven que teríamos de apresentar nosso relatório o quanto antes.

De pronto, eu não desejara me estender sobre o cartão de visita da carteira de Brown; talvez eu ainda não tivesse confiança bastante no jovem lorde para lhe revelar a causa de minha situação atual. Mas quando estava de regresso, viajando no trem com Banerjee, revelei todos os meus segredos:

– Banerjee – principiei – devo-lhe explicações.

– Como quiser, Christopher. Se você acha que está preparado.

– Não se trata de estar preparado. Eu simplesmente não tenho alternativa senão contar. Acho que nunca fui muito claro com você a respeito do que me levou a... abandonar minha atividade anterior.

– Não, realmente. Mas isso não me parecia oportuno no contexto de nossa colaboração.

– Acho que agora é. Banerjee, você já ouviu falar de um indivíduo chamado Ruben Kreuger?

Depois de pensar um pouco, Banerjee respondeu:
– Você se refere ao industrial sueco?

– De *origem* sueca – corrigi. – A família Kreuger já é inglesa há três gerações. Mas sim, estamos falando da mesma pessoa. E era o nome dele que estava no cartão de visita encontrado na carteira de Brown. Parece-me evidente que há uma ligação entre os dois.
– Continue. Você parece conhecer esse indivíduo muito bem.
– Bem, comecemos do começo. Como você parece saber, a Kreuger Steel, a empresa a que Kreuger deu seu nome, tornou-se uma das maiores produtoras de aço do país. Mas a coisa não fica por aí: há pouco mais de um ano, Kreuger entrou na política. Ora, quando alguém como Kreuger se envolve na política, pode apostar que, em nove de cada dez casos, é para facilitar os próprios negócios e não para defender os interesses do país. Em suma, fiquei desconfiado e comecei a investigá-lo. Na verdade, por pura rotina: eu não sabia se ia encontrar alguma coisa. Mas tinha cá as minhas dúvidas. Meu sexto sentido, sabe?
– Muito bem, e o que você descobriu?
Chegara o momento de acender meu cachimbo. Banerjee esperou pacientemente que eu acabasse os preparativos, e então continuei:
– Num primeiro momento, limitei-me a ficar bem atento para o caso de surgir alguma coisa fora do normal relativa a Kreuger. Foi então que ouvi falar do militar russo que imigrara recentemente para nosso país. Esse ex-coronel fora preso quando de um tumulto num pub: até aí, tudo bem normal, você poderia me dizer. Mas acontece que, ao ser preso, o indivíduo fez o possível e o impossível para conseguir falar com Kreuger. A polícia cedeu, e poucas horas depois o russo estava livre. Por quê? Eu não podia me impedir de achar muito estranho que Kreuger tivesse algum tipo de relação com alguém de alta graduação de uma potência inimiga.

– Conhecendo-o como conheço, você deve ter tentado entrar em contato com o tal oficial, não?
– Tem razão. Cheguei a me encontrar com ele, sem muita dificuldade, a pretexto de um artigo totalmente inventado. O homem morava num magnífico apartamento no Strand, com o qual ele não podia arcar com seu soldo militar.
– Ele lhe revelou alguma coisa?
– Depois de uma boa hora falando da Mãe Rússia e de seu Grande Exército, fingi admirar seu belo apartamento. Ele me disse ter amigos na Inglaterra que o ajudaram a se instalar da melhor maneira possível. Não insisti no assunto e perguntei se ele tinha alguma coisa para beber. Tomamos um copo, depois um segundo... E no décimo, ainda que não me aguentasse mais nas pernas, consegui extrair dele aquilo de que já desconfiava: suas ligações com Kreuger, que remontavam à época em que ele ainda estava no exército na Rússia. Kreuger lhe vendia segredos, principalmente industriais. Mas com seus novos conhecidos políticos, Kreuger estava em condições de vender coisas ainda mais interessantes.
Tirei algumas baforadas do cachimbo e continuei:
– Eu gostaria de fazer com que o russo testemunhasse. Dois dias depois de nossa conversa, porém, ele desapareceu sem deixar traço. Teria sido morto? Teria fugido? Eu não tinha a menor ideia. Mas eu não pensava em desistir do caso. Então, sob uma identidade falsa, arrumei um emprego na Kreuger Steel para trabalhar como moço de recados. Minha ideia era poder fuçar nos arquivos de Kreuger e lá encontrar um indício, ainda que maquilado – aliás, ele só podia ser *maquilado* – das transações com a Rússia. Acontece que...
– O que se passou?

– Uma pessoa me reconheceu. Levei uma surra homérica, e agradeço aos céus o fato de Kreuger não ter suspeitado do que eu realmente estava procurando. Voltei à estaca zero, sem nem sombra de uma prova que pudesse usar contra ele. Kreuger, com sua enorme influência, me fez perder meu emprego, minha casa... O que veio em seguida, você já sabe.

Banerjee fez um desenho indefinido no vapor condensado da vidraça e disse:

– Você é uma pessoa tenaz, Christopher. No entanto, você não perseverou...

– Eu tinha mais o que fazer: tinha de pensar em minha subsistência antes de pensar em Kreuger. E de certa forma preferi esquecê-lo, riscar o nome do homem que tentou acabar comigo e quase conseguiu.

Banerjee refletiu um pouco e falou:

– Você tem alguma ideia de onde poderiam ser encontrados, se é que existem mesmo, esses documentos comprometedores?

– Infelizmente, sim! Eu digo "infelizmente" porque a sala dos arquivos da Kreuger Steel é uma fortaleza, fechada por um ferrolho triplo inviolável. Estive diante daquela porta maciça dezenas de vezes antes de ser pego com a boca na botija.

Meu cachimbo tinha se apagado; eu tornei a acendê-lo enquanto Banerjee perguntava:

– Você tem ideia de como Kreuger transmitia as informações aos russos?

– Ah! Aí é que está o nó da questão. Porque pôr a mão nas informações é uma coisa, provar que estão sendo vendidas no exterior é outra. Posso lhe dizer que durante o meu curto período de espionagem na Kreuger não descobri absolutamente nada. As informações são transmitidas de forma rápida, eficaz, inédita... e perfeitamente invisível. Debaixo do nariz e às barbas de nossos gloriosos serviços de informação. Enfim... Não adianta nada ficar pensando nessas coisas todas: o que passou, passou, e eu fracassei. Kreuger é uma caça grande demais para mim.

Banerjee ajeitou uma dobra da manga direita do casaco e perguntou:

– Brown tinha consigo um cartão de visita de Kreuger. Você acha que Kreuger tem alguma ligação, direta ou indireta, com o assassinato de lorde Scriven?

Confirmei com um vigoroso gesto de cabeça.

– Com certeza Brown não agia por conta própria. Isso me parece perfeitamente evidente. Esse cartão de visita não pode ser mera coincidência: não há fumaça sem fogo. Tenho certeza absoluta de que Brown trabalhava para Kreuger, e este tinha seus motivos para detestar lorde Scriven. Kreuger está por trás de tudo, eu ponho minha mão no fogo por isso.

De mãos juntas, Banerjee ficou imóvel por um instante, depois falou em tom resoluto:

– Prometo que logo vamos tirar tudo isso a limpo.

– Por Deus, Banerjee! Não é de seu estilo fazer afirmações tão categóricas! Eu estou perplexo.

– Acho que esse caso inacabado lhe pesa enormemente, Christopher, e desejo mais que tudo livrá-lo desse peso. Para o seu bem e para o meu. Caso contrário, um dia você vai me deixar para acertar as contas com o passado. É evidente. É a sua natureza.

Sorri.

– Pelo que estou vendo, você está começando a me conhecer bem. E me sinto lisonjeado.

– Lisonjeado?

– Sim. Pelo fato de você me dar tanto valor. Tenho a impressão de que o que faço para você é algo que pode ser... substituído. Que qualquer outra pessoa poderia fazer o mesmo.

Com um ar cúmplice, Banerjee deu de ombros.

– Todo mundo é único, Christopher. Você sabe muito bem, mas...

Ele hesitou, depois concluiu:

– Tenho de reconhecer que você talvez seja um pouco mais do que todos os meus colaboradores anteriores.

Não tive a oportunidade de comentar: depois de dizer essas palavras, ele se meteu num canto do vagão, inclinou a cabeça e fechou os olhos. Depois de um instante, cansado da leitura do jornal, resolvi imitá-lo. Eu me revi no escritório de meu patrão no dia em que fui demitido; nas ruas de Londres, sem um tostão no bolso. E, sendo assim, senti um grande alívio quando fui acordado pelo funcionário da ferrovia.

* * *

Já no dia seguinte, Banerjee insistiu para que fôssemos dar uma espiada na sede da Kreuger Steel, o edifício com ares de fortaleza do qual eu havia tentado, em vão, arrancar os segredos.

Ele se situava, como não podia deixar de ser, no coração da City, porém numa artéria menos austera que as demais do bairro. Do outro lado da rua, um parquinho arborizado e com alguns bancos servia de campo livre para crianças e cachorros brincarem e – eu tinha descoberto isso à minha própria custa – para a atuação de batedores de carteira habilíssimos.

Nada havia mudado desde a última vez que estive ali.

O mesmo vendedor de sorvetes polonês que se fazia passar por italiano, o mesmo tocador de realejo cujo instrumento – muito desagradável aos meus ouvidos, mesmo em condições normais – emitia notas dissonantes e absolutamente pavorosas. Mesmo Banerjee, normalmente estoico, me pareceu tenso. Felizmente, a tortura teve uma duração relativamente curta, cedendo lugar a uma valsa no mínimo mais aceitável.

Por um instante, nos pusemos a andar num ritmo normal, indo e voltando, na esperança de descobrir alguma coisa suspeita. Mas era evidente que a resposta ao enigma não iria cair do céu, como uma codorniz já temperada e assada. Passado algum tempo, achei que era hora de mudar de tática e pensar seriamente numa maneira de entrar no edifício. Eu sabia a localização da famosa sala dos arquivos, claro, mas seu terrível ferrolho continuava sendo um problema. Também para isso era preciso encontrar uma solução.

Eu estava me levantando do nosso banco, mas então Banerjee segurou meu braço e me pediu que sentasse.

– Algum problema? – perguntei.

– É um pouco difícil de dizer.

– Sou todo ouvidos.

– Nós estamos sendo observados. Por uma mulher. À sua direita.

Qualquer outro teria voltado a cabeça na direção indicada, mas eu era um profissional e não cometeria um erro desse.

– Qual?

– Bem perto do sorveteiro, sentada no banco. Está com um xale e um vestido escuro.

– Acho que a vi. Mas por que você diz que ela está nos observando?

— Porque ela está.

A segurança de Banerjee podia ser muito irritante. Respondi, cético:

— E de onde você está, Banerjee, sem voltar a cabeça, seria capaz de jurar?

— Sim.

Não insisti. Depois de um instante de reflexão, porém, falei:

— Duvido que essa pessoa trabalhe para Kreuger: se ele está mesmo por trás da morte de lorde Scriven, deve estar em estado de alerta, mas... não há nenhum meio de saber que nós suspeitamos disso. Banerjee, você devolveu todos os seus livros à biblioteca?

— Em tempo e à hora.

Minha tirada, como de costume, caíra no vazio.

Tanto pior. Insisti:

— Nesse caso... eu me pergunto quem poderia estar nos vigiando desse jeito.

Depois de ajeitar a gola da camisa, Banerjee falou:

— Não sei. Por enquanto, acho que a mulher não sabe que estamos falando dela agora. Pelo menos, ainda não, mas temos de ficar de olho: às vezes a linguagem do corpo é mais explícita do que se imagina. Acho que é importante sabermos quem é essa mulher. Você não quer se aproximar dela?

— Eu? E por que não você?

— Você sabe muito bem que sou uma nulidade quando se trata de entrar em ação.

— Não foi isso que me pareceu na mansão. Mas se você insiste... Afinal de contas você é o patrão.

É muito difícil imaginar, salvo quando já se viveu a situação, como é complicado dirigir-se a uma pessoa dando-lhe a impressão de que ela não existe, que nosso objetivo é bem outro. De repente, cada um de nossos movimentos se torna cansativo, penoso, contra a natureza. Portanto, foi com a graça de um pinguim-imperador reumático que rumei para a nossa espiã. Como me tinha dito Banerjee, a atrevida estava refestelada ao lado do sorveteiro, que anunciava seus sabores numa mistura de inglês e polonês pronunciados com sotaque italiano (para a maioria dos passantes, os erres apicais eram uma prova cabal das origens napolitanas do vendedor). À minha aproximação, a mulher teve a reação absolutamente natural de sobressaltar-se e procurar um jeito de dar no pé. Mas no final das contas fiquei mais tranquilo: uma profissional jamais reagiria daquela maneira, portanto eu estava lidando com uma amadora. Uma amadora prudente, porém, pois ela teve a presença de espírito de esconder o rosto com o xale. Aproximei-me, procurando não lhe dar nenhum sinal que pudesse assustá-la ainda mais. Meti a mão no bolso com um ar indiferente, tirei algumas moedinhas e as contei no côncavo da mão. Fiquei tão orgulhoso desse achado que por um instante me senti como um novo Harry Irving[*]. Mas talvez aquele não fosse mesmo o papel de minha vida, porque à minha chegada nossa espiã me deu as costas e foi embora a passos apressados. Eu a segui, mantendo distância, e a vi parar a alguns metros de mim. O que ela iria fazer? Então, ela recomeçou a andar e deixou cair uma coisa no chão, de um modo que me pareceu tudo, menos involuntário. Era um pedaço de papel embolado que tratei logo de apanhar e desenrolar. Nele li as seguintes palavras, rabiscadas às pressas a lápis:

---

[*] Famoso ator da época vitoriana.

Levantei os olhos, mas a autora do bilhete já tinha sumido no meio da tremenda multidão que se espalhava pelas calçadas. Que pensar de toda essa história? Como ela tinha descoberto? Quanto mais o tempo passava, mais eu tinha a impressão de que na ponta do fio que estávamos puxando havia um novelo enorme, monstruoso, na verdade tão grande que bem podia rolar por cima de nós e nos esmagar.

Quando voltei para perto de Banerjee, ele estava ocupado em sacudir o pó da manga direita do casaco.

– Falhei! – eu disse, chateado.

– Não é grave. Nós voltaremos a vê-la.

– Como você sabe?

– Você está com um bilhete. Não será uma espécie de advertência? Na verdade, é um convite a que tornemos a nos ver.

Soltei um suspiro:

– Você tem mesmo um espírito tortuoso. Deve ser cansativo ser você. Mas acho que tem razão. Na verdade...

– Sim?

– Há uma pista que não tive tempo de investigar quando trabalhava para Kreuger: seu homem de confiança, Atherton. *Horatio* é o primeiro nome. É ele que coloca os documentos nos arquivos no fim do dia. Notei que ele usava um molho de três chaves muito complicadas, que me pareciam difíceis de copiar. Atherton é, *a priori*, incorruptível e dedicado de corpo e alma a Kreuger, mas... não haverá um meio de "tomar emprestado" o molho? Não vejo outra saída. Quanto a entrar na empresa, penso que acharemos uma forma. Mas vai ser preciso que Atherton esteja por lá...

Banerjee apertou os olhos.

– Você faz ideia de como aproximar-se dele?

– Sim. Todo mundo tem seus segredinhos... E acho que sei bem qual é o de Atherton.

CASSANDRA

HÁ UMA TEORIA CUJO ÚNICO ADEPTO SOU EU. CLARO. HÁ MUITO TEMPO ME CONVENCI de que cada pessoa tem uma cor que lhe é própria, sem que eu possa de fato explicar o porquê dessas associações inconscientes. Conheci pessoas que eram verdes, laranja. Banerjee me fazia pensar num belo azul-escuro; e eu acreditava irradiar um vermelho-escuro. É preciso reconhecer, contudo, que eu encontrara uma exceção a essa regra arbitrária. E essa exceção se chamava Horatio Atherton. Durante as poucas semanas em que estive infiltrado na Kreuger Steel, Atherton me pareceu ser a única pessoa que conheci que podia ser classificada como incolor. E que fique bem entendido: incolor quer dizer incolor. Não quer dizer *cinza,* porque indivíduos cinza eu conheço aos montes, e Atherton não era um deles. Tampouco significa *preto,* ainda que se considere que o preto é a ausência de cor. Não: Atherton era incolor no sentido de que ele mal parecia existir.

Ele se mexia, falava, às vezes gritava, mas mais de uma vez eu me perguntei se não se tratava de uma marionete movida por fios invisíveis. Mesmo suas roupas não tinham nenhuma cor, como se a luz se recusasse a reter-se nelas. Certamente era por isso que Kreuger lhe depositava uma tal confiança: o que se pode temer de alguém que não existe? Todavia, por duas vezes eu vi Atherton aproximar-se do conceito que tenho de ser vivo. Dois dias seguidos, ele veio trabalhar com uma roupa um tanto elegante, com um cravo na lapela. É verdade que nem por isso ficou com um ar solar, mas a melhora era evidente. Naturalmente eu deduzi – como, aliás, a maioria dos outros empregados – que havia romance no ar. Quem poderia ser a felizarda? Na segunda noite, frustrado por não poder extrair os segredos de Kreuger, resolvi mudar de tática e seguir Atherton, o que terminou por me levar a um pequeno teatro do West End. Lá fazia furor uma certa Cassandra Neville, atriz de segunda linha que, a julgar pelo cartaz, tinha com o que virar a cabeça da rapaziada. Mas à época não imaginei que partido eu podia tirar de tudo aquilo.

Eu me lembrava vagamente de que Atherton trabalhara por muitos anos na filial americana da Kreuger Steel, de onde voltou pouco antes de meu ingresso na empresa. Diziam que ele tinha trazido do Novo Mundo técnicas comerciais revolucionárias.

Depois dessas recordações todas, antes de voltar ao nosso escritório da Portobello Road, resolvi me informar sobre as peças que estavam sendo apresentadas naquela temporada. Cassandra Neville não estava atuando em nenhuma delas, mas o bilheteiro me informou que a diva voltaria aos palcos dentro de uma semana, numa adaptação barata de *A Importância de Ser Prudente*, de Oscar Wilde. Perfeito.

Quando voltei ao nosso escritório, encontrei Polly ocupada em organizar a loja. Tudo como de costume, exceto que ela parecia muito preocupada.

Quis saber das novidades:
– Tudo bem, Polly?
– Tudo bem o quê? – ela disse num tom de quem não estava para muita conversa.
– Você parece incomodada com alguma coisa. Estou enganado?
– Oh! Está tudo bem. Estou com muito trabalho para terminar, só isso.
– Bem – respondi muito pouco convencido. – Até mais, então.
Quando eu ia subir, Polly me reteve e, parecendo muito embaraçada, perguntou:
– Você vai encontrar Banerjee?
– Sim, vou encontrá-lo... aliás, você deve lembrar que eu também moro aqui.
– Será que você não pode... esperar um pouco? Vou lhe preparar um chá.
Olhei para ela com toda a perplexidade que se pode imaginar.
– Polly... afinal, você vai me dizer o que há de errado por aqui?
– É que... – principiou ela – Banerjee...
Ela não teve tempo de terminar. Ouvi lá em cima o barulho de um móvel caindo no chão, seguido de uma praga. Ou pelo menos eu *pensei* que era uma praga, porque a palavra não era em inglês. Seria hindi? Sem prestar mais atenção às advertências de Polly, subi a escada correndo e entrei no escritório de Banerjee, de onde me parecia ter vindo o barulho. Lá encontrei meu patrão com o rosto crispado, coberto de suor; ao me ver, ele se apressou em fechar uma gaveta. Pus de pé uma cadeira tombada no chão.
– Está tudo bem? – perguntei.

— Tudo bem, Christopher. Uma pequena barbeiragem de minha parte.

Mais uma vez pude constatar que Banerjee era um tremendo mentiroso. Eu estava resolvido a não insistir quando de repente um detalhe, no chão, me chamou a atenção. Era um pedaço de madeira pintada, que apanhei. Banerjee fez um gesto de impaciência e torceu a boca. Examinei o que estava em minha mão: tratava-se, sem nenhuma dúvida, de uma espécie de quebra-cabeça.

— Banerjee, posso saber o que tem nessa gaveta que você acaba de fechar?

— Somente meus documentos de trabalho — ele respondeu com uma falta de convicção digna de político em fim de carreira.

Eu lhe passei a peça de quebra-cabeça.

— Você garante, olhos nos olhos, que se eu abrir essa gaveta não vou encontrar outras peças como esta?

Ele desviou o olhar sem dizer nada. Sentei-me no lugar onde normalmente se sentam as visitas, pus a peça no birô e perguntei calmamente:

— Banerjee... você acaba de se enervar com esse quebra-cabeça, não é? Você jogou tudo no chão, gritou, derrubou uma cadeira... e arrumou tudo às carreiras quando me ouviu subindo?

Resignado, ele se deixou cair na cadeira à minha frente e confessou:

— Apesar de toda sabedoria que tento dar mostras no dia a dia, apesar do ensinamento que me foi transmitido, tenho de admitir que há uma coisa capaz de me tirar do sério, de me deixar preso aos sentimentos mais vulgares: os jogos de paciência. E em particular os quebra-cabeças.

Eu não acreditava no que estava ouvindo.

— Mas você é a própria encarnação da paciência!

– Tenho de concordar quanto a isso, meu caro Christopher: eu sou mais paciente com as pessoas e com as ideias do que com as coisas inanimadas. Eu perco toda a dignidade diante de um objeto que me oferece resistência. Esse quebra-cabeça é o meu pior inimigo. Há dois anos que tento montá-lo. A pobre Polly sabe um pouco dessa história; estou convicto de que ela tentou convencer você a não subir. É que isso termina sempre da mesma maneira.

– Banerjee, não consigo entender. Você resolve os maiores mistérios e me diz que um quebra-cabeça de madeira...

– ...me aniquila, sim. Não queira encontrar aí nenhuma lógica: cada um vive com suas contradições. Assim são feitos os homens.

Eu não conseguia decidir o que era pior: que Banerjee se transformasse num bruto, berrando diante de um quebra-cabeça, ou que tenha tentado me esconder a verdade como uma criança pega numa traquinagem.

– Se você quiser, quem sabe posso lhe dar uma mão? Em geral não sou ruim nisso. Pelo menos da última vez que tentei. Eu devia ter uns... uns...

Não consegui terminar a frase: o ridículo de toda essa cena terminou por me pegar. Cobri a boca com a mão a fim de conter uma explosão de riso, e Banerjee me disse, em tom conciliador:

– Não é melhor você ir para o seu quarto? Falaremos do que você acabou de descobrir mais tarde. Estou falando de nossa investigação, claro. Ah! Uma última coisa!

– Sim? – respondi, mal contendo o riso.

– Lorde Thomas pediu a análise rápida da pena. Ela continha muitos vestígios de um veneno violento; ele me mandou uma mensagem informando isso. Portanto, mais do que mera hipótese, agora há certeza de que houve crime.

– Perf... perfeito!
Tratei de dar no pé: eu precisava muito controlar meu ataque de riso. Puxa, que dia!

* * *

Nos dias seguintes, Banerjee me pediu que tentasse descobrir que ligações haveria entre Kreuger e o falecido lorde Scriven. Não tive nenhuma dificuldade em descobrir. Ao longo dos últimos anos, os dois estiveram envolvidos em muitos projetos comuns, principalmente no campo da construção naval militar. Um fornecia canhões; o outro, aço para o casco dos navios. Mas as duas empresas nunca trabalharam juntas: sua presença nos mesmos projetos não decorria da vontade de seus donos. Tudo aquilo era um bom ponto de partida, na falta da explicação que eu estava buscando.

* * *

Na véspera da estreia da peça em que Cassandra Neville atuava, Banerjee e eu fomos lhe fazer uma visita. Nosso plano era simples: fingir que éramos amigos de Atherton e que queríamos lhe pregar uma pequena peça no seu aniversário. Para dizer a verdade, a ideia foi minha: Banerjee não gostava muito desse tipo de encenação. Mas ele concordou sem reclamar muito.

O teatro se mostrou pior do que a imagem dele que eu tinha na memória. Já era um milagre o fato de a prefeitura não ter decidido demolir aquele edifício insalubre, ameaçando cair; eu estava ainda mais espantado com o fato de alguém poder imaginar que lá se podia apresentar uma peça de teatro, e principalmente uma obra de Wilde.

Resolvemos nos apresentar diretamente na recepção, onde um jovem muito elegante, ocupado em organizar documentos, nos cumprimentou de má vontade:

– O teatro está fechado – ele nos disse logo de cara.
– A estreia vai ser amanhã. Mas vocês já podem comprar ingressos, claro.
– Nós vamos comprar, sim – respondeu Banerjee. – Mas nós viemos aqui para outra coisa.

O homem sacudiu a cabeleira ruiva desgrenhada, com um esgar de desconfiança.

– Outra coisa... Espero que não me tragam problemas. Desta vez, tudo está em regra.
– Desta vez? – perguntei.

Aborrecido, ele me disse:

– Sim, enfim... desculpem. Por um instante pensei que vocês fossem policiais. Mas, pensando bem, vocês não têm cara de policiais. Bom, principalmente esse aí.

Com um gesto de cabeça ele indicou Banerjee, que não se deixou perturbar.

– Nós gostaríamos de apresentar nossos cumprimentos a Srta. Neville – explicou Banerjee. – E lhe pedir um pequeno favor.

Descansadamente, o jovem acendeu um cigarro e nos lançou um olhar divertido.

– Um favor, hein? Não me digam! E aposto como não podem me dizer mais nada sobre o favorzinho, não?
– Puxa, você é um adivinho – respondi.
– Não, eu não sou um adivinho – falou o jovem franzindo as sobrancelhas. – Sou apenas o chefe dessa trupe de miseráveis. E diretor da peça. E mais um bocado de outras coisas, mas adivinho, não, com certeza. Senão, não estaria aqui. Em compensação, eu reconheço uma lorota pelo cheiro. E sabem de uma coisa? Vocês dois têm cara

de loroteiros. Vocês só verão Cassandra depois de me contarem o que querem com ela.

— Você é jovem demais para ter tantas responsabilidades — replicou Banerjee como se não tivesse ouvido uma palavra do que o ruivo lhe dissera.

— Ora! Alexandre, o Grande, tinha dezenove anos quando conquistou o mundo, sabia?

— E você pretende conquistar o quê? — perguntei meio irritado. — Esta espelunca?

— Ponto para você — reconheceu ele. — Mas não vamos mudar de assunto. Digam-me o que querem de Cassandra. Imagino que não é o seu talento artístico que os traz aqui. Ela se toma por Sarah Bernhardt, mas podia muito bem ser vendedora de peixe. Mas é preciso convir que ela é uma gatinha. E é por isso que eu a mantenho. Ela atrai gente e tem até fãs de carteirinha que por nada neste mundo perderiam uma apresentação sua. Atualmente, é graças a esses malucos que eu ganho a vida.

— Pois é justamente por isso que estamos aqui — respondi.

O ruivo lançou uma baforada em nossa cara e perguntou secamente:

— É mesmo? Podem falar.

— Um de nossos amigos é fã incondicional de Srta. Neville — Banerjee explicou —, e nós gostaríamos de aproveitar a estreia dela, para fazer-lhe uma pequena surpresa.

— Eu não sei bem se... Ah! Mas cá está justamente a nossa diva. Logo vocês terão uma resposta.

Uma mulher acabava de entrar no corredor de braço dado com um homem que depois seguiu para outro lado. Ela veio em nossa direção tão devagar que dava a impressão de estar doente; mas logo percebi que aquilo era pura afetação. Como descrevê-la? Era realmente uma mulher

esplêndida, na casa dos trinta anos, com olhos de um verde de jade e cabelos castanhos cujas ondulações me lembravam... Na verdade elas não me lembravam nada, era aí que estava o problema. Elas *deveriam* excitar pelo menos um pouco minha verve poética, mas a verdade é que Srta. Neville não emanava nenhum mistério. Ela era exatamente o que parecia: uma bela pintura sem alma, um tanto vulgar. Isso se confirmou quando ela abriu a boca. Num movimento reflexo, verifiquei se um corvo havia entrado no hall, mas não: quem estava falando era ela mesma. Tive um pouco de pena de Oscar Wilde e deixei Banerjee conduzir a conversa.
– Srta. Neville? É uma grande honra conhecê-la.
A atriz lançou um olhar intrigado ao seu diretor, que fez um gesto vago com um braço, querendo dizer "deixe-os falar, e aí a gente vê".
– Um amigo nosso logo vai festejar seu aniversário, e me parece que ele é um de seus admiradores.
– Talvez – disse ela desdenhosamente. – Tenho tantos admiradores... Como é esse fulano?
Banerjee ficou parado feito uma estátua, e eu entrei na conversa:
– Ele é... como dizer? Mmmm... Nem alto nem baixo. Meio careca, mas ainda tem cabelos. Não muito magro, nem gordo.
Cassandra Neville nos examinou da cabeça aos pés e falou:
– Tudo isso é muito vago. Ele é mesmo amigo de vocês? Vocês parecem não conhecê-lo muito bem.
– Quero dizer que...
– O nome dele é Horatio – informou Banerjee.
A essas palavras, a petulante Cassandra pareceu esvaziar-se de toda a sua força vital. Tive quase a impressão

de ver lhe surgirem olheiras; ela acabava de envelhecer dez anos em um segundo.

– Não é o Horatio que é... Enfim, como você disse, nem alto nem baixo, nem gordo nem magro, nem careca nem... Oh, meu Deus!

– Algum problema? – perguntou o ruivo vendo sua pupila mudar de cor.

– Mande esses caras embora – apressou-se em dizer a diva. – Não quero falar com eles.

O ruivo deu de ombros.

– Vocês ouviram a dama. Tratem de ir embora.

Mas Banerjee discordou e endureceu o tom:

– Minha senhora, meu senhor, não estamos acostumados a ser expulsos dessa maneira. Srta. Neville deve no mínimo dizer o motivo de sua recusa.

Com o indicador apontado para nós, Cassandra Neville gritou:

– Amigo de vocês! Toda vez que atuo em Londres, lá está ele me esperando na saída dos artistas. Sorrindo para mim, sem dizer nada. Ele nunca foi capaz de dizer uma só palavra. Ele se limita a me oferecer um buquê, que às vezes vem junto com um poema de sua autoria. Depois, ele me segue até o hotel, a boa distância. Uma noite, olhei pela janela às duas horas da manhã: lá estava ele espiando meu quarto, ao pé de um lampião de rua. Ele me apavora, e não quero nada com esse maluco.

Banerjee afagou o queixo e disse:

– O silêncio é o não agir por excelência. Por que ter medo dele?

Srta. Neville deu a única resposta possível:

– Ahn? O quê?

– Se me permite dizer em outras palavras – continuou Banerjee – nosso amigo nunca a incomodou senão por seu silêncio e por não agir. Ora, normalmente é pelo inverso que se julga um homem.

– Ei! – exclamou o jovem ruivo. – Você não quer escrever uma peça? Estou procurando textos inéditos.

– Gareth – interrompeu-o Srta. Neville –, você acha que é o momento? Você não ouviu o que acabei de dizer?

Banerjee continuou:

– A atitude de nosso amigo se deve à sua timidez extrema e à admiração que lhe devota. Se você lhe desse a chance, as coisas certamente mudariam.

– Nem pensar!

– Um instantinho – interveio o tal Gareth. – Tenho certeza de que esses senhores têm uma proposta a nos fazer, digamos... expressa em termos de valores, e eu gostaria de ouvi-la.

Banerjee sorriu, o que para ele representava um esforço sobre-humano.

– Realmente. Nós gostaríamos de lhe oferecer dez libras esterlinas para que Srta. Neville convide nosso amigo ao seu camarim e o receba durante cerca de duas horas.

– Mas por quem vocês me tomam? – berrou a atriz.

– Dez libras – repetiu Gareth com ar sonhador. – É mais do que se ganha às vezes em uma semana ou até em um mês...

– Gareth? – falou Cassandra Neville, inquieta. – Você não está pensando em...

– Cale a boca e seja um pouco mais educada com esses *gentlemen* – ordenou Gareth. – Eles querem agradar um amigo; que mal há nisso? E esse valor cobrirá as despesas que madame me deu até agora.

– Mas, Gareth, você não entende que esse sujeito me dá medo? Sabe-se lá o que ele poderia fazer comigo. Além do mais, eu sou uma atriz, não...

– Tá, enfim... isso é discutível, meu bem. Quando me lancei no teatro, não era necessariamente você que eu sonhava levar ao palco em minhas montagens. Então, escute: você aceita a oferta ou então vai procurar outro lugar para atuar.
– Seu pirralho nojento – ela gritou. – Você não tem nem pelo no nariz e quer me dar ordens!
– Oh! Se você pode achar coisa melhor em outro lugar, tudo bem; mas se pensa em ficar, terá de aceitar as minhas condições. Não dá para refugar dez libras.
Com um tom que lhe parecia tranquilizador, Banerjee explicou:
– Se me permite, Srta. Neville, não precisa temer absolutamente nada. Nós nos esconderemos em seu camarim e apareceremos de repente, para surpreender nosso amigo com um bolo e velinhas. Naturalmente, você pode se juntar a nós.
– Você está de brincadeira comigo?
Impassível, Banerjee acrescentou:
– E fique certa de que, se ele não se comportar direito, nós estaremos lá também para intervir.
– Três homens no meu camarim, dois deles escondidos. E isso para eu me sentir segura?
Os olhos de Gareth brilhavam como estrelas só de pensar na soma prometida. Aliás, ela era bem salgada, mas podíamos muito bem pô-la na conta de lorde Thomas: afinal, tratava-se da investigação.
– Você vai me pagar por isso – grunhiu Cassandra Neville, fuzilando Gareth com o olhar.
Mãos nos quadris, ela se voltou para nós:
– Quanto a vocês, pois bem... Não tenho mais de escutar suas lorotas.

ATHERTON

NO DIA SEGUINTE, EU ESTAVA DIANTE DO EDI-FÍCIO DA KREUGER STEEL ESPERANDO a abertura do escritório, na esperança de verificar minha teoria sobre Atherton. Do outro lado da rua, observei discretamente a chegada dos empregados; eles todos me pareciam absolutamente idênticos. Não obstante, o que eu esperava finalmente chegou. No seio daquela massa uniforme de repente destacou-se um indivíduo cujo bom humor era bem visível, mesmo de onde eu estava. Em outras circunstâncias, eu não o teria notado; mas naquele dia ele brandia um buquê de flores difícil de manejar, que, com certeza, iria pôr num vaso para lá ficar durante todo o dia. Seus colegas bem poderiam se perguntar sobre aquilo, mas a seriedade dos empregados de Ruben Kreuger era uma garantia de que não haveria nenhum comentário. Perfeito: com nosso peixe fisgado, agora era só esperar a noite.

    Voltei ao nosso birô na Portobello Road com o coração cheio de otimismo. Ao entrar, ouvi um barulho de madeira quebrando-se, vindo do andar superior.

    – O quebra-cabeça? – perguntei a Polly.

– O quebra-cabeça – ela respondeu.

Resolvi ir ler um livro em meu quarto, sem nem mesmo dar uma passadinha no escritório de Banerjee: eu sabia o que ia encontrar lá e preferia deixar meu patrão sozinho com suas pequenas extravagâncias. Faltava apenas esperar a noite, ruminando nosso plano.

Voltamos ao teatro cerca de uma hora antes do início do espetáculo. Gareth nos tinha convidado a passar pela entrada dos artistas, que dava para um beco – lugar ideal para ser degolado. Reinava uma excitação nos bastidores, mas diferente da que eu esperava. Os atores da trupe do jovem Gareth pareciam bem pouco preocupados com sua sorte ou com a forma como seriam recebidos. Um deles andava à toa, cachimbo no bico, de calção e meias; outro fazia gargarejos produzindo ruídos repulsivos; quanto ao que identifiquei como o responsável pelo guarda-roupa do teatro, ele corria de um corredor a outro sacudindo os braços, com uma capa amarrada em volta do pescoço. Aquele teatro mais parecia um hospício. Srta. Neville, já em trajes de cena, apareceu, tão bela e tão pouco carismática como antes. Ela veio até nós com seu passo arrastado, que agora nos era familiar, e declarou sem preâmbulos:

– Cá estão vocês... Para uma atriz de meu nível, ser obrigada a... Em suma. A título de informação, se vocês querem surpreender seu amigo, só há uma solução possível: esconder-se atrás do biombo japonês que uso para me trocar. E vai ser preciso ficarem alertas, bem quietos. Um espirro, e a surpresa de vocês vai por água abaixo. Vocês trouxeram o bolo?

Entreguei-lhe uma caixa de papelão amarrada com um cordão. Ela soltou um suspiro e perguntou:

– Tenho de aturá-lo por duas horas, não é?

– Isso mesmo, assim ficou combinado – respondeu

Banerjee. – Diga-me uma coisa: seu camarim dá para o beco pelo qual acabamos de entrar?
– Sim, por quê?
– Simples curiosidade. Podemos esperar em seu camarim *durante* o espetáculo? Se nosso amigo nos vir antes, não haverá mais surpresa.
– Façam como quiserem, contanto que depois disso eu nunca mais os veja.

Então ela nos instalou entre seu biombo e uma janela escondida por trás de uma cortina espessa, com todo o mau gosto do mundo.

Quando ficamos a sós, perguntei:
–Banerjee, como você vê o que virá em seguida? Se conseguirmos pegar as chaves, ainda vai ser preciso sair daqui.
– Realmente. É por isso que mostrei tanto interesse por essa janela.

Engasguei.
– A janela? Estamos no primeiro andar! Vamos quebrar o pescoço!
– Não.
– Como assim "não"? Claro que sim!
– Confie em mim.
– Não tenho alternativa.

O lugar tinha tão pouco isolamento acústico que praticamente podíamos assistir à peça de onde estávamos; soubemos que o pano de boca subira pelos aplausos e gritos; em seguida, a entrada de Srta. Neville foi recebida com assobios pouco elegantes (o público, é claro, era predominantemente masculino).

– Banerjee – disse eu –, nós só teremos duas horas. Você acha que será suficiente? Afinal de contas, vamos ter de surgir do nada para desejar feliz aniversário a Atherton... Está lembrado? É o pretexto que alegamos. Se no final vamos aparecer diante Atherton, bem poderíamos abordá-lo logo de cara, sem mais rodeios.

– Entendo as suas dúvidas. Mas não tenha medo.

Quase não nos falamos mais até o fim da peça, que tentei acompanhar sem muito empenho. Agachado, resolvi então entreabrir a cortina da janela para olhar a rua. Vitória! Lá estava ele, aureolado por uma luz baça. Horatio Atherton esperava sua hora, o buquê escondido canhestramente às costas. Com certeza ele se eclipsou no fim da peça, ou talvez no momento dos cumprimentos. Em compensação, algo me dizia que com certeza não haveria bis. Voltei ao meu lugar: o sucesso de nossa incursão agora estava nas mãos de Cassandra Neville.

Os minutos restantes foram de pura angústia. Atherton iria mesmo aceitar o convite de Srta. Neville para passar um par de horas em sua companhia? Houve um barulho no corredor. Os atores voltavam aos seus camarins – pelo menos aqueles que os tinham. "Coragem, Atherton! Não precisa ter medo da dama. Ela não vai comer você", falei baixinho.

Por fim, ouviram-se passos do outro lado de nossa porta. Depois a voz única, inimitável, de Cassandra Neville. Ela parecia enredada num monólogo que nada tinha de teatral.

– É aqui – ouvi-a dizer com voz cansada. – Não precisa se chatear comigo, aqui está meio bagunçado.

Não houve resposta.

Riscaram um fósforo, e pouco depois a chama alaranjada de uma lâmpada a óleo banhou a peça. Será que eu iria respirar forte demais? De sua parte, Banerjee estava de olhos fechados como se dormisse; mas eu o conhecia o bastante para saber que não era bem isso.

– Sente-se, eu vou vestir alguma coisa um pouco mais

quente – explicou Srta. Neville num tom de oração fúnebre. Ela se meteu atrás do biombo, nos viu, revirou os olhos e pegou uma camisola bordada sobre cuja manga Banerjee tinha se acomodado.

– Quer que lhe sirva alguma coisa? Nada, tem certeza? Mas eu vou pegar um brandy. Se é que ainda tem. Mmm, não, mas tem uísque. Ah! Tinha certeza de que você ia mudar de ideia. Assim está bom?

Ela fez uma pausa, depois continuou:

– Eu... gostei muito do seu poema, da última vez. O que comparava meus olhos a um cavalo-marinho, é isso? Sim, é isso mesmo. Ah, não! Eram meus cabelos, mas pouco importa. Mais uma vez obrigada.

Fiz um esforço de contorção para enfiar discretamente o nariz entre duas partes do biombo. A abertura não era muito grande – felizmente, aliás –, mas ela me permitia acompanhar um pouco a cena. Atherton estava afundado numa poltrona, um sorriso de bem-aventurança nos lábios. Ele devia estar vivendo um verdadeiro sonho.

– Você não quer ficar um pouco mais à vontade? Seu casaco... Vou pendurá-lo ali atrás.

Sem emitir um som, Atherton deixou que ela lhe tirasse a peliça. Cassandra foi pendurá-la no cabide do lado do nosso biombo. Estávamos quase conseguindo!

Como Cassandra voltara a falar, aproveitei a oportunidade para rastejar até o casaco de Atherton. Enfiei a mão num primeiro bolso, mas esse estava vazio. Não fui mais feliz com o bolso seguinte. Ainda restava o bolso de dentro, mas não achei nem sombra de chave, e muito menos um molho. Lancei um olhar apavorado a Banerjee, que me fez um sinal para que não perdesse o sangue-frio. Será que ele tinha vindo com o famoso molho de chaves? Ele podia muito bem não tê-lo trazido, mas como saber ao certo?

– Você não quer mesmo falar? – impacientou-se Cassandra. Relaxe um pouco! E largue essa bolsa de uma vez! A bolsa! Com certeza era nela que estava o molho de chaves. Escrutei a cena: Atherton se agarrava à bolsa como se temesse que a tomassem. Tentei dizer isso a Banerjee por uma mímica aproximativa, mas isso não mudava nada: era preciso que Cassandra viesse em nosso auxílio. Levantei um pouco a parte de cima da vidraça da janela, depois deixei cair com força o bastante para que o barulho fosse ouvido em todo o camarim.

A atriz se apressou em dizer:

– Porcaria de janela! Ela escorrega o tempo todo. Eu pus um calço, mas ela caiu. Vou dar uma olhada.

Cassandra Neville com certeza era uma péssima atriz clássica, mas naquela noite interpretava o papel de sua vida; até aquele momento seu comportamento fora exemplar. Ela veio para detrás do biombo e fez um gesto de incompreensão. Usando de pantomima, tentei fazê-la compreender que era preciso pegar a bolsa.

Naquele exato momento, tudo ficou claro: eu vi isso em seus olhos e no seu quase imperceptível passo para trás. Ela não tinha uma mente brilhante, mas tampouco era estúpida. Não estávamos ali por causa do aniversário e tampouco éramos amigos de Atherton; nós tínhamos mentido para ela, tornando-a nossa cúmplice. Tudo podia ir por água abaixo num instante, e isso dependia apenas dela e da confiança que lhe inspirávamos. Ela olhou alternadamente para Banerjee e para mim, depois olhou de lado, na direção de Atherton. Agora que ela sabia, eu não iria lhe querer mal se nos lançasse aos leões.

Foi então que Banerjee tomou sua mão, com grande doçura. Ele a puxou de modo a que se ajoelhasse diante dele, e com sua outra mão fez um gesto apaziguador. Em seguida, girou a mão de Cassandra para cima e, em sua palma, com seu outro indicador, fingiu escrever uma palavra. Essa palavra era AJUDE.

Cassandra abriu a boca, mas não disse uma palavra. Então balançou a cabeça e fechou os olhos, como se aquiescesse. Ela se levantou e, a passos decididos, se dirigiu ao seu convidado.

– Horatio... sua bolsa não vai sair voando – ela se apressou em lhe dizer. Você pode deixá-la comigo.

A resposta foi um débil ensaio de protesto.

– Vamos, você vai ficar mais à vontade.

Dessa vez, Horatio Atherton achou que era tempo de pronunciar a primeira palavra articulada da noite:

– Sou muito apegado a ela.

– Oh! Quer dizer então que você fala? Já não era sem tempo! Bom, chega de rabugice. Vou colocá-la junto com seu sobretudo, sua preciosa bolsa não vai fugir!

Atherton entregou a bolsa a Cassandra, que voltou para o lado do biombo onde estávamos. Por que ela nos ajudava daquela maneira? Eu estava doido de vontade de perguntar a Banerjee. De todo modo, ela pôs a bolsa de couro aos nossos pés e voltou ao seu taciturno visitante. Pus-me a vasculhá-la febrilmente; não demorei muito a achar o que procurava. O molho de chaves estava mesmo lá, tal como na minha lembrança, com a chave dos arquivos de formato estranho. Fiz sinal para Banerjee, que se mostrou satisfeito (ainda que aquela expressão de seu rosto, para quem não o conhecesse bem, fosse muito semelhante à que ele exibia ao longo do dia). Eu já ia fechar a bolsa quando, de repente, uma coisa me chamou a atenção no fundo de um dos bolsinhos internos. Pus o molho de chaves ao meu lado com todo cuidado para que elas não tilintassem, e meti a mão no fundo da bolsa. Meus olhos não me haviam enganado: eu tinha entre meus dedos um escalpelo cujo fio era monstruosamente afiado. O que Atherton pretendia fazer com um troço daqueles na bolsa? Mas não tive mais tempo de pensar naquilo: Banerjee estava abrindo a janela um pouco mais.

– Srta. Neville? Tem mais alguém aqui? – perguntou Atherton.

– Claro que não, meu caro. Só eu e você. E você ainda não me disse nada de você!

– Tenho certeza de que ouvi alguma coisa. Atrás do biombo.

Estremeci; nós tínhamos condições de reduzir Atherton ao silêncio, mas se fizemos tudo aquilo foi para não despertar suspeitas nele nem em seu patrão. Srta. Neville usou um tom mais firme:

– Horatio, digo-lhe que tudo isso é ridículo. Quem você acha que poderia ser?

Banerjee inclinou-se para mim e tomou meu rosto entre as duas mãos. Seu olhar era tão intenso que tive a impressão de que me enfiavam uma lança incandescente em cada olho.

Então ele murmurou:

– Agarre a corda.

A essas palavras, ele passou a perna pelo peitoril da janela e desapareceu. Ouvi um barulho abafado, e mais nada.

– Estão cochichando! – exclamou Atherton. – Quer dizer que você não está ouvindo nada?

– Claro que estou: meu camarim dá para a entrada dos artistas. Você está ouvindo o barulho da rua, só isso.

Eu ouvi um roçagar de tecido, depois passos. Atherton com certeza se levantara e provavelmente iria se dirigir ao biombo. Encurralado, debrucei-me na janela. Banerjee se encontrava bem embaixo, o corpo ereto sobre as duas pernas, duro feito uma estaca, sob o balcãozinho. A seus pés havia uma massa informe, que a princípio pensei ser um animal dormindo. Atrás de mim, Cassandra arriscava tudo:

– Ora, vamos, Horatio, não estrague sua noite. A princípio, você não disse nada. E agora se põe a falar demais! Se você soubesse há quanto tempo venho sonhando em conhecê-lo melhor!

Vi Banerjee tirar um instrumento oblongo do bolso e levá-lo à boca. Seus dedos começaram a mexer-se freneticamente, e uma música de tons orientais subiu até onde eu estava. Para minha grande estupefação, a massa aos pés de Banerjee começou a tremer; então vi a ponta de uma corda erguer-se como uma serpente e subir na vertical em direção à janela. Quando ela alcançou a altura onde eu estava, num estado de absoluta rigidez, lembrei-me das afirmações sibilinas de Banerjee. Mais uma vez, aquilo não fazia o menor sentido; mas eu já estava começando a me habituar. Assustado, alucinado, atordoado, estendi a mão para a corda, agarrei-a firmemente e a usei como uma rampa para descer ao nível da rua. Quando cheguei ao chão, pareceu-me ter perdido a noção de espaço por alguns instantes. Quando voltei a mim, não havia mais corda nem flauta: somente Banerjee, puxando-me pelo braço. Segui atrás dele, absolutamente perplexo, e senti meu tornozelo direito.

– Banerjee – eu disse quando estávamos a uma boa distância. – O que aconteceu?

– Você é que tem de me contar.

– Não me venha dar uma de espertinho: a flauta, a corda? Como é que você fez aquilo? Você também é faquir, é isso?

Ele deu um sorriso maroto.

– A única coisa que fiz, Christopher, foi pôr em seu

espírito a ideia de que havia uma corda em que você podia se agarrar. Senão, você não teria saltado pela janela, embora não houvesse o que temer.

– Espere... você está me dizendo que o imaginei encantando a corda como uma serpente? E que me hipnotizou?

Tínhamos voltado a uma rua bastante movimentada; de lá podíamos chamar um cocheiro. Ao primeiro ruído de cascos, Banerjee sacudiu a mão e me disse:

– Eu acho que você tem uma visão da Índia muito... pitoresca. Eu lhe falei de corda, você imaginou que eu poderia realizar esse tipo de façanha. Eu apenas lhe dei um tema, e você inventou a história.

Uma carruagem parou perto de nós. Fiz uma careta ao subir no estribo, e o cocheiro achou por bem fazer uma piadinha.

– E meu tornozelo? – perguntei a Banerjee já dentro da carruagem. – Por que está doendo tanto?

– Porque você caiu de mau jeito. Lembre-se de que na verdade não havia corda.

Depois gritou para o cocheiro:

– Na direção de Aldgate, por favor!

Pus-me a pensar um pouco e senti um vago sentimento de cólera crescer em mim. Não me aguentando mais, falei:

– Banerjee, não gosto muito que você brinque com minha mente desse jeito! Você me hipnotizou sem meu consentimento! Hipnotizar Srta. Neville, eu entendo, mas a mim... como é que devo me sentir em relação a isso?

– Christopher, você não tem motivo para se melindrar. Se eu o tivesse avisado, a coisa não ia funcionar. Seu subconsciente faria o bloqueio.

Eu grunhi:

–Vamos admitir que sim, mas... Se você sabe manipular

tão bem as pessoas, por que não hipnotizar todos os suspeitos para obrigá-los a dizer a verdade? Isso nos faria ganhar tempo!

– A coisa não é tão simples, como já disse. Lembre-se de que não pude impedir o suicídio de Brown. Não se pode ir contra a vontade profunda de uma pessoa. Mas você... você *queria* escapar pela janela. Eu apenas o levei a imaginar circunstâncias que lhe pareciam mais favoráveis. Ah! E outra coisa: eu não hipnotizei Srta. Neville.

Tive um sobressalto:

– O quê?

– A hipnose, como você a chama, na verdade o termo é impróprio, mas pouco importa, é uma técnica. Qualquer um pode aprendê-la. Quanto à sinceridade, ela é um dom que é preciso cultivar. Algumas pessoas são sensíveis a ela, outras não. Srta. Neville é uma alma pura, que com certeza a vida não estragou com mimos. E é uma pessoa boa. Minha sinceridade a comoveu. Eis por que ela finalmente resolveu nos ajudar.

Escarneci:

– Pena que ela não se tenha deixado comover por sua hum... "graça" quando fomos encontrá-la ontem.

Contrafeito, Banerjee respondeu:

– Você persiste em ver as coisas isoladamente, Christopher. Você não pode fazer uma rosa florescer pondo uma semente sobre uma pedra. E pior ainda se for na época do frio. Será preciso um terreno fértil, um tempo ameno. O mesmo vale para tudo mais. Esta noite, Srta. Neville estava em condições de nos compreender. Ontem, talvez não tenha sido o caso.

– Eu nem sei por que lhe faço perguntas, Banerjee – respondi em tom de cansaço. – Mas tem uma coisa que preciso lhe dizer.

– Sim?
– Temo muitíssimo que a vida de Srta. Neville esteja em perigo. Temos de ser rápidos. E torcer para que não voltemos tarde demais ao teatro.

DOCE MÚSICA

COMO JÁ ERA TARDE, NÃO FOI DIFÍCIL CHEGAR À SEDE DA KREUGER STEEL. E claro que, mesmo àquela hora, havia seguranças na entrada principal; mas eu já sabia como resolver esse problema. Com efeito, nos fundos do edifício principal havia um velho depósito fadado a ser demolido, e aparentemente sem comunicação com a Kreuger Steel. O que era um engano: na verdade, os dois edifícios em certa época constituíam apenas um e se comunicavam através de subsolos comuns. Intrujão compulsivo que sou, não tive nenhuma dificuldade em descobrir essa pequena anomalia; e, como muitas vezes acontece nesses casos, a enormidade da coisa a torna ainda mais discreta. Com isso, uma vez no interior do edifício, fui capaz de planejar nossos movimentos: informei Banerjee que um segurança percorria o andar térreo a noite inteira, acompanhado de um robusto cão de guarda. Banerjee me agradeceu pela informação, sem parecer preocupar-se muito com aquilo.

    Como previsto, foi muito fácil penetrar no antro do poderoso Ruben Kreuger; a porta do tal depósito estava trancada apenas com cadeados precários, que não me deram nenhum trabalho. Era difícil orientar-se nos primeiros metros do subsolo, que não dispunham de nenhuma iluminação. Mas dessa vez eu me fiei no bom senso de Banerjee, que saiu daquele pequeno labirinto como se tivesse passado a vida inteira ali. À exceção dos ratos, não cruzamos com vivalma. Um desses roedores jazia, morto, no meio de uma poça. Sem explicar nada do que estava tramando, Banerjee se ajoelhou, tirou um lenço do bolso e pôs o rato nele. Em seguida, meteu no bolso a "mortalha" com seu ocupante e seguiu em frente.

– Não vou lhe perguntar nada, mas de todo modo confesso que isso me deixa intrigado.

– Hum... – fez ele à guisa de resposta.

A fase delicada começou quando saímos do subsolo: agora estávamos em território inimigo. A boa iluminação do local, mesmo a hora tão tardia, permitia-nos encontrar o caminho. Mas como o segurança e sua fera doméstica faziam a ronda, era preciso redobrar os cuidados. Esperamos, pois, que passassem uma primeira vez, agachados sob um birô, rezando para que o cão não nos farejasse. Então Banerjee tirou o rato do bolso e jogou-o longe de nós. Ouvimos o cão rosnar, e seu dono soltou-lhe a trela. Quando o animal voltou para perto do segurança com o troféu na boca, ouvimos:

– Ora... Eu treinei você muito mal, muito mal...

Lancei um olhar de admiração a Banerjee por seu senso prático, mas ele era modesto demais para deixar entrever qualquer expressão de orgulho. O homem e o cão se distanciaram; tínhamos um pouco de tempo. A famosa sala dos arquivos ficava no terceiro andar; quando estávamos chegando ao segundo, Banerjee me pediu, com um sinal, que não fizesse barulho. Colei-me à parede da escada e fiquei à espreita.

– Você ouviu alguma coisa? – perguntei em voz baixa.
– Tem mais alguém aí – respondeu Banerjee.
– Um outro segurança?
– Acho que não.
Baixei ainda mais a voz.
– Você ainda está ouvindo?
– Eu não disse que *ouvi* coisa alguma.
– Ah, sim! Mais um de seus "poderes", não é?
– Ah, Christopher... vamos seguir em frente.
Obedeci sem fazer mais perguntas.

* * *

Todos aqueles imensos escritórios vazios tinham um ar absolutamente sinistro àquela hora da noite. Uma pedra aquecida ao sol durante todo o dia libera lentamente o calor quando chega a noite; eu tinha a impressão de que acontecia o mesmo ali, mas com os sons. A agitação remanescente do dia era misteriosamente palpável, tangível, e dava a ilusão de que estávamos rodeados de fantasmas cochichando. Confesso que estava ansioso para me mandar – ainda mais que me preocupava sinceramente com Cassandra Neville.

Finalmente chegamos ao terceiro andar, diante daquela porta dupla arrogante que, eu tinha certeza, guardava a solução de muitos enigmas. Tirei o molho de chaves do bolso, respirei bem fundo e esperei o sinal de Banerjee. Ele deu o sinal para que abrisse a porta, e eu, contendo o tremor das mãos, experimentei as três chaves, uma após a outra. Sem um ruído, nem mesmo um rangido, a folha direita da porta girou nas dobradiças. Uma luz fria projetou-se no corredor – uma iluminação elétrica automática, sem dúvida.

* * *

 Tinha-se a impressão de estar numa igreja, e não numa sala de arquivos. A peça era encimada por uma abóbada alta, que devia cobrir dois ou três andares; de uma ponta a outra de um longo tramo central, prateleiras de madeira vergavam sob o peso de dossiês e de volumes encadernados, e isso até o alto das paredes. Aquilo era de dar vertigens. Junto às prateleiras, uma imensa escada, com pés munidos de pequenas esferas para que pudesse deslocar-se para os lados na mesma posição, permitia que se alcançassem volumes que estavam no alto.
 E ao fundo havia aquela coisa enorme, estapafúrdia, cuja natureza me escapava inteiramente. Seria um órgão? Foi o que pensei a princípio, ao ver um amontoado complexo de tubos de metal acobreado, grande como uma enorme carteira escolar munida de teclas. Quando nos aproximamos, vi que o teclado em nada se parecia com o de um piano ou de um órgão, pois nele se viam letras e algarismos, como nas máquinas de escrever. O conjunto tinha uns três metros de altura e devia pesar muitas toneladas.
 – Banerjee... você sabe para que serve essa engenhoca? – perguntei.
 – Não faço a mínima ideia, Christopher – disse ele em tom de cansaço.
 Ele se aproximou da carteira e teclou a letra A. Um som breve e grave saiu dos tubos e me causou um sobressalto. Banerjee teclou o Z e o M. Outras notas, mais agudas e igualmente breves, saíram da máquina. Ele experimentou o 1 e o 9, que resultaram em notas mais breves e mais graves.
 – Se depois disso ninguém vier aqui para nos prender, temos realmente muita sorte – comentei. – Oh! O que é isso agora?

Ouvimos estalos e ruídos de fricção vindos do interior da máquina, e toda a carcaça se pôs a vibrar. Em seguida, para nossa estupefação, uma tira de papelão saiu de uma fenda que havia num dos lados da máquina. Banerjee pegou-a; nela havia três perfurações de comprimentos diferentes, sem o menor sinal de escrita.

– Eu gostaria muito de obter algumas respostas – comentei – em vez de ficar acumulando perguntas.

Banerjee ficou em silêncio e se aproximou das prateleiras do lado esquerdo da sala. Ele pegou uma pasta ao acaso e a abriu; ela estava cheia de gráficos e de dados técnicos que nada nos diziam. *A priori*, tratava-se de arquivos, coisa absolutamente normal numa empresa como a Kreuger Steel.

Algum tempo depois, observamos que, à direita, uma prateleira se destacava das outras; ela ficava meio recuada, e os volumes que lá havia diferiam de todos os outros em tamanho e espessura. Em sua borda havia etiquetas coladas que, coisa incompreensível, exibiam pautas musicais cheias de notas. E dentro do classificador que examinamos, assim como nos outros, havia tiras de papelão semelhantes à que a máquina acabara de expelir. Nem sombra de uma frase e nem mesmo de uma palavra. Tudo aquilo era no mínimo intrigante. Mas também estimulante: lá onde existe mistério, há alguma coisa que se quer dissimular.

Notei então que num canto da sala, não longe da máquina, encontrava-se um fogareiro cuja crepitação eu ouvira um pouco antes, sem identificar a fonte do ruído.

– Você está entendendo alguma coisa disso aqui? – perguntei.

– Não – respondeu Banerjee. – Por enquanto.

– Eu também não, mas uma coisa é certa: chegamos

ao ponto que queríamos. Pelo visto, Kreuger não poupou esforços para impedir que se descubra o que há nesses dossiês. É mais que provável que sejam os que buscamos. Mas como tomar pé nesse emaranhado? E como decodificar seu conteúdo?

Vi Banerjee abrir a boca para responder, mas de repente ele se enrijeceu e levou a mão à nuca.

– Ah, não! – exclamei. – Agora não. Você não vai querer sonhar *agora*, não é?

– Temos pouquíssimo controle sobre os acontecimentos. É o momento.

– Posso me permitir lembrá-lo de que nossa presença aqui é uma invasão, que há um guarda lá embaixo e que, ainda por cima, talvez tenhamos deixado Srta. Neville numa situação difícil?

Dei uma olhada para trás. A porta dos arquivos tinha isolamento acústico, por isso ninguém podia nos ouvir do andar térreo. Mas aquilo não passava de um mísero consolo. Banerjee resolveu me responder:

– Você resumiu muito bem a situação. Que conclusão você tira dela?

– Que não podemos perder tempo.

– Nesse caso, por que perde tempo falando? Vamos nos preparar para o ritual.

– Você sabe que... Oh! Que chato, como você quiser. Só espero que eles não nos tranquem na mesma cela.

Banerjee se deitou no chão, e eu me ajoelhei perto dele, diante da máquina. Segurei sua mão e entoei o canto do sonho. Só que, daquela vez, mais do que nunca, eu me sentia terrivelmente incomodado – e, claro, envolvido em grande ansiedade.

A priori, se não houvesse ronda nos andares, podíamos ficar tranquilos; caso contrário, não havia nenhuma possibilidade de fuga. Já não era possível dar meia-volta: senti Banerjee deixar-se deslizar para o sonho, ao mesmo tempo que seu corpo esfriava. Logo seus lábios se mexeram, e eu o ouvi dizer:

– Cá estou, Christopher. Que pena! Estou de *peignoir*.
– Você está aí... Mas onde exatamente?
– No Royal Albert Hall. Acho que logo vai começar um concerto.

Consultei meu relógio:

– Seria ótimo que começasse logo.

Esperei mais alguns segundos, mas tínhamos entrado numa dessas fases frustrantes em que me parecia estar apenas velando um parente doente. Nervoso, consultei o relógio novamente. Foi então que senti uma dor violenta na parte de trás do crânio, que se estendeu por todo o corpo. A sala inteira embaciou-se e escureceu...

Depois, não aconteceu mais nada.

* * *

Voltei a mim aos poucos e esfreguei minha nuca: eu tinha recebido um golpe, e o agressor atacara brutalmente. A primeira imagem que vi foi a de Banerjee, que me observava afagando o queixo. Em seguida, tomei consciência do que havia à minha volta: estávamos num corredor iluminado por uma luz suave, no qual reinava uma atmosfera de inegável doçura. As paredes eram forradas de vermelho, e o piso coberto por um tapete espesso. Na verdade, era um cárcere esquisito; porque eu achava que só poderíamos estar mesmo num cárcere, presos por um guarda, esperando a chegada da polícia.

– Onde estamos, Banerjee? – perguntei.

Ele assumiu o ar grave de sempre e disse:

– Tenho a resposta a essa pergunta. Mas não sei se você está preparado para ouvi-la.
– Oh, você sabe que, estando com você, eu estou pronto para tudo.
– Christopher... você não notou nada estranho?
– Digamos que conviver com você muito contribuiu para que eu relativize minha concepção do que é "estranho" e do que é "normal". Portanto... Não, não especialmente. Só que eu gostaria muito de saber o que estamos fazendo aqui.
Banerjee me parecia angustiado e aflito.
– Como é que estou vestido, Christopher?
– Bem... com seu *peignoir*? Não é a primeira vez que o vejo nesse traje.
Mal pronunciei essas palavras, senti um aperto no coração.
– Ah, não! Banerjee... Não vá me dizer que...
– Então não vou lhe dizer.
– Mas eu não estou... *em seu sonho?*
– Receio que sim, Christopher.
– Bom, você tinha razão, eu não estava preparado para isso.
Banerjee estava em trajes de banho: o corredor onde nos encontrávamos, agora eu percebia, era em declive; no primeiro instante, porém, nada daquilo me pareceu estranho. Os sonhos se libertam da lógica da vigília.
Pus-me a refletir.
– Espere um pouco! Quem é que me garante que não estou sonhando que estou em seu sonho? Nesse caso, você só existe em minha cabeça.
– Este sonho se parece com os que você tem?
– Que quer dizer com isso?
– Nossos sonhos têm uma textura, uma luminosidade,

uma essência só deles. Uma certa atmosfera, digamos. Você a está sentindo aqui?

Olhei ao meu redor.

– Não – admiti. – Isso aqui não se parece com um de meus sonhos, é verdade. Tudo aqui me parece mais... nítido. Mas talvez eu esteja sonhando isso também, não?

– Christopher... Você sabe muito bem que estou dizendo a verdade.

Ele estava certo. Eu, que sempre desejei saber o que havia em sua cabeça – eis que me encontrava preso dentro dela. Perguntei:

– Como é que aconteceu?

– Durante o ritual, cria-se entre nós uma ligação psíquica muito forte. É principalmente por isso que, se você adormecer enquanto eu sonho, corre grande perigo. Mas... como eu o conheço, não foi isso que se passou, não é?

– Não. Acho que me deram uma mãozinha para eu dormir. Alguém golpeou a minha nuca. Não pressenti nada.

Banerjee pareceu refletir. De repente notei que ele não estava mais de *peignoir*, mas com a roupa de sempre. Uma campainha tocou, mas o som me pareceu abafado e distorcido como se um sino tocasse dentro de uma garrafa.

– O concerto vai começar, Christopher. Temos de ir para os nossos lugares. Mas antes devo avisá-lo de uma coisa.

– O quê?

– O tempo do sonho difere do tempo da vigília. O do sonho pode parecer com o da vigília, mas também pode dilatar-se ou comprimir-se. Para ser mais direto, pois sei que você gosta assim: não temos nenhum meio de saber quantos minutos se passaram desde o começo de meu sonho...

Estremeci.

– Se ultrapassarmos os vinte e seis minutos...

– Corro o risco de ficar preso para sempre no meu

sonho, como você sabe. Mas poderia acontecer o mesmo com você.

– Você me desculpe, mas não acho que essa perspectiva me agrade particularmente.

– É o que imagino, e isso não me ofende. Mas o espetáculo vai começar. Vamos para os nossos lugares.

No momento seguinte, estávamos sentados numa grande sala de concertos, bem no meio da fileira central. Eu sentia que não estávamos sós, mas não conseguia avistar ninguém. A cortina estava abaixada, e um indivíduo com roupa de retalhos coloridos apareceu num canto do palco com uma manivela na mão. Ele a enfiou num sistema de cremalheiras e começou a girá-la. A cortina se erguia, mas sem mostrar absolutamente nada: era como se sua parte inferior, infinitamente longa, estivesse na verdade mergulhada num abismo. Havia naquilo uma coisa terrivelmente frustrante.

Então, ouviram-se as primeiras notas. A orquestra estava ali, mas sempre invisível aos nossos olhos. Que música seria aquela? Eu a conhecia, mas não conseguia dizer-lhe o nome. O maquinista, que tinha jeito de papagaio, não parecia nem um pouco contrariado e continuava seu trabalho com um sorriso nos lábios.

De repente, alguém que estava na sala se levantou; eu tinha olhado para aquele lado um pouco antes, mas não tinha visto ninguém. Como foi possível não ter notado aquele indivíduo com trajes de noite e um capacete militar prussiano no lugar de cartola? O homem se pôs a aplaudir freneticamente, no que foi logo imitado por outro espectador. Ora, este último era simplesmente um urso. Sim, um urso; gigantesco e zombeteiro, ele batia as patas dianteiras com toda força, lançando-nos pelo canto dos olhos olhares ameaçadores. Aquela visão deveria me apavorar, mas no contexto do sonho não me pareceu assustadora nem mesmo totalmente estranha. Antes mesmo que me desse conta, aconteceu uma mudança radical no cenário. Não estávamos mais na sala de concerto, mas nos escritórios pelos quais tínhamos passado havia pouco, a caminho da sala dos arquivos. Só que dessa vez todos os empregados estavam em seus lugares. Aqueles que normalmente manejavam a pena agora empunhavam uma batuta; os poucos secretários equipados com máquinas de escrever batiam nas teclas com toda força, mas os ruídos mecânicos deram lugar a um festival de notas de piano dissonantes. A cacofonia era total. De vez em quando, um empregado deixava seu posto e se incendiava alguns metros adiante, para meu grande horror, sem que ninguém visse naquilo nada de estranho. Restava apenas um monte de cinzas daqueles infelizes.

Para chegar ao corredor, Banerjee passou por entre os birôs como se flutuasse; ele me pareceu infinitamente longo, quase uma estrada. Senti-me na obrigação de ir ao encontro de Banerjee, mas cada passo que eu dava me pesava. Quando voltei a ficar perto dele, estávamos em nosso escritório da Portobello Road, e Banerjee parecia muito preocupado.

– Você parece estar incomodado – eu lhe disse.

– E eu estou, sim. Eu não gostaria que você ficasse preso neste espaço por muito tempo.

– Entendo muito bem, mas que fazer?

– Você tem de acordar custe o que custar. Mas por enquanto não vai ser possível.

– Ahn?

– Você ainda está no meu sonho. Você é espectador dele. A primeira coisa a fazer é inverter os papéis. Você deve reassumir o controle.

– Quero muito fazer tudo o que você deseja, mas como? Banerjee levantou-se e se pôs a andar de um lado para o outro. Observei então que as paredes estavam cobertas de relógios redondos, cada um marcando uma hora diferente.

– Christopher, vou tentar guiá-lo, mas não vai ser simples. Estamos no mundo do pensamento, na sua própria expressão. Nosso pensamento não é mais essa voz interior que ouvimos quando estamos acordados: aqui, o pensamento constitui tudo ao nosso redor e pode modificar nosso ambiente em uma fração de segundo. Você pode sentir medo, tristeza, alegria; mas, se você tentar *pensar*, vai agir sobre tudo o que está aqui.

Dificilmente eu poderia descrever o que estava sentindo. Pela primeira vez depois do início do sonho, eu me dava conta de que aquele corpo que eu via, sentia, não existia.

A sala escureceu, e Banerjee ficou reduzido a uma sombra num canto.

Sua voz, que se tornara sepulcral, ressoava como se viesse do exterior.

– Sua vontade vai se opor à minha, porque continuo sendo o senhor desse sonho. Não posso abrir mão do controle por muito tempo, do contrário nunca mais vou acordar, e tampouco você. Mas eu posso ajudá-lo. Onde você gostaria de estar agora?

Também nesse caso, a pergunta não causou nenhuma reação em mim, porque de certo modo não havia mais "em mim". Mas aproximei-me da janela e constatei que a rua fora substituída por uma paisagem bucólica. Um lago, uma margem verdejante...

– Reconheço esse lugar – eu disse. – Aí eu passei os primeiros anos de minha vida.

– Você quer ir para lá?

Nós já estávamos lá. O escritório não existia mais, e eu sentia uma brisa me acariciar o rosto. A paisagem era igual à que eu vira da janela, mas parecia que eu a contemplava através de um véu diáfano.

As casas de minha infância também deviam estar aqui – comentei. – Mas não as estou vendo.

– É normal – disse-me Banerjee, que agora estava deitado embaixo de uma árvore. – Eu não sei como é essa casa, e esse sonho continua sendo o meu. Não obstante, você conseguiu fazer essa paisagem aparecer. Já é um começo, mas note como ela muda: logo, logo, eu corro o risco de substituí-la por minhas próprias imagens.

Ele estava certo: eu sabia que aquele cenário me era familiar, mas na realidade já se tinha modificado desde a nossa chegada. Restava apenas a *sensação* de conhecê-lo, e era só isso que importava.

– Não sei o que fazer agora – eu disse.

– Vou largar a sua mão por pouco tempo. Mas, cuidado: não sei quanto tempo isso representará no mundo da vigília.

– Mas o que devo fazer?

– Não posso lhe dizer nada. Você é que vai ter de ver, compreender e improvisar.

– Bom. Você me diz quando...

– É agora. Vamos.

Não vi grande mudança. O cenário era igual, enevoado, com uma atmosfera cada vez mais lúgubre. De repente, a silhueta vagamente familiar de uma bela casa de campo recortou-se no horizonte. Eu sentia que aquela imagem era instável, como se fosse projetada por uma lanterna mágica. Pus-me a correr em direção à casa de campo, mas por mais que avançasse parecia-me que a distância continuava a mesma. E, no entanto, eu não estava imóvel: eu via isso muito bem ao olhar para os lados; mas minha casa recuava na mesma velocidade que eu. Eu corria. Parei um pouco para recuperar o fôlego. Naquele instante, dois braços poderosos me levantaram do chão, e me senti como se estivesse voando. O misterioso indivíduo me pôs diante da soleira e deu meia-volta antes que eu pudesse identificá--lo. A porta se abriu de repente: era Banerjee.

– Vamos logo com isso, Christopher! Entre, antes que seja tarde demais! Mas, parabéns... Esse edifício é obra sua, e você controla em parte esse aspecto do sonho.

Segui-o para o interior da casa e perguntei:

– E agora? O que fazer?

– É preciso achar um meio de provocar em você uma emoção muito forte que possa despertá-lo. Eu lhe sugeri evocar seu lugar favorito para que tivéssemos um ambiente propício.

Não respondi nada, e as paredes começaram a tremer.

– Cuidado! – exclamou Banerjee. – Você insiste em pensar, mas não se esqueça de que está no interior de seu próprio pensamento. Você pode aniquilar tudo num instante. Deixe-se guiar pelas sensações, não pela reflexão.

Eu compreendia o que Banerjee me dizia, sem ter uma noção concreta de suas implicações. O cenário se estabilizou um pouco, e senti em mim uma onda de tranquilidade. Então peguei a escadaria que acabara de aparecer e subi ao pavimento superior. No corredor diante de mim, no alto da escadaria, uma dezena de portas me desafiava. Seu número era muito maior que o da casa de minha infância. A calma deu lugar ao medo. Com muita cautela, dei um passo à frente, depois um segundo, certo de que a qualquer momento uma das portas se abriria e uma criatura de pesadelo irromperia dali, se lançaria contra mim e me despedaçaria.

Recuperei a confiança em mim e apurei os ouvidos:

por trás de uma das portas ouviam-se murmúrios e talvez até choro.
Girei a maçaneta. Lá, sob uma luz vacilante, havia uma grande cama com lençóis brancos desarrumados; e, à janela, uma mulher de longos cabelos ruivos e tez pálida voltou-se para mim sorrindo.

– Toph! – ela exclamou. – Eu vim para encontrá-lo.

– Mas não posso ficar – respondi, envolvido por uma tristeza súbita e intensa.

A mulher abaixou a cabeça.

– Que pena! Senti falta de você. Muita falta. Mas se você não pode ficar, então saia pela outra porta.

Eu estava convicto de que não havia outra porta naquela sala. Perto da cama, porém, vi um pequeno alçapão aberto, pelo qual mal se podia passar. Pus-me de quatro e me aproximei usando as mãos e os joelhos. Para além da abertura reinava a mais completa escuridão. Senti meus membros se entorpecerem e fui dominado por um intenso torpor. Eu sabia que devia avançar, mas tudo me forçava a ficar ali, na doce calidez daquela escuridão.

Toda minha vontade se esvaía, e um intenso clarão veio dar fim àquele sossego. Num primeiro momento, tive a impressão de cair e, em seguida, de projetar-me violentamente para o alto.

* * *

No instante seguinte me vi estendido no soalho da sala dos arquivos, e a dor na nuca voltou. Mas será que eu voltara ao estado de vigília?

a capella

— SENHOR CARANDINI? VOCÊ ESTÁ BEM?

Levantei a cabeça. Bem perto de mim havia uma jovem que parecia ter-se esmerado em vestir-se e pentear-se como um homem, mas cujos traços e modos encantadores não deixavam nenhuma dúvida. Seu rosto não me era desconhecido; e, e após um breve instante, exclamei:

— Você! Você trabalha para lorde Scriven! Você é Emily, não é?

Ela corou e respondeu:

— Sim... e não. Meu nome verdadeiro não é Emily, mas realmente você me viu em casa de lorde Scriven. Seja como for, isso não é de sua conta, e não pretendo passar a noite toda aqui.

Cocei a cabeça e fiz uma careta:

— É a você que devo esse presentinho, não?

— Confesso que sim. Mas é também a mim que você deve o fato de agora estar acordado. Até um minuto atrás, você estava agitado, sacudido por espasmos. Pensei que estava tendo uma síncope, por isso fiquei com medo e fiz tudo para acordá-lo. Você estava chamando...

Eu a interrompo:

– Sem querer ser indelicado, não quero saber nada disso.

– Quanto a seu amigo...

Essas palavras tiveram sobre mim o efeito de uma trompa de caça tocada diretamente em meu ouvido. Banerjee! Como pude esquecê-lo? Ele estava um pouco mais longe, junto ao fogareiro.

– Ele estava gelado – explicou a jovem. – Acho que fiz bem em arrastá-lo para perto do fogo.

Consultei meu relógio e tive a impressão de que meu coração ia parar: os vinte e seis minutos estavam prestes a se esgotar. Eles se esgotariam *antes* do fim do ritual, independentemente do que eu fizesse.

– Vocês têm um jeito curioso de praticar o furto – ela disse. – Eu os segui até aqui e não imaginava que fosse encontrá-los nessa postura, de mãos dadas.

Mas eu já não lhe prestava atenção; de um salto, fui até Banerjee e peguei sua mão para cumprir o ritual. Pelo canto do olho eu vi Emily examinando as prateleiras, praguejando; dava para imaginar que ela estava procurando a mesma coisa que nós e que nada conseguira. Mas eu não podia pensar nisso: o tempo urgia mais que nunca, e me pus a cantar, tremendo.

– Você está cantando? Está de brincadeira? – exclamou a jovem. – Vocês não sabem que tem um guarda lá embaixo?

Não dei a mínima para a pergunta dela e continuei.

Os vinte e seis minutos tinham se passado e, como eu temia, o ritual não se completara. Banerjee continuava mergulhado no transe, imóvel e frio. Apavorado, eu disse:

– Quem quer que você seja, tem de me ajudar.

– Ajudar a quê?

– A sair daqui o mais rápido possível. Meu amigo não acorda.

Ela franziu as sobrancelhas:

– Não vou embora daqui enquanto não encontrar o que procuro. Se eu não tivesse achado que vocês dois iam morrer em seu sono, não estaríamos tendo esta conversa.

– Você teria ido embora, deixando-nos aqui?

– Pouco me importa o que possa acontecer a vocês. Mas eu não queria ter o peso da morte de vocês em minha consciência.

– Quer dizer então que você se importa um pouco. E além do mais...

– Sim?

– Estou vendo que você não compreendeu o que se passa aqui. Você nunca vai encontrar o que está procurando. A pessoa que tem a solução está ali, a seus pés. Você precisa de nós.

Depois de hesitar um pouco, ela disse:

– Se eu ajudá-los... não teremos aquilo que nos trouxe aqui. E Kreuger não nos deixará invadir sua empresa uma segunda vez. Ele vai saber que alguma coisa aconteceu aqui.

– Sei disso, mas ponho a vida de meu patrão em primeiro lugar.

Ela abaixou a cabeça e respondeu:

– Sinto muito. Tenho minhas razões, da mesma forma que vocês têm as suas.

Eu precisava pensar o mais rápido possível; eu não sabia como reanimar Banerjee, e Emily talvez estivesse certa: era muito ruim destruir assim nossa missão. De repente, perguntei:

– Diga-me uma coisa... você tem uma bela voz?

– Você enlouqueceu? Se não me engano, faz alguns minutos que você a está ouvindo.

– Não era isso que eu queria perguntar. Você sabe cantar?

— Senhor Carandini, não acho que esse seja o momento para...

Não a deixei terminar. Antes que ela tivesse tempo de reagir, tomei-a pela mão e forcei-a a sentar-se junto de Banerjee. Ela tentou se desvencilhar, mas eu a segurei com firmeza.

— Eu vou gritar! – ela ameaçou.

— Então grite, e todos nós vamos parar na cadeia. Talvez haja um meio de sairmos dessa. Tanto nós como você.

Receosa, ela torceu a boca e, depois de hesitar um pouco, respondeu:

— Pode falar, mas largue minha mão.

Eu a soltei, desconfiado, mas ela não tentou nenhum truque. Convencido de sua boa-fé, eu expliquei:

— Meu patrão está numa espécie de transe do qual, normalmente, só eu posso tirá-lo. Mas hoje está mais complicado. Talvez você possa me ajudar. Se uma vontade, a minha, não basta, talvez duas consigam tirá-lo do transe.

— Não sei se estou entendendo, mas...

— Não tente compreender. Segure sua mão esquerda, que eu seguro a direita. E você vai repetir o que vou cantar.

— Isso é absolutamente grotesco – resmungou ela. – Por que eu faria isso?

— Eu já lhe disse: quando acordar, Banerjee com certeza terá a solução do mistério desta sala. Ele saberá qual dossiê devemos pegar e como interpretá-lo.

— Você nem ao menos sabe o que estou procurando...

— É verdade, mas, seja como for, você não o encontrou. E Banerjee vai encontrá-lo. Já perdemos tempo demais.

Comecei a cantar. A princípio hesitante, a jovem me deu a réplica. A porta dos arquivos era à prova de som; era pouco provável que nos ouvissem lá de fora – mas não impossível. Não obstante, não estávamos a salvo de uma ronda.

Eu não tinha a menor certeza quanto à real eficácia de minha tentativa. Será que podíamos mesmo somar nossas forças para trazer Banerjee para o mundo da vigília?

Eu não tinha escolha senão acreditar um pouco nisso. De resto, o ostensivo ceticismo de minha parceira não era nada encorajador.

Quando terminamos o canto, nada havia mudado; Banerjee continuava frio e imóvel como antes.

– É preciso fazer isso várias vezes.

– É mesmo? Como você sabe? Você não parece estar muito seguro de si.

– Eu sei, só isso. Vamos recomeçar...

Ela não acreditava em mim. No entanto, alguma coisa a levava a me ajudar; o interesse, talvez, ou simplesmente o senso do dever... e quem sabe até essa coisa rara chamada honra. Pois ainda que estivesse longe de compreender em detalhe o que se passava, uma coisa era certa: nós estávamos ali por sua culpa. E ela sabia disso.

Recomecei a cantar. A misteriosa jovem me imitou, e comecei a sentir que, pouco a pouco, ela caía num estado de entorpecimento e se abandonava, muito a contragosto, ao nosso ritual.

Foi então que senti o calor espalhando-se pelos dedos de Banerjee e, com ele, a esperança. Isso devia estar estampado em meu rosto, pois minha parceira me lançou um olhar cheio de compaixão. Enunciei mais uma estrofe, e ela a repetiu. Os músculos de Banerjee se mexiam, e as pálpebras se agitavam: ele voltava a si.

De repente, ele se levantou como um boneco de caixa de surpresas. A jovem deu um grito e soltou-lhe a mão.

– Banerjee, meu velho! – exclamei. – Você está de volta? De uma vez por todas?

Ele se voltou para mim; ele estava com olheiras, e sua

testa brilhava de suor. Contudo, com seu proverbial ar de indiferença, falou:

— A viagem foi longa e muito difícil. Mas, sim, cá estou de volta. Graças a você, Christopher. E também a você, senhorita... senhorita...

— Lenora — disse ela. — Na casa de lorde Scriven, eu era...

— Emily, sim, eu sei.

Eu intervim:

— Ora! Quer dizer então que é Lenora? Por que você não me deu a honra de saber seu nome antes?

— E isso é importante? — disse ela, agastada.

Banerjee ficou de pé e deu dois passos trôpegos.

— Nunca pensei que isso pudesse funcionar, Christopher. Você tem mais recursos do que imagina.

— Para falar a verdade, nem ao menos sei o que fiz — admiti.

— O mundo do sono queria me prender. Assim como o nosso, ele tem suas regras e, teoricamente, a regra dos vinte e seis minutos é inviolável. Mas vocês acabam de provar que na prática é diferente. Unindo suas forças, de alguma forma vocês me tiraram de areias movediças imaginárias. Mas não sei se essa experiência poderia se repetir. As forças do sonho nos fizeram um pequeno favor.

Eu estava meditando sobre essas palavras quando, de repente, Banerjee se pôs a assobiar baixinho.

— Vocês dois gostam tanto de música? — perguntou Lenora.

Banerjee aproximou-se da "carteira escolar" com teclado e teclou várias letras.

Logo uma música pavorosa saiu dos tubos, e a máquina engoliu mais uma tira de cartão perfurado. Muito concentrado, ele disse:

— Dó sustenido, sol, lá, ré.

Em uníssono, Lenora e eu dissemos:
— Como?
Banerjee examinou atentamente as prateleiras e, satisfeito, pegou um dossiê. Ele o entregou a mim, dizendo:
— Este é o de Brown.
— Mas...
Ele recomeçou o mesmo procedimento e pegou um segundo dossiê, anunciando:
— E este é o de lorde Scriven.
E então, voltando-se para Lenora, perguntou:
— Agora chegou a hora de dizer o que você estava procurando, senhorita.
Lenora e ele trocaram um olhar demorado. Em seguida, falando baixinho ela disse:
— Buchan. É o nome que estou procurando.
— Muito bem.
Dessa vez, Banerjee nem ao menos tentou nos infligir uma nova tortura auditiva. Ele andou ao longo das prateleiras, examinando as etiquetas com atenção. A certa altura, parou, tirou um dossiê de onde estava e o passou a Lenora. Ansiosa, ela o abriu, mas mostrou-se desanimada ao examinar o conteúdo:
— É como tudo mais aqui. Incompreensível.
— Para mim ele já não é, senhorita, posso lhe pedir que venha conosco? Certamente há muitas informações que podemos trocar.
Ela negou com um movimento de cabeça.
— Lamento. Minha busca é pessoal. Não quero envolver ninguém. Vou acabar entendendo tudo o que isso significa.
— Não tenho dúvida – insistiu Banerjee –, mas... será que você pode se dar ao luxo de perder tempo? Venha conosco e deixe-me ajudá-la. Depois, você vai poder agir como quiser.

Ela hesitou ainda, depois disse:

– Tudo bem. Mas não vá pensar que com isso me comprometo com o que quer que seja.

– Também entendo assim. Mas nem por isso vá se esquecer do ditado: a vingança é a pior das motivações.

– Quem falou em vingança?

– Você. Suas atitudes, palavras e tom indicam isso claramente.

– Escute, eu...

– Falaremos disso mais tarde. Agora temos de escapar daqui.

Finalmente! Já fazia um tempinho que eu achava que estávamos nos demorando muito; nossa sorte poderia virar. Braços carregados de dossiês, saímos da sala dos arquivos pé ante pé, não sem antes aferrolhar a porta. Quanto mais tempo levassem para notar a invasão, melhor.

Quando chegamos ao primeiro andar, ouvimos um grunhido vindo mais de baixo. Banerjee ia à frente iluminando o caminho, e tenho de admitir nunca ter visto alguém se deslocar com tanta leveza. Depois de ter sumido por um instante na escuridão, ele voltou para junto de nós e fez sinal para que nos apressássemos; tivemos tempo de constatar que o grunhido era uma mistura dos roncos do segurança e de seu cão, ternamente adormecidos um sobre o outro num banco estofado.

* * *

Depois da passagem obrigatória pela galeria subterrânea, voltamos ao ar livre.

– Temos de voltar ao teatro o mais rápido possível – eu disse.

– Ao teatro? – perguntou Lenora, inquieta.

— Explicaremos depois. Banerjee, olha lá um fiacre. Não vamos perdê-lo! Subimos os três a bordo poucos segundos depois, e gritei para o cocheiro o nosso destino. Ficamos por um bom tempo olhando uns para os outros até que Banerjee nos livrou daquela situação constrangedora:

— Temos alguns minutos antes de chegar. Vou aproveitá-los para lhes explicar meu sonho.

Lenora ficou visivelmente consternada.

— Seu sonho? Ouvi falar certas coisas a seu respeito, mas...

— Por enquanto, não tente entender — eu disse. — Ouça o que ele diz e faça perguntas depois.

De mãos juntas sobre a boca como se estivesse rezando, Banerjee principiou:

— Esse sonho era de uma limpidez literal. O que havia no começo? Uma sala de concerto cujo público não se podia ver e uma orquestra escondida atrás de uma cortina.

— Eu me lembro, ainda mais que eu também estava lá — falei.

— Isso mesmo. Você se lembra daquela figura que, munida de uma manivela, tentava em vão levantar a cortina?

— Claro.

— Sua roupa de retalhos coloridos me foi inspirada pela comédia italiana. Como se chama mesmo aquele personagem? Arlequim?

— Isso mesmo.

— Bem. Mas o que importa é que eu o associo à Itália.

— E...

— Acho que, em minha mente, eu mesclei nosso sorveteiro italiano com o tocador de realejo. Aqueles que vimos quando estávamos vigiando a Kreuger Steel.

— Sim. O sorveteiro era polonês, mas se fazia passar por italiano. Que importância têm eles?

– Em meu sonho, o arlequim gira a manivela, mas a cortina do palco não sobe. Em compensação, ouve-se a música. Isso me lembra, claro, o realejo. A coisa se repete. Uma orquestra escondida numa caixa, ou atrás de uma cortina...
– Perfeito – eu disse. – Mas o que dizer do soldado? E do urso?
– É evidente. Os dois aplaudiam, sozinhos no meio de uma sala que parecia estar vazia, mas não estava. Isso quer dizer que essa música era para eles. Só para eles.
– E essa música...
– Você se perguntava como Kreuger passava as informações aos inimigos, Christopher. Aí está a resposta. Você se lembra de quando o realejo começou a tocar uma música desafinada no parque?
– Claro. Desde que conheço aquele músico de rua, há sempre um momento em que isso acontece. Aquele realejo já devia estar no lixo.
– Talvez não, Christopher. Com certeza aquele músico é um cúmplice de Kreuger. Enfim: talvez ele não saiba o que está fazendo. Sem querer fazer trocadilho, talvez ele não passe de um instrumento. É bem possível que aqueles trechos cacofônicos sejam uma forma de transmitir uma mensagem codificada.

Lenora bebia as palavras de Banerjee. Então, intervim:
– Codificada? Como?
– A máquina da sala dos arquivos foi planejada para esse fim. Cada letra do alfabeto é representada por uma nota musical, em três oitavas. Foi o que descobri pressionando as teclas ao acaso. Percebi que pressionando o A a máquina produzia um dó; o B, um dó sustenido. E assim por diante até o Z, que soava duas oitavas mais altas que o B.
– Você deduziu isso a partir do que ouviu? – perguntei. – Bela sacada!

– Uma nota de cada vez; isso não é complicado quando se tem um mínimo de educação musical.
 – Para mim é complicado, sim. Continue.
 – Portanto, quando se toca uma letra, a máquina produz a nota correspondente e perfura um cartão. São os cartões que o tocador de realejo usará em seguida. Você sabe como esses instrumentos funcionam?
 – Sei, sim – respondi. – Colocam-se cartões sanfonados, perfurados, que vão produzir as notas certas. Puxa vida! Agora estou entendendo, a máquina cria uma espécie de partitura para o realejo? Uma melodia *a priori* insuportável, mas que esconde uma mensagem?
 – Exatamente.
 – Maldito Atherton! – exclamei. – Eu o vi se aproximar do tocador de realejo mais de uma vez, na ocasião em que eu me fazia passar por empregado de Kreuger. Quer dizer então que era para lhe passar os cartões perfurados? Eu nunca vi nada!
 – Atherton é um homem cauteloso. E discreto. Acho até que essa discrição levou você a subestimá-lo.
 – Tem razão – concordei. – Além do mais, tudo é bem simples: logo ao sair, ele transmite as informações. A coisa se resolve em poucos minutos. Mas você ainda não disse nada sobre o urso e o soldado.
 – Em minha mente, eles representavam a Rússia e a Alemanha. Mas não me baseio especificamente em nada para afirmá-lo. Eles são nossos possíveis inimigos, não nossos inimigos de fato.

Olhei pela janela do fiacre: logo chegaríamos ao teatro.
 – Se bem entendo – acrescentei –, Atherton usa a máquina para codificar todos os documentos secretos. Em seguida, passa os cartões perfurados para o tocador de realejo que, em determinada hora combinada, "toca" as

informações para espiões alemães ou russos, sabe-se lá, que se encontram no meio da multidão anônima?
— Isso mesmo.
Hesitei, e em seguida:
— Como você disse, uma nota de cada vez é uma coisa. Mas é preciso que esses espiões conheçam música muitíssimo bem para transcrever uma partitura inteira, tocada a toda velocidade num parque, depois de uma só audição!
— Realmente. Entre eles deve haver músicos muito competentes. Quanto a mim, encontrar os dossiês certos foi muito mais simples, visto que nas bordas não havia perfurações, mas uma pauta musical. Para cada nota, uma letra. Bastou apenas uma espécie de cálculo mental. Um pequeno jogo de substituição. Mas como você disse, a coisa seria muito diferente se estivéssemos no lugar dos espiões. Eu seria incapaz de fazer essa transcrição na mesma hora.

Banerjee pensou um pouco e acrescentou:
— Na verdade, não há a menor dúvida de que o fogareiro permite queimar os documentos originais depois de transcritos em notas musicais. É o que simbolizavam, em meu sonho, os empregados comuns reduzidos a cinzas...
— Bem, agora já conhecemos bem a estratégia de Kreuger — emendei. — E estamos com os dossiês de Brown e Scriven em forma de cartões perfurados. Acharemos um meio de decifrá-los, tenho certeza. Contudo, se queremos que Kreuger seja preso, é preciso pegá-lo com a boca na botija.
— Faremos isso amanhã. Confie em mim.
— Oh! Eu confio em você, mas... e meu sonho?

Banerjee levantou a mão em sinal de advertência:
— Isso, Christopher, só cabe a você decifrar. Não se pode explicar o sonho de outrem. Só você tem a chave. Oh! Cá estamos.

E, de fato, os acessos imundos ao teatro acabavam de aparecer além da vidraça. O cocheiro parou a alguns metros da entrada e nos disse o preço da corrida sem maiores formalidades.

Enquanto Banerjee pagava, eu disse a Lenora:
– Você não pode vir conosco, mas pode ficar aqui até voltarmos? Podemos confiar em você?
– Não tenho de prestar contas a vocês – disse ela com arrogância.
– Não, mas você tem uma dívida.
– Não acho. Já me prestei a suas encenações. Agora nada mais me prende aqui.

Como não tínhamos tempo para argumentar, retruquei:
– Faça como bem entender, senhorita.

Descemos os três do fiacre, mas Lenora ficou para trás quando ele foi embora. Banerjee e eu nos precipitamos para a saída dos artistas.

Como era de se esperar, àquela hora a porta de serviço estava aferrolhada, mas batemos por algum tempo, e alguém veio abri-la. Devia ser um dos atores; não tendo, porém, assistido ao espetáculo com nossos próprios olhos, era difícil saber ao certo. Mas o fato é que ele não fez nenhuma pergunta nem deu o menor sinal de espanto. Logo nos vimos diante da porta do camarim de Srta. Neville. Colei o ouvido à porta, e a princípio não ouvi nada. Em seguida, ouvi um gemido e finalmente uma voz masculina:
– Então você não entende? – disse o homem, que reconheci como sendo Atherton. – Agora não tenho escolha. Oh! Cassandra, não me olhe assim. A culpa é sua, tudo é culpa sua.

Houve uma pausa. Pela expressão do rosto de Banerjee, vi que ele também tinha ouvido. Continuei a ouvir:
– Eu achei que você era diferente das outras. Mas

você mentiu para mim, e nada mais poderá apagar isso. Não se preocupe, não vai demorar muito.

Numa troca de olhares, Banerjee e eu nos pusemos de acordo; juntamos nossas forças, golpeamos a porta com o ombro, e a fechadura cedeu.

De pé no meio do camarim, com um escalpelo na mão, lá estava Atherton, espumando como um cão em fúria hidrofóbica; a seus pés, amordaçada e amarrada com um de seus *foulards,* estava Cassandra Neville, apavorada e às lágrimas. Atherton voltou o rosto, nos encarou por um instante, depois partiu aos berros para cima de nós.

Eu nunca imaginei que aquele sujeitinho pálido pudesse conter em si tamanha fúria! Seus movimentos eram desordenados e rápidos, e eu sabia o quanto aquele adversário podia se revelar perigoso; eu ficaria menos preocupado se o visse assumir uma postura de combate mais ortodoxa.

Ele rasgou o ar com sua lâmina várias vezes, e só por um triz pudemos nos esquivar. Então Banerjee tirou o casaco rapidamente e envolveu seu antebraço. Assim protegido, ele aparou um novo ataque de Atherton, depois mais um; no terceiro, ele aproveitou o impulso de seu adversário e o atirou a um canto do camarim. A princípio desnorteado, Atherton lançou-se em novo ataque. Banerjee interceptou a lâmina com seu escudo improvisado e desferiu um golpe seco na garganta de Atherton. Este perdeu a respiração, recuou e deixou cair o escalpelo a seus pés. Dei um passo à frente, e Banerjee me conteve:

– Christopher, não se deixe dominar pela raiva.

E pouco depois acrescentou:

– Dito isto... a frustração nem sempre é boa conselheira. Por favor!

De um salto, venci os dois metros que me separavam

de Atherton e, antes que ele pudesse esboçar uma reação, desfechei-lhe um soco no queixo (que não faria vergonha a John L. Sullivan*), atirando-o no chão.

Depois de constatar que ele estava inconsciente, tratei de libertar Cassandra, que se contorcia no chão revirando os olhos.

– A culpa é de vocês! – ela gritou quando lhe tirei a mordaça. – Ele ia me matar! Ele disse que tinha matado todas as outras! Oh! Meu Deus! Eu os odeio, eu os odeio! Eu sabia que esse sujeito não era normal!

Banerjee aproximou-se dela e disse ternamente:
– Você foi muito corajosa, e nós...
– Corajosa? Estou pouco ligando para a coragem! Quando penso no que vocês me disseram!

Muito mais que Banerjee, eu sabia como falar com aquele tipo de pessoa.

– Srta. Neville – principiei eu. – Acho que você não está percebendo o potencial dessa situação. Amanhã, todos os jornais falarão de você como uma heroína. Você estará nas manchetes do *Times*: você conseguiu escapar do matador de mulheres. Agora sua carreira deslanchou, em definitivo! O público vai ficar ansioso para ver você.

Essas palavras pareceram atingir o alvo. Ela se levantou, esfregou os punhos ainda vermelhos e foi tomar um drinque.

– Acho melhor que a polícia não nos encontre aqui – acrescentei. – Vamos amarrar esse monstro a uma poltrona. Claro que você não precisa ficar com ele. Você pode...

– Não se preocupem – disse ela fitando o corpo de Atherton. – Se ele tentar alguma coisa, agora não vou

---

* Famoso boxeador norte-americano do final do século XIX, considerado o primeiro campeão do mundo na categoria peso-pesado.

deixá-lo escapar. Ah! Meu querido! Você vai se arrepender de ter me conhecido.

Nós amarramos Atherton, ainda inconsciente, no espaldar de uma poltrona e deixamos o tipo sinistro sob a vigilância de Srta. Neville. Antes de ir embora, Banerjee foi procurar o diretor da peça, que estava ocupado em contar o que fora apurado naquele dia. Ele fez uma careta quando soube que logo a polícia viria ao teatro; mas quando lhe dissemos que se calasse o bico pagaríamos o dobro do que havíamos combinado, ele deu a impressão de se sentir o homem mais feliz do mundo.

Já era hora de ir embora do teatro – e nunca mais voltar àquele lugar.

– Diga-me uma coisa, Christopher... – principiou Banerjee quando estávamos de saída. – Quando se deram os assassinatos do famoso Jack, o Estripador?

– Em 1888. Outros assassinatos tingiram de sangue Whitechapel até 1891, mas não há provas de que foram cometidos pelo mesmo homem.

– Entendi... quer dizer que esses assassinatos cessaram misteriosamente?

– Sim, tão abruptamente como começaram. Por quê?

– Você não me disse que Atherton, embora seja inglês, passou muitos anos nos Estados Unidos? Eu gostaria de saber quando ele foi para lá e quando voltou.

Sorri:

– Sugiro que você deixe essa história para outra ocasião.

– Certo.

Começou a chover, e eu não me aguentava mais de tanto cansaço.

– Sabe, Banerjee... uma pessoa pacífica como você me deixa espantado. Nunca vi ninguém lutar desse jeito. Um estilo de boxe muito curioso! Eu não imaginava que sua... ginástica o tornava um adversário tão temível.

– Temível, com certeza, não sou. Mas ser magnânimo com o inimigo é mostrar-se cruel contra si mesmo. E ninguém deseja uma coisa dessas, não acha?

Eu não disse nada, porque agora estava com outra preocupação. Lenora não estava mais lá, como eu temia. Por um instante, alimentei a ilusão de que era a chuva, cada vez mais intensa, que a escondia de nós, e que logo iríamos avistar sua silhueta. Mas não foi o que aconteceu. Os londrinos dormiam na tepidez de seus lares, ninguém mais andava nas ruas; afora Banerjee e eu, a rua estava deserta. Na ausência de Lenora, muitos mistérios continuavam sem solução. Mas, para falar a verdade, minha angústia se devia menos às dificuldades de nossa investigação que à possibilidade de nunca mais encontrá-la.

Impassível como uma estátua, todo encharcado, Banerjee disse:

– Vamos lá.

Não havia mais nada a fazer, nada a dizer. Pusemo-nos em marcha no momento em que a chuva penetrava no meu casaco. As abas de meu chapéu, parecendo goteiras, se tinham dobrado e agora pendiam de forma lastimável. Tiritando de frio, soltei uma praga.

Ao cabo de cinco longos minutos, ouvimos barulho de cascos atrás de nós. Um fiacre passou ao nosso lado, mas parecia estar ocupado, e eu já não tinha mais forças para chamá-lo. Não obstante, ele parou alguns metros à frente. Quando o alcançamos, a porta se abriu; lá dentro, tremendo de frio, Lenora nos esperava.

– Não deixem passar sua oportunidade, *gentlemen*. Por favor! – exclamou ela em tom decidido.

Quando íamos subir, Banerjee pôs a mão em meu ombro e o apertou. Era raro ele expressar fisicamente sua gratidão e mesmo sentimentos de qualquer tipo. Senti-me honrado e comovido com aquele gesto.

Tomamos lugar no fiacre, e ele partiu.

"E bom aniversário, Atherton..." pensei, enquanto nos afastávamos.

SOBRE UMA MÚSICA DE REALEJO

COMO ESTAVA MUITO TARDE QUANDO VOLTAMOS A PORTOBELLO ROAD, LENORA PASSOU A NOITE em nossa residência para não voltar sozinha para casa. Como verdadeiro *gentleman*, cedi-lhe meu quarto, tendo resolvido acomodar-me em um dos sofás da sala de espera. Não foi uma noite das mais repousantes, pois muitas questões fervilhavam em minha mente, e o cansaço não conseguira vencer a excitação.

À hora do nosso desjejum, do qual Lenora participou, tive a impressão de que a discreta Polly sentia-se muito incomodada com a presença dessa convidada-surpresa. Via-a torcer a boca toda vez que Lenora abria a sua e revirar os olhos ante qualquer coisa que a outra dizia. Achei que o melhor a fazer era divertir-me com aquilo.

* * *

Eu esperava que os jornais anunciassem em grandes manchetes a prisão de Atherton; afinal de contas, ela interrompia a nova onda de assassinatos e talvez até resultasse também na solução de casos mais antigos. Mas não foi o que aconteceu. Por mais que eu vasculhasse os mais remotos cantos dos jornais, em nenhum deles achei a mínima referência aos fatos do dia anterior. Minha surpresa não durou muito tempo. Naturalmente, Kreuger não desejava que um de seus empregados fosse associado a tamanho escândalo, e sua influência era grande o bastante para fazer que qualquer jornalista desistisse de botar a boca no mundo. Eu conhecia bastante aquele meio. De resto, não era improvável que ele contasse com alguns cúmplices no seio da polícia. Eu só esperava que Atherton fosse julgado como devia.

Polly alegou precisar fazer compras para sair da mesa e foi embora de muito mau humor.

– Algum problema com a Polly? – perguntei.

– É possível que a presente situação lhe traga lembranças dolorosas – disse Banerjee.

– Que lembranças? – insisti.

– Não me cabe dizer-lhe. Talvez um dia a própria Polly lhe conte. Mas o mais provável é que não o faça.

Banerjee nada mais falou sobre o assunto e achou que era chegada a hora de abordar todas aquelas questões que não poderiam ficar muito tempo sem resposta:

– Lenora... – principiou ele. – Agora você sabe que pode confiar em nós. Por isso, será possível...

Ela franziu as sobrancelhas e fez um gesto de desagrado com as mãos.

– Poupe-me desses rodeios retóricos, Banerjee. Você quer saber quem sou, e vou lhe responder.

– Não "quem você é". Isso você só vai poder saber de fato na hora de sua morte. Como se poderia definir antes?

Lenora ficou perturbada. Achando aquilo divertido, permiti-me acrescentar:

– Não se preocupe; normalmente isso requer algum tempo, mas a gente termina chegando lá.
– Bem – ela respondeu com a segurança um tanto abalada. – Eu me chamo Lenora Buchan. Benjamin Buchan, cujo dossiê vocês encontraram, era meu pai. Ele também trabalhava para Kreuger.
– Você está falando no passado – observei.
– Sim. Meu pai se enforcou há dois anos.

Essa revelação nos provocou uma ligeira sensação de frio, mas Lenora não deixou que ela durasse muito.
– Meu pai trabalhava como chefe da contabilidade de Kreuger. Algum tempo antes de sua morte, minha mãe e eu notamos que ele estava bastante agitado, envolvido em forte inquietação. Ele não gostava de falar de seu trabalho, mas tínhamos certeza de que aquela contrariedade ligava-se diretamente a Kreuger. E para o caso de vocês me perguntarem, a resposta é não: ignoro o que aterrorizava meu pai a tal ponto. Mas não resta dúvida de que algumas práticas da Kreuger Steel eram ilegais. Se meu pai as tivesse descoberto, o que é muito provável, e conhecendo sua integridade, ele com certeza não guardaria aquilo para si.
– Você acha que seu pai foi levado ao suicídio? – interveio Banerjee.

Olhos embaciados, Lenora respondeu:
– Tenho certeza. Certeza absoluta. Já faz dois anos que comecei minha investigação. Recentemente, tive notícia da colaboração entre lorde Scriven e Kreuger. Eu achava que se conseguisse trabalhar para lorde Scriven poderia colher novas informações. Por isso, mudei de identidade e... vocês sabem o que aconteceu em seguida.

Banerjee fez um daqueles gestos curiosos que sempre me lembram algum cerimonial obscuro, depois falou:
– Você descobriu alguma coisa?

Lenora abaixou os olhos.

– Nada muito conclusivo. A não ser o fato de que, ao contrário do que eu imaginava, lorde Scriven certamente nada tinha a ver com os crimes de Kreuger. Acho que lhe aconteceu a mesma coisa que a meu pai: obrigaram-no ao silêncio. A diferença é que meu pai não passava de um modesto empregado. Em contrapartida, Lorde Scriven era uma das figuras mais importantes do reino. Eu achava que Kreuger não ousaria chegar a tanto.

– E então você resolveu nos espionar – acrescentei.

– Pareceu-me que vocês estavam mais adiantados do que eu. E há coisas que não são da alçada de uma jovem, qualquer que seja seu grau de determinação. Pedi demissão a lorde Thomas depois que vocês partiram e tratei de segui-los como me foi possível. E, infelizmente, percebi quando vocês me descobriram na Kreuger.

– Nada nos escapa, não é verdade, Banerjee? Mas me diga uma coisa, Lenora... Quando você resolveu...

– Acho que já falamos demais de mim – ela me interrompeu. – Há coisas mais urgentes a discutir. Banerjee, você tem alguma ideia do que poderemos fazer com os dossiês que roubamos ontem à noite? Se eles contiverem pautas e notas musicais como nas lombadas, poderíamos decifrá-los com muita paciência. Mas trata-se de cartões perfurados, completamente inúteis enquanto tais!

– É verdade – respondeu o detetive, com sua segurança que nos desarmava. – Mas há uma solução muito simples.

– Eu ficaria feliz se você pudesse partilhá-la conosco – acrescentei.

– Esses cartões são tocados num realejo. Basta-nos procurar um modelo idêntico e utilizá-lo para decodificar nossos dossiês.

Depois de pensar um pouco, respondi:

– Acho que isso pode dar certo. E ainda que eu não conheça um vendedor de realejos, isso tampouco está fora de nosso alcance, vocês hão de convir. Mas... e depois? Como você disse antes, a coisa funciona quando se trata de umas poucas notas. Mas imagine quanto tempo vamos levar para transcrever tudo isso. Sem falar do risco de cometermos erros.
– Eis por que vamos precisar de ajuda também para isso. Alguém mais qualificado que nós no campo da... música.

* * *

Lenora ficou calada, e Banerjee se pôs a seguir o deslizar de um pingo de chuva numa das vidraças da sala.
– Bem... – continuei, entregando os pontos. – Se bem entendo, só nos resta arrumar um maestro, ou alguma outra pessoa que entenda de música, e também um realejo. Acho que vamos ter um dia cheio.
Eu já ia me levantar quando Banerjee disse, por fim:
– Esta manhã, antes de vocês descerem, permiti-me ler o dossiê de lorde Scriven. Achei que não ia entender nada de nada, mas tive muita sorte. Nele havia um documento separado. O único que não foi criptografado.
– O que estava escrito nele? – apressei-me em perguntar.
– Trata-se de uma simples folha quase totalmente em branco, no meio da qual se lia apenas, em letras vermelhas, OBEY[*]! E trazia uma assinatura: *Mordred*. Esse documento não traz muitas informações, e acho que por isso não foi criptografado. E, cabe dizer, é intimidante ao extremo.
Mordred: esse nome não me dizia absolutamente nada, e eu me desesperava vendo que a coisa, ao contrário,

---

[*] Significa *obedeça* em inglês.

se complicava ainda mais no exato instante em que eu esperava que fosse se resolver.

De sua parte, Lenora se fixara num outro detalhe:

– Você disse "em letras vermelhas"...

– Sim, *miss* Buchan. Acho que se trata de sangue.

– A coisa vai de vento em popa – ruminei em silêncio.

* * *

Um realejo, um músico emérito... Contra toda expectativa, não foi muito difícil cumprir a primeira etapa de minha busca. Havia em Londres almas boas dispostas a vender qualquer coisa e, por sorte, os realejos estavam incluídos nesse "qualquer coisa".

Ganhei a sorte grande num pequeno agiota da Tottenham Court Road, felicíssimo por me ceder sua posse, alegando que pertencera ao "maior tocador de realejo de toda a cidade de Londres". Quer dizer então que havia uma ciência em girar aquele diabo de manivela? Pouco importa: o agiota queria elevar o preço, e eu não tinha tempo de pechinchar: paguei sob protesto.

* * *

Por outro lado, a engenhoca não era leve, e ainda que eu tenha conseguido deslocá-lo até Portobello, a coisa não foi nem um pouco divertida.

Ao chegar em casa, vi que Banerjee e Lenora tinham saído. Enquanto os esperava, tratei de verificar se os cartões perfurados podiam ser utilizados naquele modelo de realejo; constatei que podiam e girei a manivela no maior pique, e uma cacofonia terrível invadiu o edifício. Polly ficou assustada, e minhas explicações não tiveram o efeito esperado:

– Oh! Se é para ajudar Lenora, nem preciso dizer, pode continuar a me estourar os ouvidos – disse-me ela num tom azedo.
– Polly, sua atitude...
– Sim? O que é que tem minha atitude?
– Ela me parece um pouco... agressiva desde que Lenora chegou. Será que ela fez por merecer isso?
Polly pôs as mãos nos quadris, e seu semblante suavizou-se um pouco.
– Sinto muito, Christopher. Eu também não cheguei a esta casa em circunstâncias muito favoráveis. É uma longa história, mas... saiba que o senhor Banerjee foi como um irmão para mim.
– E de certa forma você tem medo da concorrência?
Ela sorriu:
– Talvez. Ainda que eu saiba que é uma tolice.
– Polly, você...
– Você não vai conseguir tirar mais nada de mim! Volte para a sua barulheira, tenho mais o que fazer. Vou tapar meus ouvidos com algodão.

Fiquei sozinho. Faltava encontrar um músico capaz de transcrever as notas tocadas pelo realejo. Qualquer aluno de conservatório com certo talento poderia dar conta do recado, mas havia outra limitação: a discrição. Nosso músico iria decodificar informações confidenciais e a certa altura seria levado a se perguntar por que estávamos de posse delas. Por isso, teríamos de recorrer a alguém de nossa confiança.

Ora, minhas atividades anteriores me permitiram conhecer grande número de indivíduos, muito diferentes, que atuavam nos mais variados campos. Vasculhando as minhas lembranças, lembrei-me da existência de um certo Franz Herzog, que se viu envolvido num pequeno escândalo quando estava à frente da *London Philarmonic Orchestra*. Ele foi acusado de aproveitar-se da idade avançada de uma benfeitora para espoliá-la de uma parte de sua fortuna. Tendo perdido o cargo de maestro, Herzog foi morar num modesto apartamento ao sul do Tâmisa. Procurei-o nesse endereço para ouvir sua versão dos fatos. A princípio, tendo aceitado seus argumentos, publiquei uma primeira matéria tomando sua defesa. Não obstante, a sequência de minha investigação revelou que na verdade Herzog era realmente culpado do que lhe imputavam, e tive de mudar de opinião. O advogado dele conseguiu evitar sua prisão, mas não sua desmoralização pública. E considerando as condições nas quais eu o deixei, ele agora só poderia estar morto ou entocado no mesmo lugar; sem maiores delongas, fui procurá-lo.

* * *

Ao me aproximar do imenso edifício em que ele morava, pensei que Herzog podia ter-me esquecido; se fosse esse o caso, haveria poucas chances de que se dispusesse a me ajudar; se, ao contrário, ele se lembrasse de mim, com certeza me teria muita raiva. Resolvi correr o risco, subi os dois andares e fui ao seu apartamento. Bati à porta, satisfeito de ver que ela ainda tinha uma etiqueta com o seu nome. Pouco depois, ouvi passos arrastados, e alguém abriu um ferrolho.

– Quem é? – perguntou uma voz rouca atrás da porta.

– Senhor Herzog? Aqui é Toph Carandini. Lembra-se de mim?

Depois de um momento de silêncio, ele respondeu.

– Carandini... Lembro-me muito bem de você, seu canalha. Dê o fora, senão vou pegar meu fuzil!

A partida não estava ganha.

– Senhor Herzog, acho que está enganado quanto à minha pessoa. Fui eu que o defendi. No *Daily Star.*

– Você me defendeu, depois me arrasou, seu pilantra!

– Você não quer abrir para que possamos falar com calma?

Senti que ele hesitava, depois a porta se abriu. Vi-me diante de algo que a princípio eu não definiria como um ser humano. Uma barba ruiva lhe escondia boa parte do rosto, e se alguém se aproximasse dele, com certeza poderia adivinhar o que ele havia comido nos últimos dias – ou até nas últimas semanas. Seus cabelos lhe chegavam abaixo dos ombros, e aquela juba dava tanto na vista que não me apercebi imediatamente de um detalhe lamentável: Herzog estava totalmente nu. Faltava-lhe apenas um porrete para parecer um homem das cavernas. Salvo que estes últimos, a acreditar no Museu de História Natural, tinham pelo menos a elegância de vestir uma pele de animal. Eu exclamei:

– Herzog, pelo amor de Deus, vista-se! Você não percebe em que estado...

– Oh! Nada de lições, por favor, Carandini. Não de sua parte! A situação em que me encontro... em parte é por culpa sua.

– Sim – protestei. – Mas é preciso lembrar que você de fato era culpado.

– Oh! Mas isso é um detalhe! – ele vociferou.

Ainda muito embaraçado com a situação, insisti:

– Herzog, ponha uma calça ou outra coisa qualquer, mas, por favor, poupe-me dessa... visão.

Ele deu de ombros e disse:

– Está bem, senhor delicado...

Ele pegou um pano de cor indefinida, que podia ser

um lençol ou uma cortina, e com ele envolveu o corpo. Em seguida, sentou-se numa poltrona toda rasgada e me perguntou:

– Bem, o que você quer de mim? O que pode fazer um homem como eu para um homem como você?

– Um homem como eu... – repeti. – Sabe, Herzog, para mim as coisas também mudaram muito. Mas, respondendo à sua pergunta: preciso de alguém para transcrever de ouvido uma partitura musical. Você consegue fazer isso, não?

Ele me fuzilou com o olhar:

– Está zombando de mim? Posso ser um escroque, mas continuo sendo músico. E não um músico qualquer! É como se você perguntasse a John Waterhouse se ele ainda sabe pintar.

– Eu não queria faltar-lhe ao respeito.

Suas mãos desencavaram do estofado da poltrona um isqueiro e um cigarro todo amassado. Ele o acendeu com um gesto desenvolto e me soprou uma baforada na cara.

– E o que eu ganho com isso?

– Além de minha consideração?

– Carandini, não queira dar uma de espertinho comigo. Minha carreira de maestro acabou. Joguei e perdi. Mas, se você se vê na necessidade de pedir ajuda a um aruinado como eu, é porque está desesperado. Desesperado e na ilegalidade. Porque o que você me pede não é nada complicado. Se você veio me procurar, é porque há outra coisa que está me escondendo.

Soltei um suspiro.

– Herzog, não estou tão desamparado como imagina, mas realmente achei que você seria a pessoa que me faria menos perguntas. Bem, o que você quer em troca de sua ajuda? Dinheiro?

Em um instante o cigarro amassado de Herzog tinha se transformado numa bagana repulsiva. Ele tossiu e acariciou a barba.

– Não – ele retrucou. – O que quero é um novo quarto que dê para um jardim tranquilo. E uma gaiola com um pequeno rouxinol.

Franzi as sobrancelhas.

– É mesmo?

Herzog caiu na risada.

– Ah, ah! Claro que não! Claro que eu quero dinheiro. Como você é tolo...

Senti um pouco de pena do caro lorde Thomas, que se propôs de forma tão generosa a financiar nossa investigação. A conta poderia sair muito salgada.

– Bem. Acho que poderemos chegar a um acordo. Enquanto isso, você pode vestir roupas de verdade e me acompanhar? Não vou negar que seria muito bom se você tomasse um banho antes. Mas acho que é pedir muito.

Sem dizer nada, ele deu um sorriso zombeteiro e se dirigiu ao canto que lhe servia de banheiro, fingindo reger uma orquestra.

* * *

Lenora não ousou dizer uma palavra. Polly tampouco, quando recebeu Herzog. De sua parte, Banerjee o observava com a maior circunspecção. Com efeito, embora o músico tivesse concordado em se vestir, ele o fez de um modo muito pessoal. Nada a dizer de seu grosso casaco de lã; nada de anormal, em si, tampouco no fato de estar com uma calça bufante e botas de caça. O problema é que Herzog fez questão de me acompanhar com um capacete de cavaleiro ("teutônico", ele me explicou).

Foi nesses trajes que os transeuntes o viram naquele dia; e mesmo para um londrino, a visão era surpreendente. Sempre de elmo na cabeça, Herzog acendeu outro cigarro.

– Vamos logo com isso – resmungou ele com voz metálica. – Mandem cá a música!

Em meio a um silêncio embaraçoso, fui buscar o realejo e os dossiês.

E antes de começarmos, eu disse:

– Vou lhe avisar, Herzog, não espere que a coisa lhe seja agradável aos ouvidos. E você tem certeza de que quer continuar com essa coisa na cabeça? Você vai ouvir direito?

– Claro que sim. Graças a este elmo, eu me isolo completamente do mundo exterior: ficamos só eu e a música. Por favor, vamos começar.

Comecei a girar a manivela, e notas dissonantes vieram nos agredir. Era difícil saber como Herzog reagiria. De todo modo, porém, ele parecia manter a calma. Ele pegou uma folha de papel e o lápis que lhe havíamos dado e começou a transcrever freneticamente a "melodia" que lhe chegava aos ouvidos. Como se tratava do dossiê Buchan, Lenora acompanhava tudo com a máxima atenção. As folhas enegreciam cada vez mais, e muitas vezes Herzog me falava um "Mais rápido, mais rápido!", que me incitava a girar a manivela num ritmo constante. Quando chegamos ao último cartão, Herzog depôs calmamente o lápis e, logo depois, se pôs a aplaudir freneticamente. Ficamos a observá-lo incomodados e, quando ele parou, nos disse:

– Ora, essa peça nada tem de ruim! Não tem mesmo! Conheci na Áustria um jovem compositor que gostava muito desse tipo de coisa. Arnold Shönberg. Vou escrever a ele para lhe contar! Tenho certeza de que vocês um dia desses vão ouvir falar dele.

Sem dizer palavra, Banerjee pegou o maço de folhas e começou a examinar as notas. Ele ficou bem uns cinco minutos examinando-as uma a uma. Pondo a última folha na mesa, Banerjee disse:

– *Miss* Buchan, acho que seu pai não se matou.

Lenora empalideceu:

– O que você está dizendo? O que você leu? Você chegou a essa conclusão simplesmente lendo as notas? Sem escrever nada?

– Quando se conhece o sistema, isso não tem nada de complicado. E certamente você sabe que os indianos são habilíssimos em cálculos de cabeça. De todo modo, aqui está escrito – e ouso dizer, preto no branco – que "foram tomadas providências" para impedir seu pai de divulgar uma transação que se fez entre a Kreuger Steel e uma firma concorrente alemã. Mas acho que é melhor deixar os detalhes para mais tarde. Não queria fazer o senhor Herzog perder tempo.

– Oh! Eu cá – respondeu o interessado do fundo de seu elmo – estou pouco ligando para o que você vai contar. E, se entendi bem, tem muito trabalho pela frente.

– Tem razão – confirmou Banerjee. – Vamos então continuar, sem mais delongas.

O mesmo procedimento foi adotado com os dossiês restantes. Ao cabo de uma hora, Herzog terminou de transcrever os documentos codificados. E, à exceção de Banerjee, estoico como sempre, estávamos todos à beira de um ataque de nervos devido ao sofrimento que nos infligiam aquelas "partituras acidentais".

Agradecemos a Herzog por sua ajuda e lhe pedimos que não se afastasse de Londres: ainda podíamos precisar dele. Ele foi embora assobiando uma ópera, muito contente com o dinheiro fácil que tinha ganhado.

* * *

Deixamos Banerjee entregue à tarefa de transcrever em linguagem normal as três séries de partituras. Ele levou algum tempo nisso, trancado em seu escritório, porque os dossiês de Scriven e de Brown eram mais importantes que o do pai de Lenora. Esta não parava quieta, e não era preciso ser um grande psicólogo para perceber que estava tensa feito uma corda de piano.

– Não seria bom você tomar alguma coisa para se acalmar? – sugeri.

– Agradeço a sua preocupação com meu bem-estar, mas não precisei de você até agora e pretendo continuar assim.

Dei um suspiro:

– Você é sempre gentil assim?

– Tudo depende do grau de estupidez das coisas que me dizem.

Se ela tivesse me dado uma bofetada, tenho a impressão de que o efeito não teria sido diferente. Não obstante, apesar da agressividade de que Lenora dava provas desde o nosso segundo encontro, eu não conseguia parar de admirar sua altivez e determinação. Coisa que, tenho de reconhecer, realçava ainda mais seu charme natural. Apercebendo-se de sua própria rispidez, ela fez um gesto vago e disse:

– Sinto muito. Tudo isso é muito difícil para mim.

– Você está desculpada, senhorita.

– Tudo bem, então. E por que você continua sentado?

– O que disse?

– A bebidinha revigorante. Se a oferta ainda está de pé, quero que você me sirva uma.

Notei que ela queria sorrir, mas não o fez. Lembrei-me de seu bom humor e de sua gentileza quando a interroguei na mansão e calculei quanto esforço lhe custara assumir aquele papel. Eu ia lhe servir um dedo de vinho do porto quando Banerjee apareceu esgazeado, com ar cansado, e principalmente muito preocupado. Estado que, na pessoa dele, nada tinha de natural. Ele nos reuniu em volta de uma mesa e principiou:

— *Miss* Buchan... O conteúdo desses dossiês poderia pôr Kreuger numa grande enrascada, o que é uma excelente notícia. Mas no momento isso não seria conveniente.

— Como assim? – protestou vivamente Lenora. – Não fizemos tudo isso à toa! Se eu tenho um meio de fazê-lo pagar pela morte de meu pai, não vejo o que poderia nos impedir de...

— Rogo-lhe que me escute – continuou Banerjee. – Esses dossiês são mesmo muito comprometedores, mas não suficientes para mandar Kreuger para a cadeia. Kreuger não é nenhum imbecil: ele não deixaria nenhuma prova que pudesse incriminá-lo diretamente; e mesmo se deixasse, ela estaria codificada da maneira que sabemos. Um advogado poderia usar os dossiês para formular a acusação, claro... mas o processo seria longo e exigiria o comparecimento de inúmeras testemunhas. E, enquanto isso, Kreuger teria tempo de finalizar sua obra.

— Sua obra? Que obra?

Como Lenora parecia irritada com essas declarações, Banerjee não perdeu mais tempo:

— Vocês já ouviram falar do *HMS Dreadnought*?

— Claro. Ele deveria ser lançado ao mar em breve. E seria a estrela da Royal Navy. O mais poderoso navio de guerra do mundo, que daria à Inglaterra a supremacia nos mares. Mas... Oh! Banerjee, não... Não nos diga que...

— Receio que sim, Christopher. A Kreuger Steel colaborou na sua construção, mas a firma de lorde Scriven também. Pelo que acabo de ler nesses dossiês, Kreuger pretendia passar essa tecnologia a outra potência estrangeira e contava associar lorde Scriven a esse vazamento de informações. O que mais poderia interessar ao inimigo eram os canhões, não tanto o próprio navio. E era lorde Scriven quem detinha o segredo dos canhões. Não Kreuger.

Intervim:

– De que inimigo estamos falando exatamente? Os alemães? Os russos?

Banerjee negou com um gesto de cabeça.

– Não, os japoneses. Eles acabam de vencer o conflito com a Rússia, mas acho que estão conscientes de que sua vitória frente aos russos foi, em certa medida, obra do acaso. O Japão estaria disposto a pagar muito caro para possuir um navio equivalente ao *HMS Dreadnought*.

Lenora fervia de impaciência e terminou por abrir o verbo:

– Já sei aonde você quer chegar, Banerjee... Você quer que eu desista de exigir justiça para meu pai em nome de "interesses maiores", não é? Que eu corra o risco de deixar esse assassino se safar, por enquanto, para pegá-lo depois com a boca na botija?

– Você formula as coisas de modo parcial, *miss* Buchan. Não obstante, isso corresponde aos fatos. Parece-me que é o que devemos fazer.

Lenora levantou-se e bateu o punho na mesa.

– E você quer que eu aceite isso? Afinal de contas, por que os japoneses não teriam esses projetos? E, de todo modo, se enfrentarmos Kreuger agora...

Intervim novamente:

– Lenora, receio que Banerjee esteja certo. Se há uma transação em curso, Kreuger fará tudo para que ela se realize o mais rápido possível antes que as coisas se compliquem. Ao que parece, ele tem bastante apoio no estrangeiro e poderia muito bem tratar de fugir. E para responder à sua primeira pergunta: não é nem um pouco conveniente que os japoneses encontrem uma boa razão para atacar os russos. Um novo conflito nessa região do mundo poderia repercutir aqui.

Lenora retrucou secamente:

– Sinto muito, não tenho seus conhecimentos de geopolítica, senhor Carandini. Mas se você sabe disso, Kreuger também sabe. E não vejo que interesse ele teria em incendiar o mundo inteiro. Não posso acreditar que ele faça isso por outro motivo que não o dinheiro! Afinal de contas, não estamos falando de traquinagens de criança.

Banerjee expirou ruidosamente:

– *Miss* Buchan, os desígnios dos homens são impenetráveis.

Era preciso acalmar os ânimos, porque eu sentia ser impossível aplacar a cólera de Lenora por mais tempo.

– Banerjee, tente ser um pouco mais sintético. Essa história toda está ficando complicada, e entendo as razões da impaciência de *Miss* Buchan.

– Bem – aquiesceu Banerjee. – Esses dossiês dão provas de que Kreuger transferiu somas vultosas para Brown, à época a serviço de lorde Scriven. A natureza das transações não é explícita, mas elas parecem ter tido início depois da recusa de lorde Scriven de colaborar estreitamente com Kreuger. Com certeza o finado tinha suas suspeitas quanto à honestidade desse "braço direito".

– O fato é que, tanto quanto se sabe, lorde Scriven sempre foi uma pessoa correta – acrescentei. – Mas não morro de amores por fabricantes de armas e acho que ele não era lá muito simpático...

– Era um patriota às antigas, sim – confirmou Lenora.

– O país acima de tudo. Eu tampouco gostava dele quando estava a seu serviço, mas posso lhes garantir: ele podia ser tudo, menos desonesto. Continue, senhor Banerjee.

– Diante da recusa do lorde, Kreuger pagou ao próprio secretário de Scriven, Brown, para espionar seu patrão e obter as informações que ele temia perder. Nesse sentido, o dossiê contém elementos bastante comprometedores: recibos, ordens de missão um tanto veladas... Nada indica, porém, que tenha sido Brown o responsável pela morte de lorde Scriven. Na verdade, o plano não era eliminá-lo, mas aproximar-se dele, seduzindo sua filha. Com o objetivo, é claro, de ficar em posição melhor para subtrair informações, consultar dossiês pessoais etc.

– Quer dizer que o namorico era uma farsa? – perguntei.

– Sem a menor dúvida. Brown descreve, etapa por etapa, os progressos de sua relação com a pobre Isobel. E posso lhes garantir que não há nada de... romântico nesses relatórios. Ele perseguia um objetivo friamente.

– Nesse caso, se Brown era apenas um espião que bancava o apaixonado, quem teria matado Scriven?

– Bem, uma coisa parece certa: provavelmente há outro ator em toda essa história. Alguém certamente acima de Kreuger.

Pensei um pouco.

– Acima de Kreuger... Não seria esse tal de Mordred? O que parece ter dado uma ordem a Kreuger, com letras sangrentas?

Banerjee aquiesceu:

– Podemos supor isso, a menos que se trate de uma nova tática para embaralhar as pistas. Talvez fosse Mordred, e não Kreuger, que Brown temia a ponto de suicidar-se.

Pusemo-nos os três a refletir. A certa altura, comentei:

– Bom. Pode-se imaginar muito bem que lorde Scri-

ven foi assassinado por pretender comunicar às autoridades suas suspeitas a respeito de Kreuger. Se encontrarmos esse Mordred, talvez...
– Não – Banerjee me interrompeu. – A essa altura de nossa investigação, essa questão é bem secundária.
Franzi as sobrancelhas:
– Secundária? Você está brincando? É para descobrir isso que lorde Thomas nos paga.
– Você tem razão, Christopher, mas... agora Kreuger tem tudo o que precisa para informar o inimigo.
– Como assim? Brown se matou. *A priori* Kreuger não tem nenhum espião a seu serviço.
Banerjee negou com a cabeça.
– Sinto muito contradizê-lo, Christopher: Kreuger deve ter posto um outro no lugar dele.
– Um outro? Mas quem?
– Não tenho a mínima ideia. Sem dúvida alguém próximo, mas como saber? Uma coisa é certa: a julgar pelos últimos documentos incorporados ao dossiê de lorde Scriven, sua morte parece ter destravado algumas coisas. Agora Kreuger está de posse de todos os planos do *HMS Dreadnought,* inclusive de tudo o que diz respeito aos canhões.
Lenora fez tilintar a xícara vazia pondo-a no pires.
– Mas então... – principiou ela.
– Já sei o que vai perguntar, *miss* Buchan. Não é fantasioso pensar que a entrega dos planos será feita em breve.
Olhos em fogo, ela se levantou.
– Mas quando?
– Não sei. O dossiê não menciona a data, claro. Mas podemos descobrir.
– E como? – perguntei em tom de cansaço.
– Saindo em campo, claro.

a ópera do parque

COM TODA A CERTEZA, KREUGER HAVIA NOTADO O ROUBO DOS DOSSIÊS. Até onde sabíamos, porém, ele ignorava que tínhamos quebrado seu código – e sem dúvida contava com sua inviolabilidade. Em outras palavras, ainda havia uma chance de ele continuar a transmitir instruções aos seus comparsas pelos meios habituais. Tudo o que precisávamos fazer era passar dias no parque, na frente da Kreuger Steel, esperando o momento em que o realejo começasse a tocar notas dissonantes. Haveria necessariamente alguém como nós – mas do campo adversário – para transcrever as notas e transmiti-las a um superior desconhecido. Nós sabíamos que os japoneses estavam por trás de tudo isso, mas será que seus espiões também estariam lá? Pouco importava: a ideia não era fazê-los parar, mas adiantar-nos a eles.

Quando Banerjee explicou seu plano, imediatamente me ocorreram duas objeções. A primeira era que a mensagem que pretendíamos interceptar talvez já tivesse sido transmitida e, em vista disso, podíamos esperar mil anos num banco sem conseguir descobrir nada. A outra era de ordem meteorológica; o clima não tinha melhorado desde nossa incursão noturna na Kreuger Steel, e me doía a cabeça só de pensar em passar dias e dias exposto à chuva e ao frio. Banerjee achava que nosso calvário não duraria muito: achei melhor acreditar nisso.

Para falar a verdade, havia um terceiro problema: eu não entendia nada de música. Seria preciso, pois, recorrer aos serviços de Herzog, e eu não morria de vontade de tratar novamente com aquele maluco. Lenora se ofereceu para me acompanhar; de sua parte, Banerjee apresentara um pretexto mais ou menos convincente para escapar àquela tortura. Juntos, eu e ela despertaríamos menos suspeitas.

Herzog devia se manter afastado, mas bem à nossa vista, para poder receber instruções silenciosas. Ele concordara em não usar o capacete. Fazê-lo mudar de ideia não foi nada fácil, mas depois de muito esforço consegui convencê-lo de que aquele acessório não era compatível com nosso desejo de discrição. Fizemos um acordo: ele podia levá-lo numa mochila e pô-lo na cabeça caso fosse absolutamente necessário.

* * *

E assim foi feito. Mas logo tive de me render à evidência: a noção de tempo de Banerjee era muito diferente da nossa; ou, em todo caso, da minha. Para ele "não por muito tempo" podia certamente significar várias semanas ou algo pior ainda. E, para minha grande frustração, passaram-se três dias inteiros sem que acontecesse nada digno de nota. Três dias mornos, absolutamente tediosos, que nos deixaram, Lenora e eu, meio congelados. E, apesar de meus esforços, minha companheira se manteve distante, meio na defensiva.

Nós procurávamos ficar fora do campo de visão do tocador de realejo, ainda que seu grau de envolvimento naquelas transações nos fosse um tanto nebuloso; certamente ele se limitava a tocar as partituras que lhe enviavam com antecedência em troca de uma soma compensadora. Tudo levava a crer que ele ignorava transmitir segredos de Estado ao girar sua manivela.

Todos os passeantes, todos os namorados abraçados (eles ali se encontravam, mesmo nessa estação), sem exceção, me pareciam suspeitos. Quanto a Lenora, ela não se mostrava nem um pouco loquaz. Já era muito bom o fato de não ter fugido; mas ela sabia que todo aquele esforço podia resultar na destruição de Kreuger de uma vez por todas. Se conseguíssemos pegá-lo com a boca na botija no momento da transação com uma potência inimiga, seria seu fim, o fim de seu império e de suas maquinações.

Ao amanhecer do quarto dia, enquanto eu ainda nadava nas brumas da noite, lutando para me aquecer, Lenora me perguntou:

– Toph, por que você faz isso?

Curiosamente, ouvi-la chamar-me pelo meu apelido me causou um vivo prazer. Esse sentimento passou muito rápido, como uma nuvem carregada pelo vento. Finalmente respondi:

– Isso o quê?

– Sabe... Suas investigações... Com certeza há alguma coisa que o motiva, não é mesmo? A glória? O dinheiro?

Neguei com um gesto de cabeça.

– Certamente não é o dinheiro. Sabe, mesmo quando eu era o repórter vedete do *Daily Star*, eu não tinha nada da comodidade de um grande burguês. Agora, com Banerjee, não é diferente. A glória? Talvez. Quando comecei, sem dúvida. Havia o desejo de brilhar, sim. Mas agora... Não sei.

Ela revirou os olhos:

– Não venha me dizer que é por amor à verdade. À Verdade, com V maiúsculo.
– E por que não?
– Escute, Toph, eu não sei se é sempre bom saber a verdade. Estou até convencida do contrário. Eu achava que você não era tão ingênuo.

Agastado, retruquei:
– Mas me parece que você também procura essa verdade. Foi até por isso que nos conhecemos.
– Tem razão. Mas por enquanto ela não me trouxe a paz que eu esperava.

Lenora se calou e tirou um maço de cigarros do bolso. Ela acendeu um com a graça de uma deusa grega (ainda que eu não conhecesse pessoalmente nenhuma deusa grega, aquela era a imagem que eu tinha delas).

– Mudar o mundo – eu disse.
– O quê?
– Na minha carreira anterior, uma vez, em cada dez, e talvez menos, eu tive a impressão de mudar o mundo. E com Banerjee acho que vou conseguir novamente. No fundo, não é uma questão de verdade. Nem mesmo de justiça. É uma questão de... sorriso.

Ela balançou a cabeça.
– Não estou entendendo.
– Muitas vezes apenas revelei escândalos. Eles aconteceram e tornarão a acontecer. É um nada: a coisa faz barulho e nada mais. Mas me aconteceu também de fazer as pessoas tornarem a sorrir. Pessoas que achavam ter perdido o direito ao sorriso.

Hesitei um instante e acrescentei:
– Eu gostaria muito de recuperar o seu.

Ela me fitou longamente, enquanto seus cachinhos ondulavam ao sopro da brisa. Depois ela desviou os olhos, deu um longo trago no cigarro e expirou imediatamente. Seus dedos enluvados se agitaram no assento do banco, e então resolveu dizer:

— É muito gentil de sua parte. Não sei o que mais dizer. Você é um rapaz gentil, Christopher.

Eu não sabia como entender aquilo.

— E o que está por trás desse elogio? Quando se diz a alguém que ele é gentil, na maioria das vezes é porque não se quer falar sobre todo o resto.

Ela deixou cair um pouco de cinza.

— Toph, você está me entendendo mal.

— A respeito de quê?

O coração batia forte em meu peito. E de novo aquela nuvem! Só que desta vez o vento não conseguia empurrá-la.

— A meu respeito, acho. Acho que você me considera corajosa, determinada e sem dúvida muito misteriosa. Eu não sou nada disso. Sou apenas triste. Tudo o que você julga perceber em mim é consequência dessa tristeza. E, quando alguém que é triste lhe diz que você é gentil... não veja nisso segundas intenções. Nada disso.

— Sabe, Lenora, eu...

Não tive tempo de terminar a frase: o realejo começara a tocar, lembrando-nos do motivo de nossa presença ali. E as notas que se debulhavam, numa violação de todos os princípios de harmonia, constituíam provavelmente a mensagem que esperávamos há vários dias.

Tomado de surpresa, busquei Herzog com os olhos. Ele estava no lugar certo... Mas com um detalhe: o miserável estava dormindo.

De onde eu estava conseguia vê-lo. Que porcaria ele teria colocado em seu café da manhã para ter caído no sono? Amaldiçoei-o entredentes, buscando uma maneira de sair daquela enrascada.

– Meu Deus, Herzog... – gemeu Lenora, que acabara de se dar conta da situação. – Toph, é preciso...
– Não sei como agir com prudência – interrompi-a. – Nossos inimigos estão neste parque. Temos quase certeza disso. Mas não sabemos como eles são e, se despertarmos suspeitas, voltaremos à estaca zero.
– Por outro lado, se Herzog ficar dormindo enquanto a música toca, tampouco avançaremos.
– Você tem razão... É melhor abrir mão de tanta cautela. Levantei-me e dirigi-me resolutamente ao banco em que ele estava. Quando cheguei perto dele, exclamei:
– Herzog, meu velho, eu bem que achava que era você! Que está fazendo por aqui?
Herzog abriu um olho, torceu a boca e, dando-se conta do que se passara, ficou vermelho feito um pimentão. Sentei-me ao lado dele, dei-lhe um tapa nas costas, aproximei meu rosto do seu e disse em voz baixa:
– Herzog, seu idiota! Você só tinha de ficar de olhos e ouvidos abertos! Você está ferrado por culpa sua.
– Ora, ora! Calma, meu jovem. Não gosto nem um pouco que me empurrem desse jeito. Posso ficar violento.
Tive de me conter para não lhe dar um soco na boca.
– Você não gosta de ser empurrado? Você ainda não viu nada, meu amigo. De minha parte, não gosto que façam pouco de mim. Você devia ouvir o realejo! E você adormeceu feito um...
Recuei, tapando o nariz.
– Oh! Herzog, você está cheirando a álcool a esta hora da manhã.
Ele deu de ombros.
– Já fazia um bom tempo que não bebia nada, então aproveitei – disse ele num tom de menino pego em flagrante. – Fazia muito tempo, pode acreditar.

– Estou me lixando para o quanto você bebe, Herzog. Mas não fique achando que sua irresponsabilidade vai nos... Ele levantou a mão, num gesto autoritário; eu me calei e fiquei na defensiva.

– Espere um instante...

– Por quê? – eu grunhi.

– Espere para ver.

Herzog fechou os olhos, e, se não os apertasse com tanta força, eu poderia pensar que ele voltara a dormir. Por fim, depois de um bom minuto de silêncio, ele disse:

– Bem que eu lhe avisei.

A essas palavras, ele abriu sua mochila e pôs o capacete na cabeça. Senti meus dentes rangerem e, tomado da maior fúria, falei:

– Você acha mesmo que...

– Cale-se, senão não vai conseguir nada.

Eu não ousava olhar à minha volta. Se ainda estivesse no parque, o inimigo não teria deixado de ver aquela cena, e de nada me adiantaria lançar olhares preocupados. Ao cabo de cinco minutos, Herzog tirou o capacete, colocou-o ao seu lado e me disse:

– Tudo certo.

– Tudo certo? Que quer dizer com isso?

Ele soltou um suspiro e com ar de cansaço:

– Sua música. Já está em minha cabeça.

– O quê? Você estava dormindo enquanto o realejo tocava. Bom, quando ele tocou a parte que nos interessa.

– Eu sei, não precisa se preocupar. Eu a ouvi em meu semissono.

– Mas você não estava prestando atenção!

– É verdade, mas considere uma coisa, meu caro, você está se esquecendo de um detalhe: eu posso ser um trapaceiro, mas sou antes de tudo um músico excepcional. Não existe maestro melhor que eu. Pode acreditar: eu tenho sua melodia na cabeça.

Incrédulo, tirei um caderninho e um lápis do bolso e passei para ele. Ele os pegou com uma expressão irônica e, como se estivesse em transe, se pôs a cobrir o papel de notas musicais. Finalmente ele me entregou tudo, com um ar *blasé*.

– Será que posso mesmo confiar em sua transcrição? – perguntei com preocupação.

Ele bateu o indicador na altura da própria têmpora. Um breve eco metálico se elevou do capacete.

– Toda música que entra aqui, aqui fica. Tenha um pouco mais de fé em seu próximo, Carandini. Seu trabalho deixou você desconfiado e um tanto amargo. Na sua idade, isso é uma pena.

– Sem querer ofender, dispenso seus comentários. E você vai me desculpar se eu só lhe pagar depois de verificar se essas notas têm alguma lógica.

Ele me lançou um olhar aflito.

– Tudo bem. Como quiser. Vou voltar para casa. Esta manhã me deixou exausto.

– Coitadinho – disse eu num tom de falsa complacência. – Não vou segurá-lo mais. Logo terá notícias nossas, boas ou más.

Ele se limitou a dar um sorriso maroto e foi embora assobiando.

Fiz um sinal a Lenora para que viesse ao meu encontro, e voltamos o mais rápido possível à Portobello Road.

* * *

Por mais improvável que parecesse, Herzog conseguiu fazer a transcrição.

Foi de posse de uma mensagem perfeitamente clara que Banerjee saiu de seu escritório depois de alguns minutos ocupado na decifração. Mas seu semblante não mostrava o menor sinal de satisfação, de prazer da vitória, nem nada do gênero. Ele estava até mais grave do que de costume, o que não é dizer pouco.

– O tempo está acabando – ele disse, sem rodeios.
– Vá direto ao ponto sem fazer mistérios, Banerjee. De que se trata?
– Os "planos", que podemos supor serem do *HMS Dreadnought*, vão ser entregues aos seus comparsas estrangeiros amanhã. E o próprio Kreuger se encarregará disso.

Tive um sobressalto:
– Amanhã? Mas onde?
– No trem das 16h15, partindo de Paddington com destino a Edimburgo. "Depois da primeira estação", diz a mensagem.
– Edimburgo, na Escócia... Por quê? – espantou-se Lenora. – Bem, afinal de contas é uma cidade portuária.

Para quem quiser fugir em direção ao continente, sem correr o risco de ser acuado num trem, não é uma má ideia. É bem fácil alguém de posse dos planos embarcar para a Noruega ou para a Dinamarca.

– Se os receptadores forem os japoneses, o norte da Europa estará muito longe deles – observei.
– De todo modo, aqui, onde estamos, também fica longe do Japão, não acha?
– É verdade – admiti. – Mas duvido que a pessoa a quem os planos serão entregues seja um japonês: isso daria muito na vista. Com certeza será um europeu a serviço deles. E pouco importa, isso haveremos de descobrir. Mas fico pensando... Por que correr o risco de entregar documentos sem passar pela rotina habitual? O realejo, o parque...

Lenora me interrompeu:

– Pense um pouco, Christopher. O realejo não pode transmitir mensagens longas demais. Sem dúvida, na maioria das vezes esse meio foi suficiente: instruções para compra ou venda de ações da bolsa, confirmação de acordos... Mas como é possível transcrever em notas musicais o projeto de um navio de guerra?

– Tem razão – admiti, um tanto melindrado. – E de mais a mais suponho que Kreuger não pode correr o risco de confiar essa missão a qualquer um agora que Atherton, seu homem de confiança, está trancafiado. Bem pensado.

Banerjee nos fez sinal pedindo silêncio e disse:

– Lenora, não se sinta obrigada a nos acompanhar.

– E por quê?

– Há uma grande probabilidade de que essa coisa termine com um confronto físico. Você já demonstrou sua discrição, sua inteligência e sua perspicácia. Mas não acho que seja útil expor-se diretamente ao perigo. Não veja nisso nenhum desprezo de minha parte. Nem nenhuma condescendência em relação ao seu sexo. Eu teria as mesmas reservas se você fosse um jovem de constituição frágil.

Lenora expressou sua discordância:

– Eu os ajudei por um bom motivo: eu queria ter o prazer de ver Kreuger atrás das grades. Não era pedir muito... E agora você quer que...

– Já está decidido, e lhe peço que não complique as coisas. Mesmo permanecendo aqui, você será informada de tudo em primeira mão quando voltarmos. Se tudo se passar como estamos esperando, claro.

– Claro. É a investigação de vocês. Sua satisfação e sua glória.

– A busca da glória não é certamente o que me anima, *miss* Buchan. Nem da glória nem da vingança.

Os cabelos de Lenora tiveram um movimento discreto, como se estivessem em chamas. Ela apontou o dedo para Banerjee e disse:

– Todo ser humano age por algum motivo, Banerjee, e você faz esforços exagerados para nos fazer crer que é uma exceção. Mas você é como todo mundo. Você é um homem. E acho que também tem lá sua vaidade; e independentemente do que diga, não gosta que interfiram no curso das coisas. Pelo menos, tal como você as planejou.

Banerjee ficou profundamente perturbado com o que Lenora lhe disse. Eu o vi olhar para o lado, para o chão, e agitar-se na cadeira. Ele terminou por responder:

– Eu sou vaidoso. E egoísta. Mas tudo isso só a mim prejudica. E se minha vaidade e meu egoísmo podem proteger sua vida, não renunciarei a eles.

Lenora guardou silêncio. Em seguida, jogou no chão uma das cadeiras que estavam ao seu alcance e saiu do escritório. Eu me levantei para fazê-la voltar, mas Banerjee me segurou pelo punho:

– Christopher, por favor. Você sabe, como eu, que minha decisão é lógica.

– É lógica, sim. E isso é o que mais me perturba. Eu *nunca* acho suas ideias lógicas. Desde que o conheço, eu nado no ilogismo, no místico, e talvez até no paranormal. Entenda o fato de eu estar um tanto espantado. Lenora só vive para uma coisa: vingar seu pai. Você acha que é justo descartá-la na última hora?

Ele fechou os olhos por um instante e beliscou a ponta do nariz.

– Christopher, você sabe tanto quanto eu o que está em jogo. Na verdade, acho que Srta. Buchan está por demais envolvida emocionalmente nesse caso. Não devemos correr o risco insensato de nos expor... e de pô-la em perigo.

Dei um suspiro:
- Como quiser. Mas deixe-me pelo menos...
- Você fará isso mais tarde, meu amigo.

Ergui uma sobrancelha.
- Eu farei o quê?
- Eu não sei para onde Srta. Buchan foi, mas provavelmente ela não corre nenhum perigo. Acho que você tem outras motivações para procurá-la. Você lhe dirá o que tem a dizer quando tudo estiver terminado.
- Banerjee, não sei o que você está imaginando, mas...
- E você, meu caro amigo... O que acha que eu imagino?

Ele pronunciara essas palavras com a benevolência às vezes irritante que lhe era própria. Desisti de lutar e disse:
- Bem, você venceu, como sempre. Mas eu me pergunto: por que não avisar a polícia? Posso encontrar-me com Collins quando quiser, sabe? E...
- Você acha que o superintendente Collins se deixará convencer por nosso relato, Christopher? Notas musicais tocadas num realejo dando a chave de um mistério envolvendo espionagem industrial. Acho que perderíamos nosso tempo.
- Muito bem – respondi com um suspiro. – Você deve ter um plano em mente, não?
- Sim. Vamos comprar passagens de trem.

Ele se levantou e olhou pela janela; vi então que não tiraria mais nada dele.

ÚLTIMA ESTAÇÃO

NUMA ESTAÇÃO DE LONDRES HÁ SEMPRE AGITAÇÃO. MAS O HORÁRIO DO LONDRES-EDIMBURGO era o mais intolerável de todos. O centro da cidade, como um enorme pulmão, expirava todos os trabalhadores que haviam ocupado suas ruas e seus edifícios durante o dia e os enxotava para a periferia e, às vezes, até para além do perímetro da capital.

Banerjee e eu sofremos o diabo para entrar no trem, de tão abarrotadas que estavam as plataformas. Mas como se tratava de um trem de longo percurso, ele estava, como de costume, menos cheio que os demais.

Uma vez instalados em nossa cabine, pus-me a observar o corredor à espreita de alguma figura suspeita. Fiquei meio desanimado com a magnitude da tarefa: que aparência poderia ter um espião a serviço do Japão? Ainda bem que pelo menos eu conhecia o rosto de Kreuger. Será que ele já estava no trem? Será que iria passar sob o nosso nariz? Eu mal conseguia disfarçar meu nervosismo, e isso não passou despercebido a Banerjee.

– Christopher, para o seu bem, acho que seria melhor relaxar um pouco. Sei que a transação deve ser feita antes da primeira estação, mas ainda temos algum tempo.
– Para você é fácil dizer isso. A única técnica de relaxamento conhecida dos ingleses é a cerveja. Ou o boxe. Além do mais, devo lembrá-lo de que sou meio italiano. Isso não me ajuda muito a lidar com o nervosismo.
– Nesta cabine não há cerveja. Mas fique à vontade para me dar uns socos.

As tentativas de Banerjee no campo do humor eram tão raras que eu nunca sabia ao certo se ele estava mesmo brincando. Aguentei firme, esperando a partida do trem.

* * *

Depois de uns quinze minutos de viagem, Banerjee me disse:
– Você não fala muito das origens italianas de sua família, Christopher.
– É verdade – respondi, sacudindo os ombros. – Você acha que eu deveria?
– Certo dia você me falou que "conhecia um pouco" as tradições italianas. Acho que estávamos falando sobre confetes.
– Oh! Talvez, e daí?
– Concluo que você passou parte de sua infância na Itália. Talvez apenas alguns verões? Se for o caso, me surpreende que não fale mais da Itália.

Fiz uma careta.
– Você tem razão. Passei algum tempo na Itália. Na verdade, desde que nasci até os seis anos. Mas não gosto muito de pensar nesse período.
– Posso lhe perguntar por quê?

– As lembranças que tenho de lá são muito boas, mas...
Parei um instante e continuei:
– São também os únicos momentos que passei em companhia de meus pais. Meu pai era oficial do exército italiano. Minha mãe, uma jovem de boa família que escrevia poemas. Nunca soube ao certo como eles se conheceram, mas, pelo que me lembro, eles se amavam loucamente. Infelizmente, os dois desapareceram. Certa manhã acordei em nossa bela casa às margens do lago de Como, e eles não estavam mais lá. Restavam apenas os empregados, que me olhavam como se eu tivesse sido vítima de não sei que feitiçaria.

Banerjee parecia não estar prestando muita atenção ao meu relato, mas eu já sabia que aquela aparente desatenção era mera fachada. Ele contemplou o botão da manga esquerda de seu casaco e, sem levantar a cabeça, perguntou:

– O que aconteceu em seguida?
– Ao que parece, meus pais deixaram certas instruções antes de desaparecer. Fui mandado para esta cidade, Londres, para a casa de uma irmã de minha mãe. Uma mulher adorável e um marido ainda mais. Mas nem ela nem ninguém jamais levantou o véu sobre o mistério desse desaparecimento. Na verdade, acho que os únicos a saber são meus pais. Se é que ainda estão vivos, claro.

Banerjee ficou desolado.

– Sinto muitíssimo por você, Christopher. Eu sei o quanto isso deve ser duro para um ocidental. E para a maioria das pessoas, aliás.

– Porque uma situação dessas seria indiferente para você, Banerjee?

– Acho que de certa forma isso foi uma sorte para você.

Fiquei chocado:

– Uma sorte? Você está brincando?
– De forma alguma. Para que o mundo continue a existir, é preciso movimento. Metamorfoses. Ora, quando alguém fica muito tempo com os pais, tende a imitá-los. A reproduzir o que eles são. Então o mundo tende para a inércia. Bem cedo você teve a chance de ser você mesmo, sem modelo a seguir. É graças a pessoas como você que progredimos.

Bati a mão na testa.

– Mais uma vez, se eu não o conhecesse, teria motivos para me melindrar. Ah! Banerjee, como você é esquisito...

Banerjee apertou os olhos e murmurou algumas palavras ininteligíveis numa língua que não reconheci. Em seguida, me perguntou:

– Christopher... Eu sei que o tempo está passando e sei também que você está ansioso para localizar Kreuger. Mas tem uma coisa que eu gostaria de fazer antes disso, se você não se incomodar.

– Pode falar.

– Temos essa cabine para nós. Nada nos impede de fazer uma sessão de sonho.

Tive um sobressalto.

– Neste trem? Mas... tenho a impressão de que você não sentiu a sensação habitual. Será que vi mal?

– De modo algum, meu amigo. O que lhe proponho é um sonho excepcional. Veja, há vários dias tenho a sensação de que algo me escapa. Alguma coisa evidente. Sinto muita raiva de mim mesmo por não descobrir o que é.

Lancei um olhar à porta envidraçada da cabine; ela tinha uma cortina que podíamos fechar para não sermos incomodados, e, em termos práticos, nada nos impedia de fazer a sessão. Quanto à sua motivação, com certeza eu iria saber mais sobre ela nos minutos seguintes.

Sem esperar minha concordância, Banerjee esticou-se em seu assento à minha frente e fechou os olhos. Perguntando-me o que o fiscal do trem iria dizer se nos surpreendesse naquela posição, comecei a entoar as palavras rituais. Depois da habitual fase de silêncio, vi as pálpebras de Banerjee se agitarem, depois o tremor nos lábios. Por fim, ele pronunciou as primeiras palavras:

– Encontro-me num grande aposento úmido, muito escuro. Nele há apenas um pequeno postigo. Ou melhor, uma pequena trapeira. Há muitos objetos amontoados num canto. Eu me aproximo deles; parece que estão cobertos, em parte, de teias de aranha. Não, não são teias. Ou melhor: não são mais. São correntes. De metal. Muito finas e muito brilhantes. Estou muito curioso e vou retirá-las com a mão.

Banerjee se calou, depois disse:

– Estou vendo uma caixa com brinquedos. É ela que mais me chama a atenção. Vou olhar o que há nela.

– Então olhe – não pude me impedir de dizer.

– Lá dentro tem um bebê. Ou melhor, uma boneca. De porcelana. Que representa um rapazinho, a julgar pelas roupas. Há também um fantoche de madeira. Não consigo ver muito bem o rosto dele. Será que é um velho? Talvez, é difícil dizer com certeza. Oh...

– Sim?

– Estou sentindo uma presença. Não neste aposento: nesta casa. Aliás, onde estou exatamente? Vou tratar de sair deste sótão. Estou procurando a porta... Ah! Cá está ela. Vejamos... A maçaneta gira. Agora estou no alto de uma grande escada em caracol.

– E a presença?

– Continuo a senti-la. Estou olhando para baixo, debruçado sobre o corrimão. Há um hall muito luxuoso.

Com piso preto e branco. E... Oh! Que coisa estranha! Nele vejo novamente o fantoche, mas do tamanho de um homem. Mas seus movimentos são os de um fantoche, não há dúvida.

– Quem o está manipulando?
– Os cordões sobem até meu andar. Olha...
– Sim?
– A boneca está a meus pés. Os cordões do fantoche estão amarrados em suas mãos. Que se agitam como se estivessem sendo movidas por um mecanismo. A boneca voltou a cabeça para mim.

Aquilo me dava calafrios.
– E o que ela está fazendo?
– Está rindo com gosto.
– É a boneca mesmo que está rindo?
– Não tenho certeza absoluta, mas é o que me parece. Aliás, o riso é cada vez mais violento. Ele enche todo o espaço. É muito assustador.

Normalmente Banerjee nunca ficava "apavorado" com seus sonhos. Portanto, a impressão devia ser muito forte. E enquanto eu refletia sobre aquilo, eu o vi enrijecer e levar a mão para uma das extremidades do corpo. Seu rosto estava crispado numa expressão de dor, e em pouco tempo sua testa se cobriu de suor.

– Banerjee, o que é que você tem? – perguntei, muito preocupado.
– Faça-me voltar – disse ele num sussurro.

Tratei de atender ao seu pedido entoando o canto de retorno. Como nossa experiência anterior terminara da pior forma possível, eu estava preocupado com o rumo dos acontecimentos. Dessa vez, porém, não houve problemas. Eu vi Banerjee recobrar as cores, senti novamente o calor voltar ao seu corpo, e logo ele abriu os olhos.

– O que mais aconteceu? – apressei-me em perguntar.

– Tentaram me matar – respondeu calmamente o detetive, voltando a sentar-se. Ele friccionou o lado do corpo na altura do fígado e acrescentou:

– Uma facada. Mas nesse tipo de transe, ferimentos dessa espécie podem causar lesões verdadeiras. Nosso cérebro sabe enganar muito bem, sabe? Se o convencermos de que o corpo morreu, ele pode se deixar enganar e tirar conclusões apressadas. E lamentáveis.

– Banerjee... Quando estávamos na mansão dos Scriven e você "sonhou"... parece que também sentiu uma dor. De todo modo, aconteceu alguma coisa inabitual. Entende o que quero dizer?

Ele balançou a cabeça.

– Com toda certeza você é um detetive muito melhor do que eu. Sim, Christopher, já fui atacado em um de meus sonhos. Na ocasião que você mencionou. Eu não queria contar-lhe isso.

– Mas... essas "agressões oníricas" são frequentes? Quer dizer, para os praticantes de suas técnicas...

– Não. Elas são raríssimas, e isso significa que um espírito especialmente violento, perigoso e desenganado me teria de certa forma... impregnado? Como um perfume do qual não conseguimos nos livrar?

– E esse eflúvio emanaria de onde, ou melhor, de quem? Certamente você tem uma ideia, não?

– Sim, como já lhe disse. E estou muito triste de não ter entendido antes. Com certeza Kreuger não é o maior perigo que nos ameaça.

– Por favor – esbravejei impaciente. – Explique-me.

Banerjee pousou o olhar no meu e começou a falar em seu tom mais caloroso:

– Christopher, os símbolos são muito expressivos,

mas até agora meu estado de espírito não era favorável à sua materialização. Vou lhe explicar tudo, depois iremos em busca de Kreuger.

— Muito bem. Vou beber suas palavras como um bom vinho.

— Quando estávamos na mansão, deixei de me concentrar, como deveria, naquele que, no fundo, é o verdadeiro assassino: o gato. Ora...

Não ouvi as palavras que ele disse em seguida, porque meu olhar tinha sido atraído por um vulto que surgiu perto da porta da cabine. Eu não tinha dúvida: havia alguém atrás da porta. Esta acabava de se mexer, quase imperceptivelmente, como se a tivessem aberto alguns milímetros, fechando-a em seguida. Fiz sinal a Banerjee para que se calasse e me levantei. Ouvi um roçagar de tecidos, e o barulho do trem abafou o ruído de passos apressados. Uma vez no corredor, avistei um homem de costas, afastando-se em direção ao vagão seguinte. Seu andar se pretendia despreocupado, mas eu sabia que era fingido. Pouco importava: ele não podia nos escapar. Convidei Banerjee a me acompanhar, e partimos no encalço de nosso indiscreto visitante-surpresa. Uma ligeira mudança no andar o traiu: ele notara que nós o seguíamos. Apressei o passo, e foi então que de uma das cabines que havia entre nós surgiu de repente, como um boneco numa caixa de surpresas, um inspetor ferroviário. Agora ele estava entre nós e nosso espião e, para meu desapontamento, nos perguntou delicadamente:

— Os cavalheiros estão com suas passagens?

— Acho que estão em nossa cabine — respondi, agastado, vigiando por cima do ombro do inspetor o fugitivo que se afastava.

— Os senhores poderiam voltar para a cabine e esperar lá? São só alguns minutos.

Eu não sabia o que dizer nem o que fazer: criar um escândalo estava fora de cogitação. Banerjee adiantou-se e disse:

– Acabamos de descobrir que um velho amigo nosso está neste trem e íamos ao seu encontro quando demos com o senhor. Não sabemos em que cabine ele está, por isso queremos encontrá-lo antes que desapareça.

Por um instante o inspetor pareceu hesitar, em seguida, sem dúvida convencido de que nos fazia uma concessão digna de um rei, nos disse:

– Está bem, está bem. Mas peço-lhes que me apresentem as passagens na próxima verificação, do contrário serei obrigado a...

– Nós as apresentaremos sem falta! – disse eu quase o empurrando.

Retomamos a perseguição imediatamente. O homem, porém, tinha tomado distância, e tivemos de avançar quase a correr, o que não era lá muito discreto.

Atravessamos um vagão, depois outro. Curvada sobre a bengala, uma senhora idosa escolheu aquele momento para sair da cabine. Eu a maldisse interiormente, mas ela nos deu passagem mais rápido do que eu esperava; tive a impressão de sentir seu olhar cravado em minha nuca ainda durante um bom tempo.

Pouco a pouco, recuperamos terreno. Estávamos prestes a tomar satisfações ao indivíduo. Ele entrou em outro vagão, e nós o seguimos determinados.

Mas estávamos muito longe de imaginar o que iríamos descobrir quando passamos pela porta.

Aquele vagão não era como os outros, que tinham um corredor estreito e uma fileira de cabines. Em vez disso, consistia num grande espaço arejado, com bancos espalhados no sentido do comprimento, à maneira de um vagão-restaurante chique. Aliás, ele devia ter sido isso mesmo numa viagem anterior. Àquela altura, porém, poderia ser confundido com uma sala de estar burguesa. Nosso espião foi sentar-se a um canto, lançando-nos um olhar malicioso. Seu rosto era comprido, com traços marcados, em meio aos quais pairavam dois olhos de um azul ártico. Seus lábios muito grossos formavam um ricto de desdém: eu o detestei imediatamente.

Mas ele não estava só no vagão. Um pouco mais afastado, sentado num banco de dois lugares, havia outro indivíduo de costas para nós. Reconheci, sem a menor sombra de dúvida, os ombros de jogador de rúgbi e os cabelos que por muito tempo julguei serem brancos, quando na verdade eram de um louro argênteo.

Era Kreuger.

Depois de um instante, ele se levantou e nos encarou. Tudo naquele homem era uma demonstração do princípio de poder. Ele dava a impressão de uma força esmagadora e não apenas física. Aliás: observando-o, ninguém podia imaginar que aquele indivíduo pudesse se ver em apuros. Estar junto dele era como encontrar-se ao pé de uma montanha esperando a avalanche. Ele me perscrutou através do *lorgnon* com aro de ouro que eu conhecia bem e nos cumprimentou com um gesto de cabeça. Em seguida, cruzou os braços às costas, ficou calado por um instante e finalmente disse:

– Christopher Carandini... Eu esperava tornar a vê-lo. Imagino que a pessoa que o acompanha é o famoso Arjuna Banerjee, não? O "mágico"?

Banerjee não podia deixar passar tamanha inexatidão:

– Desculpe-me, senhor Kreuger. Eu existo. Eu estou diante de você. Os mágicos não existem.

Kreuger assentiu e tossiu ruidosamente. Pouco depois,

o trem diminuiu a velocidade, e as luzes da plataforma de uma estação vieram dançar às janelas. Kreuger praguejou.

– Sinto muito estragar sua festinha, Kreuger – eu disse.

– Você não estraga coisa nenhuma, meu pobre amigo. Você se dá importância demais. Como sempre.

Eu não podia lhe tirar a razão: nós acabávamos de nos meter estupidamente na boca do lobo.

Agora o trem estava parado, e a tensão no vagão aumentou. Ninguém ousava dizer nada, como se a mínima palavra pudesse atear fogo à pólvora. Havia agitação na plataforma da estação, que se espalhou pelos vagões adjacentes. A porta de comunicação se abriu, dando passagem a um novo personagem, calvo e seco feito um cabo de vassoura. A julgar pelas gotas de suor que lhe banhavam o crânio, ele não estava mais à vontade do que nós. Deduzi corretamente que se tratava do homem a quem entregariam os planos.

– Kreuger, quem são esses homens? – ele perguntou numa voz em que havia um leve sotaque eslavo. – Tínhamos combinado que...

– Não se preocupe com eles, meu bom Benedek. Logo eles deixarão de existir.

Ainda nervoso, o tal Benedek cruzou os braços quase tremendo.

– Perfeito – ele disse. – Então por que perder tempo, não é mesmo? Onde estão os planos?

– Wilbur – ordenou Kreuger. – Atenda ao senhor.

A essas palavras, o pau-mandado de Kreuger levantou-se e entregou a Benedek um estojo de violino. Benedek mexeu no fecho, olhou dentro da caixa e disse:

– Parece que está tudo aqui. Mas permita-me examinar mais um pouco.

– Você está perdendo tempo, mas faça como preferir.

Em seguida, Kreuger se voltou para nós:
— Se vocês estão aqui, imagino que saibam o que estão fazendo. Portanto, não há nenhuma necessidade de hipocrisia, não é mesmo? Na verdade, acho bom avisá-los de uma coisa: vocês não sairão vivos deste vagão. Não posso deixar de matá-los, considerando o que vocês sabem. E acho que nenhum dos dois aceitaria suborno, não é verdade? Então, nada de perder tempo. Wilbur, você não quer...

O homem que nos havia espionado sacou um revólver do casaco e o envolveu num pano que estava à sua mão: os disparos seriam abafados, se é que alguém os ouviria em meio à barulheira da locomotiva.

— Esperem! – gritei.
— Oh, senhor Carandini, um pouco de compostura não faz mal a ninguém! Foi uma coisa estúpida de sua parte lançar-se a nossa perseguição dessa maneira. O que vocês estavam esperando? Eu sei que vocês estão a serviço daquele fedelho lorde Thomas, ainda empolgado com a ideia de levar adiante a empreitada do pai. Infelizmente, foi por sua causa que Brown morreu! Ele não era lá muito esperto, mas me era muito útil. Enfim... Agora está tudo acabado. Aluguei estes dois vagões. E pode acreditar: gosto de conforto quando viajo. Este vagão é muito confortável, mas o próximo, imagine você, serve de depósito de bagagens e às vezes também de mercadorias. E nele há uma porta que se abre de dentro com esta chave.

Ele tirou do bolso do casaco um objeto de latão, que nos mostrou com muito orgulho.

— Ainda assim... – insisti. – Se você tem mesmo de nos matar, não me deixe morrer na ignorância. Eu só queria saber uma coisa: por quê? Você é milionário: você acha mesmo que vai se sentir mais feliz quando os japoneses

pagarem o que lhe devem? Por favor, não vá me dizer que tem dívidas de jogo ou uma amante para sustentar.
– Na verdade, tenho as duas coisas – respondeu Kreuger em tom confidencial. – Mas nada que me cause maiores problemas.
Banerjee interveio:
– É o medo.
– O quê? – perguntou Kreuger, parecendo um leão do qual tivessem puxado a cauda.
– Você tem medo, senhor Kreuger. Pode-se perceber, ver e ouvir o medo. Eu quase seria capaz de tocá-lo. Você tem medo. De alguma coisa... ou, melhor, de alguém. Em geral, os homens agem pelo poder ou por medo. Claro que muitas vezes os dois se combinam. Raros são aqueles que agem por amor.
Kreuger ficou vermelho de raiva e esbravejou:
– E você, Banerjee? O que o fez deixar seu belo país? Sei muito mais sobre você do que você imagina.
Imperturbável, Banerjee retrucou:
– Pouco importa o que você julga saber. Tanto faz: você tem medo de alguém, senhor Kreuger. E é por causa dele que estamos juntos aqui. Por causa de *Mordred*.
Esse nome foi como uma bomba caindo sobre Kreuger. Ele recuou um passo e ficou vermelho como se sufocasse.
– Você não acha que em vez de nos matar poderia beneficiar-se de nossa ajuda? – Banerjee falou.
Parecendo ainda desconcertado, Kreuger rosnou. Em seguida, como se as palavras lhe escapassem da boca, disse:
– Ninguém pode nada contra ele... Nem você nem eu.
Então ele se recompôs, e o tal Wilbur apontou a arma contra nós. Kreuger fez sinal para que o seguíssemos para o vagão seguinte. Benedek ficou preocupado:
– Kreuger, tem certeza de não estar cometendo um

erro discutindo com eles neste trem? Não podemos correr o risco de...
— Não se preocupe — interrompeu o industrial. — Está tudo bem aqui. Uma bala para cada um e uma passagem para o exterior. Vamos esperar mais um pouco para que a paisagem fique mais desimpedida. Não demora muito, e o trem vai passar por uma ponte. Então nossos amigos vão nos deixar, e lhe garanto que seus corpos nunca serão encontrados, e, se forem, será num momento em que não teremos mais que nos preocupar.
— Ainda assim, Kreuger, estou vendo agora que você trabalha com alguém que não conheço. Quem é essa pessoa que você teme? Meus parceiros japoneses não gostam de surpresas. Principalmente em ocasiões como essas. Não é hora de...
Kreuger fez um gesto cheio de arrogância, que calou o bico de seu interlocutor. Este não insistiu. Wilbur, o pau-mandado, nos empurrou para a frente com o cano da arma, sempre envolto num pano. Àquela altura, não tínhamos alternativa senão nos deixar conduzir.
O vagão seguinte estava praticamente vazio; havia apenas algumas malas de viagem e uma caixa de transporte de cães, cujo ocupante ganiu quando nos viu entrar. Kreuger então se dirigiu à porta que dava para o exterior e, como havia anunciado, abriu-a com a tal chave. Logo se ouviu o barulho dos pistons e das bielas, e um vento acre nos fustigou o rosto.
— A viagem de vocês acaba aqui, senhores, anunciou friamente Kreuger. Eu devia ter cuidado de vocês muito antes, mas nunca é tarde para fazer o que é preciso, não acham? Atherton tinha lá seus pequenos defeitos, mas me era precioso. Vocês vão pagar também pelo que fizeram a ele.

Banerjee avançou em direção a Kreuger, palmas voltadas para a frente. Ele ia dizer alguma coisa, mas não teve tempo de fazê-lo. Com um simples movimento dos olhos, Kreuger deu uma ordem ao pau-mandado, que disparou contra Banerjee sem hesitar um segundo. Enrijeci o corpo, horrorizado. Banerjee caiu de joelhos sem um grito, a mão crispada em volta do ombro já ensanguentado. Mal se ouviu a detonação, abafada pelo tecido que envolvia a arma. Este, porém, se incendiou. Wilbur, que parecia não ter previsto esse efeito secundário, ficou por um instante sem saber o que fazer. Essa pequena perturbação não escapara a Banerjee; num piscar de olhos, ele se pôs de pé e, ignorando a dor, lançou-se contra Wilbur.

Kreuger praguejou, mas, consciente do perigo que agora corria, não me deu tempo de reagir e ajudar Banerjee. Ele sacou uma minúscula pistola do casaco e disse:

– Ela só dispara uma bala, mas pode acreditar que não vou precisar de mais. Fique onde está, senhor Carandini.

Sem nada poder fazer, assisti à luta entre Banerjee e o sinistro Wilbur. Em condições normais, meu patrão era muito ágil; mas estava perdendo muito sangue, e Wilbur era mais alto que ele. O resultado daquela luta me parecia incerto, ainda mais que os dois agora se encontravam bem perto da abertura: não havia dúvida de que Wilbur pretendia livrar-se de Banerjee, atirando-o por cima da balaustrada. Lancei um olhar à arma ainda fumegante que estava no chão, perto de mim. Mas Kreuger vigiava todos os meus movimentos e me fulminaria antes que eu tivesse tempo de cobrir metade da distância. Limitei-me, pois, a esperar; mas o que aconteceria se Banerjee levasse a melhor sobre Wilbur? Kreuger só dispunha de uma bala, e quem ele decidiria matar? A perspectiva de morrer naquele trem, injustamente, como um miserável, me deu náuseas. Aguentei firme.

Agora Banerjee estava com as costas voltadas para o vazio. O braço ferido continuava sangrando abundantemente, e eu percebia, pelos seus gestos que se tornavam menos precisos, que suas forças o abandonavam. Então ele segurou o rosto de Wilbur e se pôs a apertá-lo como se tentasse quebrar uma noz. Wilbur grunhiu e ficou imobilizado. Apenas dois segundos depois, porém, ele pareceu se recompor e, num último esforço, desvencilhou-se de Banerjee, atirando-o no vazio. O horror daquela visão me partiu o coração e o espírito, e reduziu meus ossos a pó. Eu queria acreditar estar sonhando; tratando-se de Banerjee, por que não seria mesmo um sonho? Mas não. Eu estava ali, naquele vagão, bem desperto.

Tudo acabado.

Meu patrão, um dos homens mais brilhantes e humanos que conheci, acabava de perecer sob os ataques daquele animal. Na mesma hora em que, como Kreuger havia anunciado, passávamos acima de um braço d'água. Eu poderia ter urrado, chorado... Mas a verdade é que já não tinha forças para mais nada. Nem mesmo para salvar minha própria vida. Que também corria o risco de acabar naquele mesmo instante. Wilbur apanhou sua arma, e Kreuger lhe ordenou calmamente:

– Vá em frente, meu rapaz. Uma bala – dessa vez no coração – e uma rápida passagem por cima da balaustrada.

Wilbur apontou a arma contra mim, mas não disparou.

– Qual é o problema? – disse Kreuger, impaciente. – O que é que você está esperando? Mate-o!

Wilbur continuou imóvel e me olhou de uma maneira curiosa, como se, de repente, minha situação lhe despertasse alguma forma de compaixão.

– Voltaremos a falar sobre isso! – rugiu Kreuger. – Eu mesmo vou fazer o serviço.

Ele me apontou o revólver e perguntou:
- Uma última frase?
- Se eu tivesse alguma - respondi -, não seria a você que eu diria. Vá para o inferno!

Kreuger pareceu decepcionado:
- Eu esperava alguma coisa mais contundente, tratando-se de um jornalista de seu calibre. Enfim! Quem poderia saber como reagiria numa situação como esta? Adeus, caro adversário. Você foi brilhante e astucioso. Eu sou mais ainda.

Fechei os olhos, recusando-me a encarar a morte. Será que eu ouviria o disparo? Ou tudo estaria terminado antes que eu me desse conta de alguma coisa?

Inspirei profundamente e ouvi a detonação.

Mas não senti nenhuma dor. E tampouco me sentia lançado em outro mundo. Abri um olho; Kreuger continuava ali, apontando a arma contra mim, mas virara a cabeça para outro lado. Benedek se encolhera num canto do vagão e Wilbur estava imóvel. O cheiro não enganava, um tiro fora disparado. Mas não da arma de Kreuger: na porta de comunicação dos dois vagões havia um homem cuja presença jamais pensei poder apreciar tanto.

*   *   *

O superintendente Collins! O que fazia ali? Pouco importava: ele estava me salvando a vida.

- Aconselho-o a largar a arma, senhor Kreuger - disse ele com voz imperiosa. - E isso vale também para seu esbirro, não é?

Wilbur depôs o revólver a seus pés e Kreuger, embora hesitante, resolveu finalmente obedecer. Notei então que atrás de Collins havia, além de outros dois agentes, a senhora idosa por quem eu passara um pouco antes. Ela passou por Collins e se aproximou de mim. Então percebi o meu engano: sob uma peruca cinza, vi os belos e brilhantes olhos de Lenora me fitando.

— Como... Lenora? Não estou entendendo — balbuciei.

— Eu achei que apesar de tudo poderia ser útil em alguma coisa. E não se esqueça de que eu também conheci o superintendente Collins.

— Mas claro! — exclamei. — Durante a investigação depois do suicídio de Brown. Ah, Lenora, você não imagina o quanto estou feliz por você não ter acatado as ordens de Banerjee.

Pronunciar esse nome me trouxe de volta à realidade. Eu estava salvo, Collins e Lenora estavam ali... Mas por que Banerjee não reaparecia? Essa ideia era tão insuportável que eu quase sentia raiva dele por nos ter abandonado. Mas não importava o que eu pensasse ou deixasse de pensar: de todo modo, ele estava morto.

Mordi os lábios e, com voz sumida, disse:

— Collins, não deixe esse sujeito se jogar do trem ou sei lá mais o quê. Ele tem muita coisa a nos dizer.

Dois homens vieram segurar Kreuger pelos braços. Collins dirigiu-se a Benedek e lhe tirou das mãos o estojo de violino que ele protegia como se fosse um recém-nascido. Collins o abriu e de lá tirou um grosso maço de papéis numa encadernação onde se lia *Sinfonia n. 9*. Ele os olhou rapidamente e se aproximou de Kreuger até seus narizes quase se tocarem. Num tom glacial, ele disse:

— Você pode me dizer o que esse senhor fazia com os planos do *HMS Dreadnought* neste estojo de violino, não é?

Kreuger não respondeu. Collins interpelou Benedek:

— Quem é você? Para quem você trabalha? A quem você ia entregar tudo isso?

– Eu... eu trabalho para o senhor Kreuger – mentiu o careca. – Não há nada de anormal em...

– Olhe bem para mim – interrompeu Collins. – Acabou, não é? Acha que tenho cara de alguém de quem se pode zombar? Francamente: acha que tenho cara de palhaço, não é?

– Eu... eu diria que não – gaguejou Benedek.

– Minha mulher também diz isso. Você não vai zombar de mim, velhote, não é? Esses documentos não são para se passear com eles de trem, você não concorda? Vamos tirar tudo isso a limpo, pode acreditar.

Ele se voltou para mim e perguntou:

– Aliás, onde está Banerjee?

Ante meu silêncio e meu ar contrafeito, Collins e Lenora compreenderam. E a confirmação veio pelas manchas de sangue no piso do vagão. Lenora abafou um grito, e num instante seus olhos se encheram de lágrimas.

Durante esse tempo, Wilbur, com ar alucinado, não tinha mexido um dedinho. Por pouco teríamos esquecido sua presença. Mas logo ele foi algemado, como os outros dois.

– Você vai ter de responder por tudo isso, senhor Kreuger. E não pense que seus milhões o salvarão! Palavra de Collins: vou fazer tudo para você abrir o bico.

– Pouco importa, zombou Kreuger. – Eu já estou morto.

– Que diabos você está dizendo? – interpelou-o Collins?

Intervim:

– Parece que Kreuger não é o único cérebro nesse negócio. Há alguém que o aterroriza... a ponto de fazê-lo perder toda prudência. Acho que Banerjee tinha descoberto de quem se tratava. Infelizmente, ele não teve tempo de me dizer.

Collins ergueu os braços.

– Bah... pouco importa: eu também vou terminar

descobrindo a verdade. É o meu ofício, não é? Basta fazer as perguntas certas... do jeito certo!
– Esperemos que sim – respondi. – Esperemos que sim.
Houve um pequeno momento de confusão, e então Collins fez sinal a seus homens para que levassem embora Kreuger e seus comparsas. Ao passar por mim, Kreuger, com um sorriso de desespero, me falou:
– Mordred... ele vai me matar. E vai matar você também, senhor Carandini. Você não vai conseguir escapar.
– Você vai contar suas lorotas a seu advogado, senhor Kreuger. Vamos, mexa-se!
Ruben Kreuger, um dos homens mais poderosos da Inglaterra, foi embora de cabeça baixa, arrastando os pés. A justiça ainda não fora feita, mas estávamos bem perto disso.
Antes de sair do vagão, Collins me disse:
– Se você tivesse me avisado, eu não teria acreditado. Você sabe o motivo, não é? Felizmente havia Srta. Buchan. Ela parece ser muito menos maluca que vocês dois. Ela conseguiu me convencer a... dar-lhes uma ajudinha. É a ela, pois, que você deve agradecer o fato de ainda estar vivo. Não a mim, não é?
Ele me deixou sozinho com Lenora, depois de nos informar que faria os prisioneiros descerem na próxima estação. Lenora não ousava me olhar nos olhos. Depois de um tempo, ela disse:
– Banerjee... Como é que foi?
– Ele levou um tiro no braço. Depois disso o homenzarrão que você viu conseguiu jogá-lo para fora do trem. Estávamos passando por uma ponte não muito alta, mas... não tem como Banerjee ter sobrevivido à queda nas condições em que se encontrava. Acho que vamos ter de reconhecer que o perdemos para sempre.
– Estou arrasada, Toph. De verdade.

Suspirei.

– Ah, que falta vou sentir dele, diabos! Nem sempre eu entendia o que ele falava e aonde queria chegar, mas acho que ele mudou minha vida de forma mais profunda do que eu poderia imaginar. Ele me fez recuperar a autoestima. Espero conseguir ser digno do exemplo que ele esboçou para mim. Para todos nós, aliás.

Lenora tirou um lenço do bolso e enxugou os olhos.

– O que você vai fazer agora? – ela me perguntou.

– Não sei muito bem. Kreuger não pode mais me atingir, e acho que não terei dificuldade em voltar para o jornalismo. Afinal de contas, se eu me tornei um pária, foi por causa dele; agora ele que é o pária. Além disso...

– Sim?

– Talvez eu possa sonhar em ajeitar um pouco a vida. Quem sabe me casar... Já não é sem tempo, não? Quase todos os meus amigos estão casados.

– Oh! É mesmo? Bem... Você me manda um convite.

– Você vai ser a primeira a ser avisada, pode acreditar. Mas ainda não chegou a hora. Ainda tenho muitas coisas a... ajeitar.

Ela tomou minha mão na sua e a segurou por alguns instantes. Depois, com uma encantadora delicadeza, soltou-a suavemente.

– Estou ansiosa para saber mais sobre isso. Não me faça esperar muito.

– Eu prometo – respondi.

Resolvemos deixar o funesto vagão e, quando íamos passar pela porta, não pude deixar de olhar por cima do ombro, em direção à bendita abertura que levara Banerjee à morte. Meu coração apertou, mas não havia nada que eu pudesse fazer.

Eu teria de viver com aquele vazio.

MORDRED

— LORDE THOMAS O ESPERA — ME DISSE SECAMENTE SENHORA DUNDEE, ABRINDO-ME A PORTA DA MANSÃO. Segui-a pelo corredor e pelas salas, agora familiares, até o pequeno salão onde ficava o "novo" lorde Scriven. Acomodei-me nele enquanto o esperava e entreguei-me aos meus pensamentos.

Três dias tinham transcorrido desde a prisão de Kreuger. Coube a mim comunicar à nossa bondosa Polly a morte de Banerjee. Sem dizer palavra, ela me olhou como se eu tivesse enlouquecido. Depois, sempre calada, se pôs a polir suas antiguidades de forma cada vez mais vigorosa e logo se viu sacudida de soluços. Como nunca sei o que dizer nem o que fazer em momentos como esse, covardemente, deixei-a só com a sua dor.

Eu estava rememorando aquela cena mais uma vez, meio envergonhado, quando lorde Thomas veio ao meu encontro. Ao me ver, ele teve uma expressão de compaixão e por pouco não me abraçou. *Noblesse oblige*, ele ponderou melhor e me deu um vigoroso aperto de mão.

— Sinto muitíssimo o que aconteceu — principiou ele.

– Mas não se preocupe: farei o que puder para que Kreuger tenha a punição que merece. Sua traição pode lhe custar o pescoço.

Abaixei os olhos.

– Lorde Thomas, estou vendo que não está a par do que aconteceu. Collins não veio comunicar-lhe?

– Como? A par de quê? Cá estão os jornais desta manhã, e...

– Kreuger morreu ainda há pouco.

Thomas ficou desconcertado:

– Morreu? Mas como? Ele se matou?

– Não, ele foi apunhalado em sua cela, ainda não se sabe por quem, em plena luz do dia.

Acabrunhado, o jovem lorde se deixou cair na poltrona.

– Morto... Eu queria tanto que houvesse um processo longo e penoso. Depois do que ele fez a meu pai... E a vocês, claro.

– Era o que eu queria também.

– E nunca haveremos de saber se havia outra pessoa por trás de tudo isso.

– Acho que agora já não importa tanto – menti.

Lorde Thomas chamou um criado e pediu-lhe que nos trouxesse um lanche. Em seguida, me disse:

– Christopher, posso usar minha influência familiar para lhe arranjar algum trabalho. Mas vou lhe ser franco: gostaria muito que trabalhasse para mim. Eu sou jovem. Estou longe de ter completado meus estudos, não conheço grande coisa da vida e disponho apenas de uma inteligência que julgo razoavelmente desenvolvida. Vou precisar de alguém com quem possa contar.

Fiz uma mesura.

– Isso para mim é uma grande honra, lorde Thomas. Para falar francamente, é verdade que nossas vidas foram diferentes, mas não sou muito mais velho que você. Seu pai com certeza estava cercado de pessoas mais qualificadas que ficariam contentes em ajudá-lo.

– Um bando de abutres que falam comigo como se eu fosse um retardado – indignou-se lorde Thomas.

– Não duvido, e lhe digo mais uma vez que sua proposta me lisonjeia muitíssimo. Mas no momento não posso aceitá-la. Minha verdadeira vocação é outra. E pretendo exercê-la mais um pouco.

O jovem se mostrou desapontado, mas ao mesmo tempo resignado.

– Como quiser, Christopher. Mas você me permite ter esperanças?

– Sim, milorde.

– Isso não muda em nada minha proposta; eu o ajudarei a voltar a uma redação.

– Agradeço-lhe também por isso. Espero consegui-lo sem recorrer a você.

Trouxeram-nos então uma bandeja com alimentos mais ou menos comíveis – pelo menos àquela hora do dia.

Perguntei:

– Diga-me uma coisa, milorde, seu irmão mais novo Alistair está aqui, não é?

– Como é que você sabe? Ele está aqui, sim. Mas até poucos dias estava num internato com pequenos problemas de saúde.

– Tive a impressão de ouvir sua voz ao entrar – respondi. Na verdade, eu não tinha ouvido nada, mas Thomas se contentou com minha resposta. Acrescentei:

– Posso falar com ele? Gostaria de perguntar-lhe uma coisa. Caso ele não esteja muito mal, é claro.

– Eu... sim, claro – disse lorde Thomas surpreendido. – Mas não faço ideia do que você possa querer com ele!

– Oh! Nada. Quero lhe fazer uma simples pergunta, e queria fazê-la a sós com ele. Com a sua permissão, é claro.
– Você a tem. Vou mandar chamá-lo. De minha parte, estarei no escritório de meu pai. Bom, no *meu* escritório de agora em diante: e me pergunto dentro de quanto tempo vou ter a sensação de merecer esse título, essa propriedade...
– O tempo dará um jeito nisso, lorde Thomas. Como sempre.

Esperei enquanto um criado cuidava para que Alistair viesse até mim. Após alguns minutos, o menino apareceu, pálido e com ar de cansaço. Apesar disso, suas faces continuavam rechonchudas e com a mesma expressão brejeira. Dedos cruzados, ele se sentou numa poltrona e esperou o que estava por vir.

– Alistair, o senhor Carandini quer lhe fazer algumas perguntas – explicou lorde Thomas. – Vou deixar você com ele, está bem? Não está muito cansado, meu velho?
– Não, Thomas, estou melhor. Obrigado.

Satisfeito, lorde Thomas saiu da sala junto com o criado. Esperei para ter certeza de que eles já estavam bem longe, aproximei-me de Alistair e me enchi de coragem.

– Lorde Thomas disse que eu queria lhe fazer algumas perguntas, mas na verdade quero fazer só uma.
– Pode falar, senhor – respondeu o rapazinho.
– Minha pergunta é simples: quem é você?

Ele me olhou espantado, mas não notei o menor sinal de medo em seus olhos.

– Não estou entendendo, senhor.

De pé diante de Alistair, costas eretas, continuei:
– Precisei de certo tempo para entender o último sonho de Banerjee. Provavelmente porque a explicação que estava debaixo de meu nariz me parecia sem sentido. Mas agora acho que sei exatamente o que ele ia me dizer.

O rosto dele me pareceu diferente; a doçura e a candura o tinham abandonado totalmente.

– Continue – disse com a voz de repente muito firme.

Combinada com seu timbre juvenil, aquela ordem soava bem desarmante.

– Antes de morrer, Banerjee sonhou que se encontrava numa residência ampla. Como esta. Num sótão, no fundo de uma mala, ele encontrava um bebê e um fantoche. Vou deixar de lado o desenrolar do sonho, mas, a certa altura, a criança parece ser quem manipula o fantoche. Um fantoche cuja idade não foi possível calcular: a princípio, um velhote; sua aparência nunca é claramente definida.

Alistair se contorcia na cadeira:

– Bem, senhor. E o que pensa desse sonho?

Agora sua voz tinha um tom de desafio.

– Acontece que eu tinha relegado essa informação a um canto de meu cérebro. Mas o bebê usava roupas de menino.

– Um menino como eu?

– Sim, como você.

Agora eu não conseguia mais parecer íntimo nem exibir a condescendência involuntária que os adultos têm com os mais jovens.

– Eu devia ter pensado nisso antes. A última coisa que Banerjee me falou foi a respeito de Cromwell, seu gato. Na ocasião, não compreendi aonde ele queria chegar. Mais tarde, me lembrei de uma coisa: segundo *lady* Scriven, normalmente ninguém consegue aproximar-se desse novelo munido de garras. Com exceção do falecido lorde Scriven. Mas você, você... o pegou sob as minhas vistas, como se fosse um bicho de pelúcia. E há também o fato de que você passa muito tempo na estufa. A arma do crime, o veneno, veio de lá.

— É verdade — admitiu Alistair. — Mas vamos ao que interessa...

Apoiei os punhos numa mesinha.

— Alistair, acho que o sonho de Banerjee não é muito difícil de interpretar. É você quem maneja os cordões. Desde o princípio. Foi VOCÊ que matou seu pai adotivo.

O rapazinho sorriu, e tive a impressão de levar uma punhalada no coração.

— É verdade — disse ele com uma indiferença terrível.
— Eu é que o matei. Enfim: eu pus em Cromwell o dispositivo, cujo princípio Banerjee tão inteligentemente entendeu. Cromwell nunca deixaria que qualquer outro o fizesse.

Eu tinha a impressão de viver um pesadelo. Quando se calava, Alistair parecia uma criança qualquer de sua idade; com sua figura rechonchuda, pernas em X, dedos das mãos cruzados, ele era de uma bonomia desarmante. Não obstante, quando se exprimia, era com o cinismo e a entonação de gente adulta. E não de adultos cuja companhia eu apreciasse.

Nervoso, pus-me a andar de um lado para o outro sob o olhar vigilante do rapazinho.

— Faz três dias que Kreuger foi preso — eu disse. — Durante esses três dias, pude refletir sobre tudo isso e também me informar um pouco sobre você. Fui ao orfanato de onde lorde Scriven o tirou. O diretor não quis conversar comigo, mas me deixou consultar os arquivos. Acho que, no fundo, ele queria muitíssimo que neles eu descobrisse a verdade. Lorde Scriven não foi sua primeira vítima, não é?

— Não.

— Você matou seus pais verdadeiros. A investigação não se completou, mas li a correspondência do diretor do orfanato com o inspetor encarregado da investigação.

O pequeno bateu palmas.

– Muito bem. Você é um bom investigador. Mesmo sem seu amigo adivinho.
– Não foi por acaso que lorde Scriven o adotou. Na verdade, ele não o escolheu... aconteceu justamente o inverso! Como foi isso?

Alistair respondeu com desdém:
– Um mágico nunca revela seus truques. Vou fazer uma exceção para você, mas acho que você deve se sentar. Pode ser que demore um pouquinho.

Ainda muito incomodado, fiz o que ele sugeriu.
– Meus pais não eram ricos – ele falou. – Minha mãe trabalhava para uma das empresas de lorde Scriven. Uma secretária dedicada, sem história. Mas acontece que era também muito bonita. E um belo dia o bom lorde se apaixonou por ela. Será que ela também tinha se apaixonado? Não sei dizer, mas o fato é que nove meses depois eu vim ao mundo.
– Mas, então...
– Sim, senhor Carandini, lorde Scriven era meu pai biológico. Roubei as cartas enviadas a minha mãe e logo tive a confirmação desse fato. Para dizer a verdade, eu ficava muito espantado com a relativa opulência em que eu e meus pais vivíamos. Meu "pai", pelo menos aquele que o era em termos legais, estava sem trabalho. E com certeza não era o salário de minha mãe que nos permitia viver naquela casa confortável sem que nada nos faltasse.
– Mas... que idade você tinha quando...
– Quando os matei? Oh! Oito ou nove anos, acho. Ouça, senhor Carandini, meu problema, desde que nasci, é que eu sou o que se chama de gênio. Aos seus olhos, um gênio do mal, sem a menor dúvida. Mas pouco importa. Aos três anos de idade eu já sabia ler muito bem. Aos cinco anos, resolvia equações matemáticas. Em seguida,

minha inteligência cresceu de forma exponencial. Para mim, você é que é uma criança, senhor Carandini.

– Um superdotado – murmurei.

– Não! Superdotado, não: um gênio. Superdotados há por toda parte. Aparecem o tempo todo. A vida termina por enquadrá-los, e eles entram no rebanho. Eu sou diferente, senhor Carandini. Sou destinado a grandes realizações.

Balancei a cabeça, como se para me livrar dos horrores que estava ouvindo.

– Mordred... – eu disse. – Infelizmente pouco sei de lendas! Se o fosse, talvez tivesse compreendido bem antes. Mordred era o filho ilegítimo do rei Arthur. Um cavaleiro brilhante e precoce... que terminou por matar o pai. Foi por esse motivo que você escolheu esse... nome de guerra, não é?

– Esse não foi o lance mais difícil de descobrir, e você acertou em cheio, senhor Carandini. Mais uma vez, parabéns.

Avassalado por essas revelações, perguntei com voz sumida:

– Por que você matou seus pais? Em que eles o prejudicavam?

– Ah, sim! Nós fugimos ao assunto! O assassinato: vamos lá. Terminei por me render a essa triste evidência: para me emancipar, eu teria de deixar meus pais. De forma violenta. E tirar partido do que eu sabia, naturalmente. Pode-se ter toda a inteligência do mundo, mas nada se pode fazer sem um pouco de logística e dinheiro. E quem tinha tudo isso era lorde Scriven. Então, certa noite, providenciei para que meus pais morressem asfixiados pelo fogareiro a carvão. Um acidente muito comum! Quanto a mim, "escapei por milagre". Um investigador, como você disse, teve lá as suas dúvidas.

Limitou-se a advertir o orfanato onde me puseram. Nem é preciso dizer que tive o cuidado de conservar as cartas que comprometiam meu pai verdadeiro. Imagine o escândalo se descobrissem isso! Assim, não foi muito difícil fazer com que ele se interessasse pelo meu caso, obrigando-o a me adotar.

Eu não conseguia acreditar no que ouvia.

– Mas depois disso lorde Scriven passou a desconfiar de você, não?

Ele caiu na risada.

– Desconfiar? Você acha que sou estúpido a ponto de mostrar minhas cartas logo de cara? Meu pai nunca descobriu que eu estava por trás de tudo isso. Eu sou um gênio, lembre-se. Modéstia à parte. Para lorde Scriven, quem tramou tudo foi um misterioso chantagista.

– Que interesse teria um chantagista em fazer com que você fosse adotado? Em geral, o que essas pessoas querem é dinheiro.

Alistair balançou a cabeça em sinal de admiração.

– Muito bem observado. A chantagem não tinha por base o dinheiro, mas a moral. Lorde Scriven deveria cuidar do filho ilegítimo para pagar seu pecado. Do contrário, a história das cartas viria a público. Ele nunca descobriu que fui eu. Sempre me mantive fiel ao meu papel de criança ajuizada e muito grata pelo bem que me faziam. Quem haveria de desconfiar de um menino simpático, alegre e rechonchudo? Eu não coleciono animais mortos, não tenho passatempo mórbido. Todo mundo gosta de mim. E ninguém desconfia de nada.

A minha vontade era pular em cima dele e estrangulá-lo, mas tive de me contentar com as palavras.

– Seu pequeno demônio desgraçado! – exclamei.

E isso pareceu divertir muito o menino.

— Ora, eu valho muito mais que isso, não acha? Pense um pouco! Eu, um menino de treze anos, tive acesso aos segredos mais bem guardados do país. Meu pai nunca desconfiou por que eu gostava tanto de "ir brincar" em seu escritório, onde ele guardava todos os seus preciosos dossiês. É como se eu tivesse tomado assento na Câmara dos Lordes! A partir daí, por Deus... Não foi difícil aliciar para a minha causa um imbecil como Brown ou um patife como Kreuger.

— Kreuger tinha pavor desse tal Mordred. De você, pois. Como se deu isso?

— Oh! Ele nunca me viu, sabe? Ele tinha medo do personagem imaginário que criei para aterrorizá-lo, só isso. Mas eu sabia tanto sobre uns e outros que podia fazer metade de Londres abrir o bico. Era como jogar xadrez, como o mágico que ganhou várias partidas simultâneas contra grandes mestres. Sabe como ele conseguiu isso?

— Não, mas...

— Deixe-me explicar: isso vai esclarecer você sobre meus métodos. Naquele torneio um tanto especial, cada um dos grandes mestres de xadrez estava numa sala isolada. O mágico tinha tal memória que era capaz de memorizar as jogadas de cada um deles. Então, em vez de jogar partidas que com certeza teria perdido, ele de certo modo fez os enxadristas jogarem uns contra os outros. Um mestre fazia uma jogada, e o mágico a repetia na sala ao lado. Visto de fora, pensava-se que o mágico, que nada sabia de xadrez, jogava contra A, B, C, D, E e F. Na verdade, A jogava contra B, C contra D, e E contra F. De sua parte, o mágico era um hábil maestro. Apesar de sua inexperiência, ele ganhou metade das partidas, o que foi saudado como uma proeza. Entende?

— Entendo, sim.

– Pois bem! Fiz exatamente a mesma coisa. Com as informações de que dispunha graças a meu pai, joguei uns contra os outros. O golpe parecia sempre vir de um adversário declarado, mas por trás de tudo isso estava a minha mão. Foi assim que consegui ganhar esse domínio sobre Kreuger, que fez muitas jogadas erradas. Para ele, eu era um homem poderoso e invisível, capaz de golpear qualquer um quando bem quisesse. E eu é que concebi seu sistema de arquivos e a máquina incrível que converte textos em notas musicais. Depois disso, como ele não iria me respeitar? A imaginação fez o resto! E ele estava muito longe de pensar que seu misterioso parceiro era um menino que se contentava em semear a discórdia entre adultos muito seguros de si.

Maxilar crispado, costas cobertas de suor, consegui articular:

– Mas, de qualquer forma, como você fez para que ele lhe obedecesse dessa maneira?

– Eu já lhe disse: ele cometeu muitos erros. E, com meu cérebro, não foi difícil chegar até ele e reunir provas. Você não pode imaginar o quanto isso é fácil, na verdade. Quando se pressiona no lugar certo, qualquer um esquece o senso comum e se comporta como um louco. Para não perderem o que possuem, ainda que não sejam merecedores, muitos homens são capazes de tudo.

Agora eu estava com vontade de chorar. Aquele ser me causava nojo, mas, ao mesmo tempo, tenho de admitir, uma espécie de respeito mesclado com repulsa. Que cérebro admirável! E que monstruosidade o fato de estar a serviço de uma causa diabólica! Como se lesse meus pensamentos, Alistair disse:

– Você se pergunta por que faço isso, não é? A resposta vai surpreendê-lo. Eu tenho o cérebro de um gênio, é verdade. Mas no fundo não passo de uma criança. E o que fazem as crianças? Elas brincam. Só que, no meu caso, eu precisava de um *playground* à minha altura: o mundo, mas com soldados e navios de verdade.

Senti-me sufocar.

– O quê? Você quer dizer que...

– ...que eu morria de vontade de ver o que os japoneses fariam aos russos com um navio de guerra do calibre do *HMS Dreadnought*. Só isso. Eu queria ler os jornais, regalar-me com o relato dessas guerras futuras e dizer "sou eu brincando". E, no fundo, será que só eu vejo as coisas dessa maneira? Com certeza, não. Mas, pelo menos no meu caso, é por causa de minha idade.

* * *

Eu estava passado. Tomei um gole de chá, porque me sentia ressecado por dentro. Em seguida, falei:

– Por que matou lorde Scriven? Seu pai!

– Ah! Claro. Vamos lá. Na verdade, tudo é absolutamente simples. Não tive a menor dificuldade em convencer Kreuger a passar os planos do *HMS Dreadnought* ao inimigo. Mas ele precisava da contribuição de meu pai, infelizmente! Ele fez o possível para consegui-la, sem se revelar totalmente. A ideia não era pedir a meu pai que colaborasse com o inimigo, mas levá-lo a partilhar com ele os segredos de fabricação. Claro que meu pai se recusou. E então Kreuger bolou um plano de forma indireta. Ele se aproximou de Brown, o secretário de meu pai. Sem a menor dificuldade, ele o subornou, conseguindo sua adesão.

– Seu pai lhe pagava tão mal?

– É de se supor que sim. Ah! Ah! Ah! Foi Kreuger quem pediu a Brown que seduzisse a imbecil da minha irmã para ganhar a confiança de meu pai. Tornando-se frequentador e íntimo da mansão, não seria difícil para ele obter os elementos que faltavam a Kreuger.

– Tem uma coisa que não entendo. Como esses famosos planos, documentos, ou sei lá mais o quê, estavam aqui, você poderia muito bem tê-los roubado. Não era preciso recorrer a um intermediário como Brown.

– Você não deixa de ter razão, senhor Carandini, mas pense um pouco: Kreuger haveria de se perguntar quem seria a pessoa próxima o bastante para ter acesso a essas informações. Fatalmente, as suspeitas cairiam sobre quem estava perto. Talvez não sobre mim, claro, mas... Era preciso que Kreuger ficasse o mais longe possível da verdade. Então, deixei que eles jogassem suas próprias cartas. Afinal de contas, era muito mais divertido ver a coisa se desenrolar dessa maneira sob meu nariz.

Eu estava indignado com a perversidade desse raciocínio.

– Continuo sem entender por que você matou seu pai. Reitero a minha pergunta, se me permite.

– Brown acabara de cumprir sua missão, apoderando-se dos planos. Com efeito, a coisa podia ter ficado por aí. Ele abandonaria minha irmã três semanas depois, e tudo estaria perfeito. Mas... sabe? Meu pai era muito inteligente. Ele não apenas acabou por desconfiar de mim, como também pretendia comunicar suas dúvidas quanto a Kreuger ao Ministério da Guerra. Urgia dar um jeito nisso. Foi o que fiz. Vocês chegaram e causaram um pouco de desordem. Brown ainda não tinha transmitido as informações a Kreuger, mas àquela altura isso não era lá muito grave. Encarreguei-me do caso depois da morte de Brown, e Kreuger achou que aquilo foi a última coisa que aquele idiota fez antes de suicidar-se.

– Para chegar ao suicídio...

– Sim, ele estava aterrorizado. Em minha identidade de Mordred, e por intermédio de Kreuger, transmiti uma mensagem precisa a Brown: se ele fosse preso, devia se matar, do contrário eu mandaria matar seus pais, irmãos e irmãs. Eu estava tão nervoso que a xícara quebrou entre meus dedos. Quando procurava um lenço para cobrir o ferimento, eu disse:

– Seja como for, agora tudo tem de parar por aqui. Não o deixarei mais continuar.

– É mesmo? Como você acha que vai fazer isso? Você não tem nem a sombra de uma prova contra mim. Conte a qualquer um o que acabo de lhe dizer, e rirão da sua cara!

– Por que você o fez então? Por que essa confissão?

Ele revirou os olhos.

– Senhor Carandini, por favor, de todo modo reconheça que tenho algumas qualidades. Você foi um adversário astucioso, valoroso, e felicito-o por isso. Esse pequeno relato foi uma maneira de homenagear sua inteligência. E de homenagear Banerjee. Sem ele, acho que você não teria ido muito longe, sem querer ofender. Que sua alma descanse em paz! E depois... confesso que a situação presente me diverte um bocado. Você sabe quem eu sou, o que fiz, mas, quando meu irmão mais velho voltar a esta sala, vou me comportar como um menino inofensivo. Agirei de modo a inspirar ternura, me mostrarei desajeitado e fingirei me interessar pelos doces que estão escondidos na cozinha. E me regalarei com sua impotência. Será delicioso.

Balancei a cabeça.

– Por enquanto não tenho provas, mas pode acreditar que as encontrarei. Você nunca vai ter uma trégua. Vou vigiar seus atos e gestos, e mais dia menos dia acharei um meio de prendê-lo. Se você não fosse uma criança...

– Você me mataria? Não creio que seja capaz disso. Mas vou confessar uma coisa, senhor Carandini: por enquanto, você não tem muito o que temer. Você quebrou meus brinquedos, vou precisar de um tempo para encontrar outros tão legais. Volte a sua rotina de vida, senhor Carandini. Volte a suas pequenas investigações e a essa Srta. Buchan, que, durante todo o tempo que passou aqui, nunca me tratou mal. Dentro de alguns dias irei para o internato e serei esquecido. E um dia voltarei a atacar. Quando? Olhe, vamos jogar.

– O que disse?

Alistair meteu a mão no bolso do colete e tirou um par de dados.

Ele os passou para mim e disse:

– Jogue-os.

– Ouça, eu...

– Não banque o desmancha-prazeres. Jogue os dados!

Eu os fiz rolar uma primeira vez, e deu três e cinco.

– Certo. Dentro de oito anos. É bastante tempo, mas a sorte assim o quis. Que seja. Jogue-os de novo, por favor.

Dessa vez, deu quatro e dois.

– Seis! O mês de junho – comentou Alistair. – Perfeito. Que dia é hoje, senhor Carandini?

– Dia vinte e oito. Mas você pode me fazer o favor de explicar?

– Dia 28, no mês de junho, dentro de oito anos. Muito bem. Em 28 de junho de 1914, senhor Carandini. Estamos combinados. Você vai ouvir falar de mim nesse dia. Claro que você talvez já terá esquecido esta conversa: o tempo dá a aparência de sonho às lembranças que julgávamos mais vivas. Mas logo você vai compreender. E pensará novamente em mim. Daqui até lá, senhor Carandini, viva sossegado: não serei mais um perigo para você nem para quem quer que seja. Oito anos. Eu lhe concedo oito anos por ter se revelado um adversário tão hábil.

Ele pôs os dados no bolso.

– Até lá – ele acrescentou – terei atingido a maioridade, e quem sabe você terá menos escrúpulos em me procurar para me matar? Mas você nunca vai ser um assassino. Você é uma alma pura. Que pena! A natureza me fez de outra massa. E não se pode ir contra ela.

Ele ajeitou os cabelos com a mão e, levantando-se, disse:
– Acho que é hora de lhe dizer adeus. Estou cansado. Coragem, senhor Carandini. E não precisa fazer essa cara. Você venceu. Sim, você, não eu. É verdade que nada pode contra mim, mas você sabe a verdade e protegeu seu país. Pense bem nisso nos dias em que se amaldiçoar por não ter me prendido. Nos dias e, sobretudo, nas noites, claro...

Ele deu meia-volta, saiu da sala e me deixou sem saber o que fazer. Fiquei só na sala, sem ânimo, triste e mais perdido que nunca.

Alguns minutos depois me despedi de lorde Thomas, apesar de sua insistência para que eu ficasse para jantar e dormisse na mansão. O fato é que era difícil esconder meu estado, mas o pequeno demônio tinha razão: eu nada podia contra ele. Eu teria de viver com o peso daquelas revelações, impotente. Eu precisava ir embora, fugir daquele lugar para nunca mais voltar.

No trem que me levava a Londres, eu ainda refletia sobre as palavras de Alistair, e cada uma delas era como um soco no estômago. A certa altura, em meio àquela escuridão absoluta, o rosto de Lenora apareceu. Agarrei-me à luz desse farol para não me deixar afogar na tristeza.

A transmigração das almas

DUAS SEMANAS DEPOIS DE MEU CONFRONTO COM ALISTAIR SCRIVEN, EU JÁ TINHA ME MUDADO da Portobello Road; o espírito de Banerjee ainda era uma forte presença naquela casa, e a ferida estava bem longe de cicatrizar. Sem a menor dificuldade, consegui arranjar um lugar de repórter num concorrente do *Daily Star* e encontrar um pequeno apartamento mobiliado no centro da cidade; a maldição chegara ao fim, ou pelo menos era o que me convinha pensar.

Polly estava ausente no dia em que fui pegar as minhas coisas. Depois disso, não tive coragem de voltar para vê-la. Eu temia que sua dor avivasse a minha. Assim, eu me contentei em enviar uma longa carta, à qual ela respondeu com estas palavras: "Todos voltaremos a nos ver um dia". Eu não estava nem um pouco ansioso para que isso acontecesse, e aquilo me pareceu muito funesto.

Um dia, eu voltava para casa aí pela meia-noite, um pouco alto depois de uma noite de bebedeira com os colegas. A princípio não me dei conta de que a porta de meu quarto não estava fechada à chave. Quando acendi a lâmpada a óleo, notei que alguém estava à minha espera. A pessoa se acomodara na minha melhor poltrona – aliás, eu deveria ter dito "na minha única poltrona", sendo que o restante de minha mobília consistia em cadeiras mais ou menos avariadas pela vida. Em estado de alerta, dirigi a luz para o intruso e tive um sobressalto: era Wilbur, o homem que matara Banerjee.

Como eu estava desarmado e sem nenhuma arma em casa, pensei o mais rápido que pude na melhor maneira de me proteger. Mas Wilbur me disse imediatamente:

– Acalme-se, Christopher, não vou lhe fazer mal.

– Como você saiu da prisão? – gritei. – Vou avisar a polícia imediatamente. Você vem me desafiar depois de ter cometido o crime? Seu...

Com muita tranquilidade, Wilbur levantou a mão para que eu me calasse. Senti um arrepio na espinha.

– Christopher – continuou Wilbur. – Sei que isso pode ser um choque para você. Mas tenho confiança em sua abertura de espírito.

– O que você sabe de mim, infeliz? Vou acabar com você.

– Eu sei muita coisa, pelo menos no sentido em que você está pensando.

Essa maneira de pensar também me parecia estranhamente familiar. Algo me incitou a ouvir o que ele tinha a me dizer.

– Christopher, você se lembra do que Banerjee lhe explicou sobre a metempsicose? Da transmigração das almas?

– O quê?

– Você se perguntava se o espírito de lorde Scriven podia de fato ter migrado para o corpo de outra pessoa. E Banerjee lhe disse conhecer técnicas que permitiam pôr sua alma em segurança em um outro corpo, quando o primeiro estivesse gravemente ferido.

Pensei estar enlouquecendo.

– Eu me lembro de tudo isso, mas gostaria de saber por que *você* também se lembra. Pelo que sei, você não estava lá.

– Eu estava lá, Christopher. Na verdade, eu mesmo é que lhe falei disso.

Recuei um passo, cambaleando.

– Espere um pouco... Você está insinuando que...

– Não estou insinuando nada, Christopher. Eu sou Arjuna Banerjee. Eu poderia lhe dar algumas provas, descrever o nosso primeiro encontro ou mesmo nosso primeiro trabalho juntos. Poderia falar do desaparecimento de seus pais. Mas acho que isso de nada serviria, porque você já está convencido.

Eu não sabia mais o que dizer... Fitei longamente aquele homem que eu julgara ser meu inimigo. Em seguida, me senti invadido por um certo frescor e doçura. Uma alegria de tal forma primeva, primária, que por pouco não entrei em pânico. Então me precipitei para aquele que só era Wilbur na aparência e abracei-o com lágrimas nos olhos.

– Banerjee! – exclamei. – Meu Deus, mas... Quer dizer então que você consegue mesmo fazer isso? Quem está aí dentro é você? No corpo desse patife? Oh! Acho que estou enlouquecendo!

– Você não está – respondeu Banerjee afastando-me delicadamente. – Estou feliz por eu não ter levado muito tempo para convencê-lo. Evidentemente, não tive tanta sorte com as autoridades.

– Que quer dizer com isso?

– Eu fugi da prisão. Tentei explicar as coisas calmamente ao superintendente Collins, mas em vão. Acho que a visão que ele tem das coisas não é tão ampla quanto a sua, Christopher. Então me meteram na cadeia antes de meu julgamento, que, por ironia da sorte, vai ser amanhã. Por isso concluí que já era hora de procurar você. O fato é que vou precisar de sua ajuda. Tudo estava acontecendo rápido demais.

– Espere, cada coisa a seu tempo. Quero ajudar você em tudo o que desejar, mas, para começar, gostaria de entender o que lhe aconteceu.

– A bala de Wilbur me enfraqueceu muito. Em condições normais, eu venceria um adversário como aquele, mas eu estava perdendo meu sangue e minhas forças. Então fiz o que lhe tinha explicado: me "convidei", de certa forma, a entrar no corpo de Wilbur. É preciso que a alma esteja ligada apenas por um fio ao corpo de origem para conseguir fazer isso. Era o meu caso.

– Então, se Wilbur não atirou em mim...

– Foi porque eu já estava nele. Claro que a alma que se convida desse modo precisa de um tempinho para se tornar "dona" do novo corpo. Wilbur conseguiu me empurrar antes que eu assumisse o controle de seus músculos. E foi por isso também que você viu Wilbur de repente se mostrar tão pouco combativo. De certo modo, eu estava tomando pé da nova situação, procurando minhas referências. Tomando posse, no sentido estrito, desse novo invólucro.

Não respondi nada e tirei uma garrafa de uísque de meu armário de bebidas alcoólicas.

Pus uma pequena dose, que tomei de um só gole.

– Desculpe-me, mas é um caso de força maior. Se você quiser...

– Não, você sabe muito bem que eu não bebo.

– Sim, sim... Mas... Banerjee, se você fugiu, a polícia não vai aparecer aqui a qualquer momento?

– Na sua casa? Por que a polícia viria a sua casa? Para

os policiais, eu sou Wilbur. Não Arjuna Banerjee. Muito antes de pensar em você, ela vai procurar as pessoas das relações de Wilbur ou de Kreuger.

Cocei o lado da cabeça.

– Claro. É lógico. É lógico.

Pus outra dose de uísque em meu copo, mas, tomado de escrúpulos, não toquei nele. Então perguntei:

– Diga-me uma coisa, meu velho... De qualquer modo, essa coisa de habitar no corpo de outra pessoa vai terminar causando problemas, não? Ainda mais que ele está sendo procurado pela polícia.

– É por isso mesmo que estou aqui. Eu não poderia ficar eternamente prisioneiro desse invólucro. Tenho de lutar o tempo todo para não ser pego. Assim sendo... Gostaria que você me ajudasse a recuperar meu corpo de origem.

Meus escrúpulos sumiram, e eu liquidei de pronto minha segunda dose.

– Seu corpo original. Mas você...

– Tenho uma bala alojada no braço e caí de uma altura de muitos metros na água. Mas, pelo que sei, é apenas isso. Na ausência da alma, como lhe expliquei, o corpo não se mexe mais. Ele fica imóvel como se o tempo parasse para ele. Sem alma, o tempo não passa.

– Sim, é verdade que você me disse isso. Tudo bem. Mas onde ele está? Embaixo d'água?

– Não, no necrotério de uma cidadezinha pela qual passamos logo antes de meu... mergulho. Ele está à espera de que alguém vá reconhecê-lo. Ele só foi reencontrado há bem pouco tempo, claro. Acho que a corrente o arrastou para um lugar não muito acessível. O mais importante é que sabemos onde ele está.

– Então...

– É preciso que você me ajude a entrar no necrotério e depois... Há um outro ritual a executar. Ah! E antes disso, bem entendido, vai ser preciso tirar a bala do braço. Mas disso cuido eu.

Bati palmas.

– É só isso? Extrai-se a bala, eu canto uma canção, e tudo recomeça como antes?

– Não exatamente. Eu estarei muito fraco. Talvez até vá precisar de uma transfusão. Mas não se preocupe com o longo prazo.

Hesitei, pus as mãos nos quadris e disse:

– Então, vamos lá! Além do mais, eu não tinha nada de especial para fazer amanhã.

– Amanhã, não, Christopher. Agora! Este corpo está sendo procurado: precisamos ser discretos.

Fiz uma careta de desagrado.

– Tudo bem, que seja esta noite. Vou vestir uma roupa mais quente. Ah! Banerjee, você me faz fazer cada coisa...

E logo acrescentei:

– Mas eu estava sentindo falta disso.

– Eu também, meu amigo – ele respondeu.

Fiquei calado saboreando o eco de suas duas últimas palavras.

Depois, vesti meu casaco mais quente e convidei Banerjee a levantar-se; eu já nem via Wilbur; o espírito do detetive se irradiava de tal forma que as aparências físicas não mais importavam.

Uma vez lá fora, sob uma chuva fina, eu disse:

– Quanto ao misterioso Mordred, vou ter de lhe contar. A coisa talvez seja ainda pior do que você pensava. Era isso, não? Foi o espírito maléfico de Alistair que por duas vezes o agrediu em seus sonhos? Um mal tão poderoso que o envenenava pelo pensamento?

– Sim, Christopher. Mas tenho raiva de mim mesmo por ter percebido tão tarde.
Apareceu um fiacre, e fiz sinal para que parasse. Tomando cuidado para não se deixar ver, Banerjee subiu nele. Agora que estávamos protegidos da chuva, perguntei:
– E o que acontecerá com Wilbur quando você "sair" dele?
– Vai ser preciso neutralizá-lo o mais rápido possível e entregá-lo à polícia. Nada muito difícil.
– O de sempre – respondi, já cansado.
Seguiu-se um longo momento de silêncio em que desfrutamos a presença um do outro. Depois, quando nos aproximávamos da estação, Banerjee disse:
– Christopher, eu tive um sonho.
– Que sonho?
– Sonhei que, por causa do luto que o afligia, você ainda não tinha pedido a mão de Srta. Buchan. Pois bem...
Refleti um pouco e perguntei:
– Espere! Você sonhou isso mesmo?
– Digamos que essa suposição se impôs fortemente a mim.
– Ah! Banerjee, escute, eu... Bah, falaremos disso depois. Não quero falar de coisas tão íntimas quando você está no corpo de seu próprio assassino. Mas, a propósito: a coisa dava tanto na vista? Quer dizer, meus sentimentos para com Srta. Buchan...
– Existe uma expressão de que gosto muito: "como o nariz no meio da cara". Parece-me que nesse caso ela vem bem a calhar.
– Se você diz... Oh! Mais uma coisa. Se essa... mudança de corpo funcionou com você, será que podemos imaginar que o criado de lorde Scriven não era um louco de pedra? Você acha que se trata *realmente* de lorde Scriven?

– Você já me fez essa pergunta e eu respondi. Não é pelo fato de agora você acreditar em mim, ao contrário do que aconteceu da primeira vez, que minha resposta mudou.
– Então me contentarei com ela.
Respirei fundo e acrescentei:
– Estou ansioso para apertar a mão de um Banerjee... intacto.
– E ele também está ansioso a tomar você novamente a seu serviço. Ainda que isso não exija uma resposta imediata.
Dei um risinho.
– Banerjee, você já sabe qual é a resposta.
– Eu não sei. Eu me limito a desejá-la.
Aquilo me deixou entusiasmado.
Consultei meu relógio e falei de meu receio a Banerjee:
– Diga-me uma coisa, meu velho, a essa hora não haverá trem aqui, não é? Teremos de esperar por algum tempo, acho.
Banerjee tirou do bolso dois saquinhos de papel e os colocou ao seu lado.
– É possível, Christopher. Mas eu trouxe algo para nos ocupar.
– Não! Não é um quebra-cabeça, é?
– Sim, um quebra-cabeça.
Caí na risada. E aproveitando o fato de estar na pele de outro, Banerjee fez o mesmo.

* * *

Foi uma noite de chuva, sem Lua e sem estrelas. Uma noite que ameaçava ser longa, estafante e perigosa.
Mas era uma noite em companhia de Arjuna Banerjee, o detetive do sonho. E, por causa disso, ela não poderia ser mais bela.

MEUS COSTUMEIROS AGRADECIMENTOS a Aurélie e Michèle por sua ajuda, entusiasmo e confiança.

Obrigado às "senhoritas" Remington e Olympia por sua precisão e eficiência – apesar de já bem antigas.

E, naturalmente, um agradecimento àqueles que me inspiraram: Sir Arthur Conan Doyle, Wilkie Collins, Charles Dickens, John Dickson Carr, Philip Meadows Taylor. E até Julian Fellowes.

Arjuna Banerjee vai voltar...

E. S.

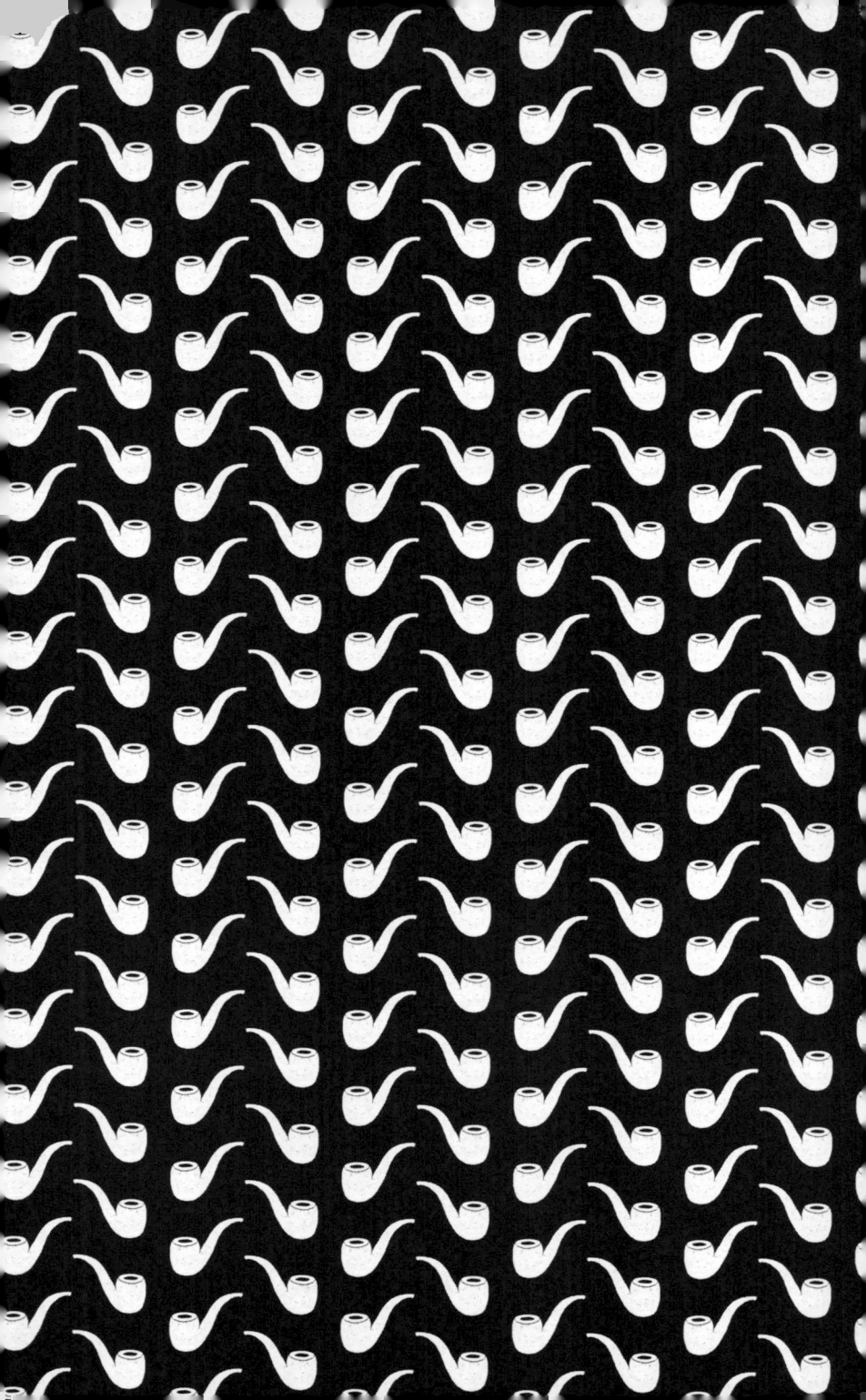